ライアー・ライアー
嘘つき転校生は本物のお嬢様と大胆過ぎる嘘を企てています。
14

CONTENTS

It's said that the liar transfer student controls
Ikasamacheat and a game.

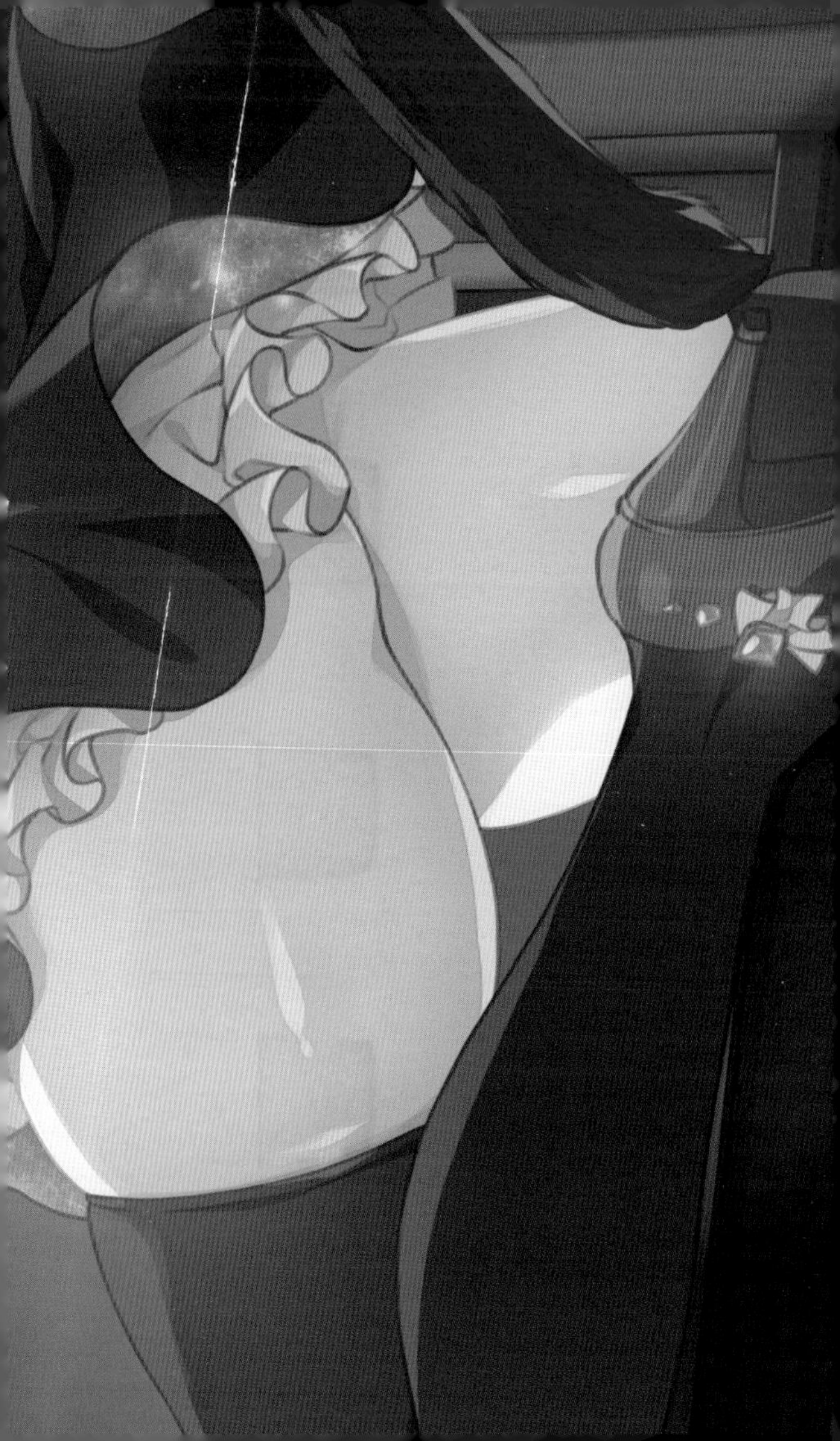

ライアー・ライアー 14
嘘つき転校生は本物のお嬢様と大胆過ぎる嘘を企てています。

久追遥希

MF文庫J

篠原緋呂斗（しのはら・ひろと）　**7ツ星**
学園島最強の7ツ星（偽）となった英明学園の転校生。目的のため嘘を承知で頂点に君臨。

姫路白雪（ひめじ・しらゆき）　**5ツ星**
完全無欠のイカサマチートメイド。カンパニーを率いて緋呂斗を補佐する。

彩園寺更紗（さいおんじ・さらさ）　**6ツ星**
最強の偽お嬢様。本名は朱羽莉奈。《女帝》の異名を持ち緋呂斗とは共犯関係。桜花学園所属。

秋月乃愛（あきづき・のあ）**6ツ星**
英明の《小悪魔》。あざと可愛い見た目に反し戦い方は悪辣。緋呂斗を慕う。

榎本進司（えのもと・しんじ）**6ツ星**
英明学園の生徒会長。《千里眼》と呼ばれる実力者。七瀬とは幼馴染み。

浅宮七瀬（あさみや・ななせ）**6ツ星**
英明6ツ星トリオの一人。運動神経抜群な美人ギャル。進司と張り合う。

水上摩理（みなかみ・まり）**5ツ星**
まっすぐな性格で嘘が嫌いな英明学園1年生。姉は英明の隠れた実力者・真由。

羽衣紫音（はごろも・しおん）
規格外の能力と性格の持ち主ながら、自称「ごく普通の女子高生」。

霧谷刀夜（きりがや・とうや）**6ツ星**
森羅の「絶対君主」。一学期の対抗戦以来、緋呂斗とは因縁の仲。

阿久津雅（あくつ・みやび）**6ツ星**
彗星学園の真の実力者。《ヘキサグラム》に見切りをつけ、現在は《アルビオン》の一員に。

越智春虎（おち・はるとら）**6ツ星**
七番区森羅高等学校所属の《アルビオン》のリーダー。霧谷らと共に緋呂斗の前に立ちはだかる。

泉夜空（いずみ・よぞら）**4ツ星**
桜花学園所属。ドM。彩園寺家の「影の守護者」として脅威の存在に。

泉小夜（いずみ・さよ）**4ツ星**
彩園寺家の「影の守護者」にして泉小夜の妹。なにかと緋呂斗を煽る。

口絵・本文イラスト：konomi（きのこのみ）

プロローグ

liar liar

「――泉 夜空（いずみよぞら）は、僕らの想定通りに動いてくれてるよ」

学園島（アカデミー）七番区森羅（しんら）高等学校の敷地内、普段は使われていないはずの教室にて。

静かな眼差（まなざ）しを自身の端末に落とした越智春虎（おちはるとら）は、ゆっくりとそんな言葉を切り出した。

「一昨日（おととい）までの《大捕物（レイド）》――《FM&S》で桜花（おうか）の《女帝》が捕まった瞬間、あの子は暴走を開始した。そして今なお、主（あるじ）を解放するべく〝救出戦〟に挑んでいる」

「ええ。だけど当の〝救出戦〟は春虎の《調査道具》で無効化されている……でしょう？」

越智の発言を受けてそんな補足を入れてきたのは阿久津雅（あくつみやび）だ。廊下へ繋（つな）がる扉に背中を預けた彼女は、灰銀色の長髪をさらりと揺らしながら切れ長の視線を越智に向ける。

「シナリオは順調、といったところね」

「そうだね。……っていっても、功労賞は雅なんだけど。例の《E×E×E（地下牢獄）》から持って帰ってきてくれた情報がなかったらここまで大胆には動けなかった」

「だとしても、それを指示したのは貴方（あなた）でしょう。相変わらず、懸念も隙も何一つ存在しないわ。前にいた組織の誰かさんとは大違いね」

口端に微かな冷笑を湛えながら胸元で腕を組んでみせる阿久津。

けれど、そこに〝待った〟が投げ掛けられた。

「いや……隙はともかく、懸念がないとは言えねーな」

教卓に体重を預けつつ片足だけで未完成の胡坐を掻いた男――霧谷凍夜。オールバックにした頭の後ろで両手を組んだ彼は、いかにも愉しげな様子で首を振る。

「随分と前からだが、英明が謎の動きを見せてやがる。まだ意図は見えねーが……少なくとも春虎、てめーのシナリオにゃ載ってねえ展開だ」

「ふぅん？　まだ足掻くつもりなのかな」

「ま、そうだろうな。第一、この程度で諦めるようなタマなら7ツ星なんざ至ってねーし維持もできねー。……手ぇ出すなよ、春虎？　シナリオ外の異常事態はオレ様のやり方で片を付けるってのがお約束だ」

「分かってるよ、凍夜。それで収まるのが僕らにとっての最善だしね」

小さく一つ頷いて、それから越智は自身の隣に視線を遣った。そこにいるのは一人の少女だ。今は目を瞑って微かな吐息を零している、守らなければならない少女。

そんな彼女の横顔をじっと見つめながら、越智は絞り出すように一言。

「だって、僕らは……どんな手を使ってでも、ここで勝たなきゃいけないんだから」

第一章　ラスボスの目覚めと破天荒なお嬢様

liar liar

♭♭

『Librarian Net News――期末総力戦《パラドックス》特集号』

『一月九日月曜日から開催されている学園島(アカデミー)最大級のイベント・期末総力戦は、第五週を迎えてなお加速の一途(いっと)を辿(たど)っている』

『泉夜空(いずみよぞら)――桜花(おうか)学園の隠し玉と噂(うわさ)される彼女は圧倒的な力で《FM&S》を捻(ね)じ伏(ふ)せると、その後も【怪盗】陣営の主戦力として〝救出戦〟に挑み続けているとのことだ』

『なお、彼女が使用している特殊アビリティについては《ライブラ》にも記録が残っておらず、島内SNS(STOC)では旧学区の遺物ではと推測する声も上がっている』

『ここで、現在の生存学区は【探偵】陣営に雛園(ひなぞの)・導宝(どうほう)・森羅(しんら)・聖ロザリア・茨(いばら)・栗花落(つゆり)の計六学区。【怪盗】陣営に英明(えいめい)・桜花・音羽(おとわ)・阿澄之台(あずみのだい)の計四学区となっており――』

♯

「「「…………」」」

沈黙が場を支配する。

二月十一日の土曜日、夜――期末総力戦《パラドックス》の五週目が幕を閉じたタイミングで、我が家のリビングではちょっとした会合が開かれていた。

「案の定、だけれど……なかなか厳しい展開ね」

数分ぶりに口を開いたのは俺の対面に座る人物だ。変装のために着ていた丈の長いコートはとっくに脱ぎ去り、豪奢（ごうしゃ）な赤の長髪を晒（さら）している少女・彩園寺更紗（さいおんじさらさ）。難しい顔で頬杖（ほおづえ）を突きながら《ライブラ》の記事を読んでいた彼女は、嘆息交じりに続ける。

「今はちょうど期末総力戦（パラドックス）の五週目が終わったところ。週を跨（また）げば状況が好転する、って可能性が全くないとは言わないけれど、このままだとかなりマズいわ」

「……まあ、そうだろうな」

彩園寺の言葉に小さく頷（うなず）いて同意する俺。

そもそも、実態はともかく表面上は俺と〝敵対関係〟にある彼女が俺の家（ここ）に訪ねてくること自体、本来ならかなり危険（リスク）のある行動だ。お互いにそれを分かった上でこうして顔を突き合わせているのだから、状況が逼迫（ひっぱく）していることは明らかだった。

「《FM&S》には勝ったってのに、なんか釈然としないけど……」

「そうね。でも、あれは勝ちっていうより〝強制終了〟みたいなものだもの。あたしたちが自覚的に勝ったわけじゃないし、逆にあいつは――【探偵】陣営の越智春虎（おちはるとら）はあの展開を読んでいた。……なら、誰が得するかなんて考えるまでもないじゃない」

「はい。……ですが、リナ」

不満そうな表情で繰り出された彩園寺の発言を受けて、透き通るような白銀の髪をさらりと揺らしたのは俺の隣に座る姫路白雪だ。帰ってくるなり着替えを済ませて普段のメイド服モードになっている彼女は、碧の瞳を対面に向けながら小さく首を傾げる。

「物分かりの良いことを言っている割には、悔しさが滲み出ていますよ？」

「う……し、仕方ないじゃない、そんなの」

図星を突かれて微かに顔を赤らめ、ぷいっとそっぽを向いてしまう彩園寺。

長い髪で表情を隠すようにしながら、彼女は言い訳めいた口調でポツリと呟いた。

「夜空の暴走なんて……あたしも知らなかったんだから」


《Phantom thief Are Raiding Detective Over X (cross) road》――通称《パラドックス》。

島内で最も規模が大きく、全生徒の99％以上が参加し、三学期の大半を費やして実施される〝期末総力戦〟は、現在開始からちょうど五週間が経過している。

概要としては鬼ごっこの亜種である〝ケイドロ〟を下敷きにしたものだ。学園島に存在する全二十の学区が【探偵】陣営と【怪盗】陣営に分かれ、報酬あるいは〝逮捕〟を賭けて大小さまざまな《大捕物》に挑む。通常の《決闘》と違って単純な学区対抗の形式ではなく、また所属する陣営も一週間単位で選び直せるというのが特徴的な仕様だ。

ここで【怪盗】陣営は、仲間側のプレイヤーが全員〝逮捕〟されてしまったら敗北。

逆に【探偵】陣営は、全ての【怪盗】が〝救出〟されてしまったら敗北となる。

こうしていずれかの陣営が敗北条件を満たした場合、その陣営に所属する全ての学区は同時に《決闘(ゲーム)》から脱落することになる。期末総力戦は生き残り(サバイバル)方式だ。脱落した学区を除外して再び陣営の選択を行い、これを生存学区が一つになるまで繰り返す。

「ちなみに、現在は第二局面(フェイズツー)……〝陣営敗北〟が一度だけ発生した状況ですね」

俺の思考をフォローするような形で澄み切った声を零(こぼ)したのは姫路白雪(ひめじしらゆき)だ。背筋を伸ばして姿勢よく座った彼女は、太ももの辺りに両手を置きながら続ける。

「期末総力戦(パラドックス)が始まってから約三週間は両陣営の小競り合いが中心でした。……が、第四週目の初日にご主人様が地上へ戻ってきた途端に戦乱が激化。同じ週の土曜日に天音坂(あまねざか)学園の奈切来火(なきりらいか)様が仕掛けようとしていた《空っぽの宝石箱(ワンダーボックス)》による奇襲を英明(えいめい)学園が逆手に取り、結果として当時の【怪盗】陣営は壊滅に追い込まれています」

「そうだったわね。元々【怪盗】側だった英明が、期末総力戦の間に一度だけ使える【スパイ】コマンドで陣営を変更して大逆転……確か《ポム並べ》とかって《大捕物(レイド)》だったかしら。あたしは参加していないけれど、かなり話題になっていた気がするわ」

「ですね。《ライブラ》のisland tube(アイ・チューブ)チャンネルにも公式の切り抜き動画が上がっていました。ご主人様の活躍が存分に堪能(たんのう)できる素晴らしい内容です」

「あれか……」

どこか誇らしげな声音で囁(ささや)く姫路に対し、俺は記憶を辿(たど)りながら何とも曖昧な表情で首を振る。確かにとんでもない再生回数を記録していたようだが、ともかく。

「《ポム並べ》で奈切と夢野(ゆめの)が〝逮捕〟されたのをきっかけに【怪盗】側が総崩れになって、そのまま立て直せずに陣営敗北したんだよな。この段階で全学区の半分が期末総力戦から脱落……臨時の陣営選択会議が挟まって、そこで越智が仕掛けてきた」

「……はい」

躊躇(ためら)いがちな返事と共に、澄んだ碧(あお)の瞳が真(ま)っ直(す)ぐ俺に向けられる。

「越智春虎(おちはるとら)様——学園島(アカデミー)非公認組織《アルビオン》のリーダーである彼は、色付き星(ユニークスター)を介した【スパイ】コマンドの強化と《陣営固定》アビリティを用いて攻撃を仕掛けてきました。内容は、端的に言えば陣営の操作。【探偵】側に茨(いばら)や栗花落(つゆり)、聖ロザリアを始めとする半数以上の学区を引き込み、英明と桜花(おうか)を【怪盗】側で孤立させる一手です」

「ああ。そして、そんな俺たちに対して【探偵】側が仕掛けてきたのが《Fake Mystery & Survival》……一昨日(おととい)まで開催されてた《FM&S》だ。向こうが勝てば桜花のプレイヤー全員を〝逮捕〟する、っていうとんでもない条件付きの《大捕物(レイド)》だな」

嘆息交じりにそんな言葉を口にする。

そう——期末総力戦(パラドックス)四週目の終盤、いや越智の《陣営固定》が効いていたため実質的には第五週目の冒頭と言ってもいいタイミング。そこで栗花落(つゆり)の《鬼神の巫女(みこ)》こと枢木千梨(くるるぎせんり)が仕掛けてきたのは《一射一殺(ワンショットキル)》を介した代表選抜戦のようなものだった。

　両陣営から数人ずつを選出して行う〝探偵有利〟なレアレイド。

といっても当の枢木は越智(おち)に脅迫されていたため、実際は森羅の意向だったのだろう。

《FM&S》は二日前に幕を引いたばかりなのでまだ記憶に新しいが、細かい内容や戦果については一旦無視しておく。重要なのは両陣営の筆頭戦力と言っていい高ランカーたちがとある館の中で宝を盗んだり真犯人を探し当てたりする《大捕物(レイド)》に挑み、その過程で、桜花の《女帝》こと彩園寺更紗が〝逮捕〟された——という驚愕(きょうがく)の事実だ。

「何ていうか……〝話題〟でいうなら、そっちも相当だよな」

「……まあね」

　俺に話を振られた彩園寺(さいおんじ)が、紅玉(ルビー)の瞳を持ち上げながら微(かす)かに溜(た)め息(いき)を零(こぼ)す。

「《FM&S》が終わった日の夜なんか、島内SNS(STOC)のホットワードがほとんど〝彩園寺更紗(さらさ)〟で埋まっちゃってたくらいだもの。まさかの脱落、とか《女帝》逮捕、とか……放っておいてほしいわ、もう。思わずたくさん愚痴っちゃったじゃない」

「そうですね。表面的には〝無敗の《女帝》が舞台を去った〟ように見えますので、騒がれるのは仕方のないことかと思います。……ちなみにリナ、その愚痴は誰に？」

「？　もちろん、篠原(しのはら)に電話して——って、い、いいじゃない、ちょっとくらい発散させてもらったって！　頑張って外には漏らさないようにしてるんだから！」

姫路の指摘で顔を真っ赤にした彩園寺がちらちらと俺を盗み見ながら思いきり赤の長髪を横に振る。……まあ、今の自白の通りだ。一昨日の夜は色々と感情が整理できなかったようで、随分と長電話に付き合わされた。感覚的には普段の〝愚痴会〟と大差ないが。

「も、もう……」

とにもかくにも、彩園寺は取り繕うように胸元で腕を組みつつ言葉を紡ぐ。

「確かにあたしは《FM&S》を通じて〝逮捕〟されたわ。【猛毒薬】による攻撃を十回受けて〝戦闘不能〟になった。……でも、あの場ではあたしより小夜が生き残ってることの方がよっぽど重要だったじゃない。単なる合理的な選択、ってやつだわ」

「はい。それは、わたしもそう思います」

先ほどは彩園寺をからかう側に回っていた姫路だが、今度こそ茶々を入れずに頷く。

「泉小夜様——彩園寺家の影の守護者である彼女は、負の色付き星こと冥星を〝相手への弱体化効果〟として活用できる特性を持っていました。それを元にした《背水の陣》なるアビリティが【探偵】側の猛攻をどうにか抑えてくれていましたので……もし泉様が〝逮捕〟されていれば、わたしたち【怪盗】陣営は高い確率で敗北していたでしょう」

「ああ。だけど、彩園寺のおかげでそうはならなかった」

心地よく紡がれる涼やかな声音に相槌を重ねる俺。……《FM&S》の最終盤。阿久津雅の攻勢により〝逮捕〟される寸前まで追い詰められていた泉小夜だが、彩園寺が当の彼女を庇ったことでどうにか生き永らえた。すなわち《背水の陣》は維持された。

けれど、泉の代わりに彩園寺が〝逮捕〟されて。

期末総力戦《パラドックス》から一時的に退場することになって。

「それで〝暴走〟したのが泉夜空……ってわけだよな」

話の中心が期末総力戦全体の振り返りからまさしく現在の問題に追いつきつつあるのを感じながら、俺は静かにそんな言葉を口にする。

……泉夜空。

桜花学園の三年生にして、妹である泉小夜と共に彩園寺家の影の守護者を務める少女。

彼女が《FM&S》の最後に見せた力は、実に意味不明なものだった。

「【探偵】連中からの接触は全く効いてなかったし、その他の攻撃手段……【猛毒薬】とか【防衛獣】なんかも弾き返されてた。で、次の瞬間には館内の《コアエンジン》が全部壊されて、いつの間にか【怪盗】の勝ちが決まってた」

「はい。わたしは当の《大捕物》に参戦していなかったので一部不明確な部分はありますが、覗き見で得た情報としては似たようなものです。《ライブラ》は〝色付き星の特殊アビリティ〟と認識しているようですが……夜空様が泉家当主であること、また小夜様が使っていた《背水の陣》との関連性も踏まえれば、おそらく冥星絡みなのでしょう」

「だな。……ちなみに、彩園寺は何か知ってたりしないのか？」

泉姉妹にとっては〝守護する対象〟であり、桜花学園の仲間でもあり、何なら今も同じ家に住んでいるはずの少女にそんな問いを投げ掛けてみる俺。すると当の彩園寺は、意思の強い紅玉（ルビー）の瞳を持ち上げながらゆるゆると首を横に振ってみせる。

「残念ながら何も知らないわね。何せ、あたしは更紗（さらさ）の〝替え玉〟……本物のお嬢様じゃないんだもの。一応夜空には訊（き）いてみたけれど、あたしには教えられないみたい」

「そうか……っていうかあいつ、家ではどんな感じなんだ？」

「ん……そうね、一言で言えば〝思い詰めてる〟って感じかしら。ごめんなさいごめんなさい、ってずっと自分を責めてるわ。多分、自分でも制御できない仕様（システム）なのだと思うけれど……小夜も含めて、どうやっても口を割ってくれそうにないわね」

「ま、そう都合良くはいかないか……」

この場に〝本物の彩園寺更紗〟でもいれば泉夜空の暴走だって少しは意味が分かったのかもしれないが、今は手元にある情報だけで思考を進めるしかない。

そんなわけで俺は、テーブル上に投影された期末総力戦（パラドックス）の勢力図に視線を遣（や）ってみる。


【――〝探偵〟陣営選択学区（五週目現在）／活動可能プレイヤー内訳】

【一番区雛園（ひなぞの）学園……………総数：２４７９名……………５ツ星以上：１７名】

【五番区導宝（どうほう）学園……………総数：１８２０名……………５ツ星以上：１１名】

【七番区森羅高等学校……総数：6604名……5ツ星以上：29名】

【十四番区聖ロザリア女学院……総数：876名……5ツ星以上：0名】

【十五番区茨学園……総数：3198名……5ツ星以上：14名】

【十六番区栗花落女子学園……総数：1536名……5ツ星以上：8名】

【――〝怪盗〟陣営選択学区（五週目現在）／活動可能プレイヤー内訳】

【三番区桜花学園……総数：7155名……5ツ星以上：31名】

【四番区英明学園……総数：3392名……5ツ星以上：24名】

【八番区音羽学園……総数：1名……5ツ星以上：1名】

【二十番区阿澄之台学園……総数：1298名……5ツ星以上：10名】


「……やっぱり、五週目に入ってから戦況はかなり派手に動いてるみたいだな」

「はい、ご主人様。ここから先は、まさしく〝直近〟のお話です」

涼やかな声音でそう言って、姫路は白手袋に包まれた右手の人差し指をピンと立ててみせた。俺と彩園寺の視線がそこへ集まる中、彼女は落ち着き払った口調で続ける。

「期末総力戦の五週目終盤にあたる昨日から今日にかけて、大きなイベントは二つほど発生しました。その中の一つは、やはり泉夜空様の動きに関わるものです」

「……ああ」

ごくり、と唾を呑み込みながら頷く俺。……《FM&S》で謎の暴走状態に陥った泉夜空(ぞら)。彼女の動きは非常に派手で、期末総力戦(パラドックス)の参加者ならおそらく誰でも知っている。

「あいつは、彩園寺を助け出そうとしてたんだよな」

「その通りです、ご主人様。泉夜空様は昨日の午前中から数多くの《大捕物(レイド)》に参加していますが、中でも執着を見せていたのが〝救出戦〟――勝利時の報酬が〝逮捕された【怪盗】を助け出すこと〟である特殊な《大捕物(レイド)》でした。……ですよね、リナ？」

「ええ。詳しい事情は教えてもらえなかったけれど、夜空があたしを救出しようとしていたのは間違いないわ。泣きながら『待っててください』ってお願いされちゃったし……とりあえず、例の〝暴走〟のおかげでほとんどの《大捕物(レイド)》は無双できるみたいね」

姫路の問い掛けに対し、複雑な表情でそんな返事を口にする彩園寺。

そう。期末総力戦は単なる鬼ごっこではなく〝ケイドロ〟を下敷きにした《決闘(ゲーム)》であり、だからこそ一度捕まったプレイヤーも完全に〝脱落〟するわけじゃないんだ。逮捕されてしまった【怪盗】も〝救出戦〟に勝てば復活させることができる。

……けれど。

いま端末を目の前に翳(かざ)してみれば分かることだが――彩園寺更紗は救出されていない。

「二つ目。森羅高等学校の越智春虎(おちはるとら)様が、一定期間【怪盗】の救出を封印しました」

ぴ、と二本目の指を立てながら、メイド服姿の姫路が静かに続ける。

「先ほどのお話でも触れましたが……越智様は、元々《陣営固定》というアビリティで各週の初めにある陣営選択会議をスルーしていました。ですがこの度、当の《陣営固定》を解除。代わりに使用したのが《一方通行の檻(リターンレスケージ)》——一週間の期間限定ではありますが、あらゆる方法での〝怪盗救出〟を阻害する強力な《調査道具》です」

「……本当に。一番不可解な点、って言ったら間違いなく〝そこ〟なのよね」

微(かす)かに唇を尖(とが)らせながら不満そうな声音と表情で呟(つぶや)く彩園寺(さいおんじ)。

「先週末に越智(おち)が《陣営固定》を使ったのは桜花(おうか)と英明(えいめい)を一緒に潰すためだったはず。でも、このタイミングでそれを解除して今度は〝救出戦〟を封じてきた。……別に思い上がるつもりはないけれど、これってどう見てもあたしを期末総力戦に復帰させないための手よね。夜空(よぞら)の行動とは完全に真逆……やっぱり、何か関係があるのかしら？」

「ん……そう、ですね」

思い詰めたような表情で思考を巡らせる彩園寺と、それを受けて白手袋に包まれた指先をそっと唇に触れさせる姫路(ひめじ)。……結局、現在の一番の問題というのはそれだった。彩園寺が〝逮捕〟されて、泉夜空(いずみ)が暴走を始めて、そのタイミングで越智が〝救出戦〟を封じてきた。流れ自体は把握できているのだが、それ以外の何もかもが分からない。

泉夜空の〝暴走〟とは何なのか？

越智春虎(はるとら)は、一体何を企(たくら)んでいるのか？

「せめて詳しい事情を知ってるやつがいれば動きようがあるんだけど……って、ん？」

俺がそこまで言った辺りで、突如として室内に軽快なメロディが流れ始めた。反射的にポケットを探ってみれば、どうやら発信源は俺の端末らしいと分かる。

「あー……悪い、邪魔しちまったな」

「いいんじゃない、別に？　このまま話してても良いアイデアは浮かばなそうだし……あれよ、そろそろ解散しろっていう忠告の合図なのかもしれないわ」

「もしそれが冗談でなく真実なら、今から盗聴器の類を捜索するため一睡もできなくなってしまいますが……確かに、少し休憩した方が良さそうですね」

んーー、と両手を挙げて大きく伸びをしてみせる彩園寺と、深刻な表情を解くようにそっと息を吐きつつ冗談めかして零す姫路。その姫路は上半身をこちらへ向け直すと、わずかに不思議そうな表情で白銀の髪をさらりと揺らす。

「というか……ご主人様、電話のお相手はどなたなのでしょうか？　このような深夜に連絡をしてくるということは、なかなか常識破りの自由な方……あるいはご主人様と非常に仲の良い、さぞかし可愛らしい女性なのではと推測いたしますが」

「可愛いかどうかは関係ないだろ。……っと」

微かなジト目で問い掛けてくる姫路に苦笑を浮かべつつ、俺はポケットから端末を取り出すことにする。相手次第では掛け直した方がいいかもしれないが――などと考えながら画面に表示された名前に視線を落として、刹那。

「!?」

「って……何よ、どうかしたの篠原? そんなに意外な人……?」

「あ、ああ。意外っていうか、異常っていうか……」

「……異常、ですか? ええと……ますます見当も付きませんが」

「そう、だな。こんな時間に平気で電話してくるくらいにはマイペースで、自由で天然で空気が読めなくて……姫路の言葉を借りるなら、さぞかし可愛らしい女性ってやつだ」

「「……?」」

俺の返答に顔を見合わせ、揃って首を傾げる姫路と彩園寺。

対する俺は、端末をテーブルの上に置いたままそっと指先を画面に触れさせることにした。一瞬で通話が成立し、回線越しに少女の息遣いが微かに漏れ聞こえてくる。

そして、彼女は……くすっと可憐な笑みを零しながら、鈴の音のような声で囁いた。

『もしもし、篠原さん。クイズです——今、わたしはどこにいるでしょうか?』

＃

「お久しぶりです、篠原さん。……ふふっ、来ちゃいました」

クイズの答えは恐るべき速度で明かされた。

というのも、通話の相手が既に俺の家の前まで来ていたからだ。わたしはどこにいるでしょう、の答えは家の前。都市伝説のメリーさんも驚愕のスピード感である。

「……いや、いやいや。来ちゃいました、って……」

けれど、驚くべきポイントはそこじゃなかった。いや、それだけでも充分に衝撃的ではあるのだが、少なくともそこが一番ということはない。

何しろ彼女——羽衣紫音は、本来ならこの島にいてはいけない人物なのだから。

（な、何考えてんだよこのお嬢様……!?）

思わず両手で頭を抱えてしまう。……自由奔放で天真爛漫な生粋のお嬢様、もとい羽衣紫音。なかなか独特かつ破天荒な思考回路で以前も相当に振り回された覚えがあるが、今回もまたとんでもない無茶をやらかしてくれたらしい。

とりあえず、一応の状況確認から始めてみることにする。

「気軽に来ちゃって大丈夫なのかよ、羽衣。お前が学園島にいるってバレたらめちゃくちゃ大変なことになるんじゃなかったのか？」

「はい、その通りです篠原さん」

邪気など一切感じられない笑顔で頷く羽衣。彩園寺の隣、俺から見れば右手側の斜向かいに座った彼女は、滑らかな金糸を揺らしながら鈴を転がすような声音で続ける。

「何といってもわたし、何日か前から学校を仮病でお休みしていますから。それでこっそり学園島(アカデミー)へ遊びに来ているなんて……ふふっ、まさしく神をも恐れぬ所業です。もしかしたら、わたしの子孫は末代まで呪われてしまうかもしれません」

「いいえ、仮病くらいで祟(たた)られるなら人類なんてとっくに絶滅しているわ。というか……」

「ご安心ください、莉奈(りな)。莉奈はきっと心配してくれると思っていましたが、わたしにとっては〝仮病でお休み〟というのもやりたかったことの一つです。わたし、根っからの真面目(まじめ)さんというわけじゃないんですよ？　莉奈のおかげでまた一つ夢が叶(かな)いました」

「……それなら、いいのだけど」

驚きと動揺でいっぱいになった表情の中にわずかな安堵(あんど)を滲(にじ)ませる彩園寺(さいおんじ)。

とにもかくにも。

ここにいる面子(メンツ)は既に全員が承知していることだが——羽衣紫音(はごろもしおん)という少女は、端的に言えば〝本物の彩園寺更紗(さらさ)〟だ。俺の対面に座る彩園寺、もとい朱羽莉奈(あかばねりな)が〝替え玉〟を務めている正真正銘のお嬢様。彩園寺家の後継ぎとして窮屈な学園生活を送ることを嫌がり、普通の高校生になりたいと願っていた……という事情を知った彩園寺が、今から約二年前に〝誘拐〟という形で彼女を本土へ連れ出した。これらの経緯を知っている人間は本当に限られており、彩園寺家の人間ですら未(いま)だに彼女の行方(ゆくえ)を捜している。

故に、だからこそ——

「そもそも、どうやってここまで来たんだ？」と俺。

「定期船の貨物庫にこっそり忍び込みました。かくれんぼは大得意ですから」と羽衣。

「危ないことするわね。それじゃ、入島手続きはどうしたの？」と彩園寺。

「わたし、管理部にちょっとした伝手があるんですよ？　なので楽々突破です」と羽衣。

「島内には監視カメラも無数に設置されていますが……大丈夫だったのですか？」と姫路。

「ふふっ、心配してくれて嬉しいです。大事にされていますね、わたし」と羽衣。

「「「そうじゃなくて……」」」

はぁ、と三人分の溜め息が重なった。……やはり、このお嬢様に常識という概念は通用しないようだ。再会して数分なのにどれだけ精神が掻き乱されたか分からない。

「むむ……わたしが学園島を離れている間に、お三方がさらに仲良くなっています。わたし、もしかして篠原さんのヒロインコースから外れてしまったのでしょうか？」

息の合った俺たちの連携、もとい脱力に対し羽衣が何やら羨ましそうな表情で頬を膨らませているが、再びペースを握られないためにも無視することにして。

「要は……バレたら危険だってのが分かってて、それでも来たってことでいいんだな？」

「はい。もちろん、ドキドキの大冒険であることは分かっています。それでも、リスクを冒す価値はあると思っていますよ？　わたし、こういう直感はとっても鋭いんです。学校の先生からも将来は占い師だねと褒めちぎられていますから」

冗談めかした口調でそう言って、くすくすと柔らかな笑みを零してみせる羽衣。

　そうして彼女は、人形みたいに美しい金糸を揺らしながら歌うような声音で告げる。

「わたしがこの島に戻ってきたのは、責任を果たすためです——そして、今がその時だと教えてくれたのは他でもない篠原さんでした」

「え……俺が？　何の話だよ、それ」

「《E×E(クロス・イー)》。……学園島(アカデミー)の地下牢獄で行われていた、超高難度の脱獄ゲームです」

　可憐(かれん)な声音で紡がれた物騒な単語に、俺は思わず目を見開く。……《E×E(クロス・イー)》。それは、七色持ち(オールカラー)の7ツ星に手を掛けようとしていた篠原緋呂斗(おれ)を《パラドックス》から遠ざけるべく、彩園寺家の守護者たる泉(いずみ)姉妹が仕掛けてきた特殊な《決闘(ゲーム)》の名だ。

　悪戯(いたずら)っぽい表情で「ふふっ……」と俺の瞳を覗(のぞ)き込みながら対面の羽衣は続ける。

「あの《決闘(ゲーム)》をクリアしてしまうとはさすが篠原さん、という称賛は雪(ゆき)や莉奈(りな)から散々もらっていると思いますが……当時、篠原さんはわたしをモチーフにした〝カグヤ〟という妖精のAIをお供にしていたはずです。そして、覚えていますか？　地下牢獄では基本的に端末の通信機能が封じられていたこと。だからこそ、カグヤも過去データだけで構築されていたこと。ただ、牢獄の中央管制室(ゴール)だけは例外的に電波が通じたこと」

「あ、ああ……って」

　上品な仕草で指折り数える羽衣の声に記憶が刺激され、俺はとある事実を思い出す。

　そういえば。……俺が初めて中央管制室(コントロールルーム)に足を踏み入れた際、カグヤの雰囲気やら受け

答えが明らかに不自然だった瞬間がある。もう半月近く前なのでさすがに曖昧だが、

「もしかして……俺はあの時、羽衣と通信してたのか？」

「さすがの推理力ですね、篠原さん」

嫋やかな笑みと共に一つ頷いて俺の考えを肯定する羽衣。

「その通りです――篠原さんが中央管制室へ入った瞬間に電波が通じるようになり、本土にいたわたしとの緊急回線が解放されていました。つまりあの部屋にいた時のカグヤはAIではなく、なんとわたしだったんです。ふふっ、びっくりしましたか？」

「そりゃまあ、びっくりはしたけど……何でそんな仕様になってるんだよ？」

「簡単な話です。あの地下牢獄が使われる、ということは、わたしがいない間に衝撃の大事件が起きたということですから。実はわたし、結構やり手の女なんですよ？　大変なことがあったらすぐ対処できるように、色々と予防線を張っているんです」

「……なるほど、そういうことか」

気取った様子で胸元に手を添える羽衣を見て、俺は得心して首を縦に振る。いくら彩園寺が〝替え玉〟を務めているとはいえ、学園島で何が起こっても一切気付けないというのは不安で仕方ないだろう。言われてみれば当然の配慮なのかもしれない。

「それで……紫音様」

と、そこで涼しげな声を上げたのは姫路だった。彼女は正面に座るかつての主に澄んだ

碧の瞳を向けながら、白銀の髪をさらりと揺らして問い掛ける。

「〝責任〟というのは何のことなのでしょうか？」

「そうです、それが本題です。ふふっ……ありがとうございます、雪」

忘れるところでした、と付け足しながら身体の前でぱちんと両手を合わせる羽衣。彼女は俺と姫路と彩園寺を順番に見つめると、鈴を転がしたような声音で告げる。

「わたしが学園島へ戻ってきた理由……それは、最初にお伝えした通り〝責任〟を果たすためです。そして、責任というのが一体何なのか。これを説明するためには、先に泉家当主――つまり、夜空のことをお話しておかなければなりません」

「「「！」」」

羽衣の口から紡がれた少女の名前に、俺たちは思わず顔を見合わせた。……彩園寺家の影の守護者、泉夜空。それは、今や期末総力戦において最も存在感を示しているプレイヤーだ。そして考えてみれば、羽衣は本物のお嬢様――彩園寺家の長女に他ならない。

ごくりと唾を呑み込んでから問い掛ける。

「もしかして……あいつの〝暴走〟について何か知ってるのか、羽衣？」

「はい、その通りです篠原さん。……雪も莉奈も、いいですか？」

そんな前置きを挟みつつ。

羽衣は、相変わらず深刻さの欠片もない可憐な声音で真相を語り始めた。

「期末総力戦《パラドックス》の真っ最中に起こった夜空(よぞら)の〝暴走〟……あれは、泉(いずみ)家当主の端末に仕込まれた〝自衛プログラム〟によるものです」

「……自衛プログラム？」

「そうです。もっと分かりやすく言うなら〝ラスボス化システム〟といったところでしょうか？　彩園寺(さいおんじ)家を脅かす7ツ星の挑戦者を排除するための最後の砦(とりで)……8ツ星昇格戦の時にのみ発動する〝覚醒モード〟とでも思っていただければ充分です」

「そんな仕様があったのか……いや、だけど8ツ星昇格戦なんか起こってないぞ？」

「はい。実は、このシステムには二通りの起動条件があるんです。一つは8ツ星昇格戦の発生、そしてもう一つは守護対象である莉奈が大規模《決闘》から脱落すること——こちらの条件は、莉奈(りな)がわたしの〝替え玉〟になってから生じたものですね。冥星は彩園寺家を守るために自己進化しますから……一時的な脱落ではありますが、莉奈が〝逮捕〟されたことで後者の起動条件が満たされてしまったのでしょう」

「な……」

羽衣(はごろも)の説明を受け、唖然(あぜん)と目を見開く俺。……《FM&S》で彩園寺が〝逮捕〟されたことで、影の守護者である泉夜空の端末がラスボス仕様に変化した？

「……じゃあ。そのシステムってのは、もしかして勝手に〝冥星〟を使うのか？」

「なんと……やっぱり名探偵ですね、篠原(しのはら)さん。その通りです。泉家当主にとって8ツ星昇格戦というのは〝負けたら終わり〟の崖っぷちですから、ラスボス化システムが起動した夜空の端末はもう遠慮なく、問答無用で冥星のアビリティを使ってきます。端末所持者の意思や意向など全く関係ありません。……と、これだけ壊滅的な仕様だからこそ、大まかな概要すらも莉奈には伝えられなかったのだと思います」

思った以上に深刻な状況に、俺は「っ……」と黙って頰を引き攣らせるしかない。

「……待って、もう少し詳しく聞きたいわ」

そこで声を上げたのは彩園寺更紗だ。俺と同じく動揺に襲われていた彼女だが、早くも事態を呑み込んだのか、豪奢な赤髪をふわりと揺らして隣の羽衣に問い掛ける。

「ねえ紫音。夜空の〝暴走〟が8ツ星昇格戦のラスボス化システムだって話だけれど、だったらアレは単にめちゃくちゃな挙動ってわけじゃなくて、きちんとルールとか設定があるものなの？　正直、あたしたちには何の規則性も見えないのだけど……」

「はい、ご安心ください莉奈。その辺りもちゃんと説明しますから」

任せて、とばかりに制服（通っている高校のものだろう）の胸を張る羽衣。そうして彼女はきゅっと右手を握ると、それを自身の顔の辺りまで持ち上げてみせる。……まるで猫の鳴き真似でも始めるかのような仕草だが、うっかり見惚れていてはいけない。

当の羽衣は可憐な声音で続ける。

「夜空の端末に仕込まれた〝ラスボス化〟のシステムは、全部で五つの段階に分かれています。【モードA】から【モードE】まで……要は形態変化、のようなものですね。各モードには一つの〝冥星〟が対応していて、モードが進むごとに新たな力が解放されていきます。《FM&S》最終盤の夜空(よぞら)は、目の前で莉奈(りな)が〝逮捕〟されたことでラスボス化の発生条件が満たされた状態。言うなれば【ラスボス：モードA〈起床(Awake)〉】ですね。ここで解禁される冥星は【割れた鏡】――あらゆる弱体化(デバフ)を〝反転〟させる効果です」

「弱体化(デバフ)効果を、反転させる……」

ぴ、っと一本だけ指を立てた羽衣(はごろも)の言葉を鸚鵡(おうむ)返しに呟(つぶや)きながら、俺は《FM&S》の最後に泉小夜(いずみさよ)――夜空の妹にあたる少女が言っていた台詞(せりふ)を思い出す。

『泉は冥星を上手(うま)く扱うことができるだけ、っすけど……夜空姉は違うっす』

『学園島(アカデミー)の全員にとって〝負の効果〟を持つ冥星でも、夜空姉にとっては〝正の効果〟になるんすよ。それも色付き星(ユニークスター)と同じくらいとびっきりの』

『要するに、弱体化の反転……それが夜空姉の性質っす』

――本来は〝足枷(あしかせ)〟でしかない冥星を強烈な〝加護〟として受け取れる特殊な力。

それはファンタジーやらお伽噺(とぎばなし)の世界ではなく、泉夜空の端末に秘密があったらしい。

「なるほどね……なら、確かに《FM&S》の幕引きは納得できるわ。考えてみれば、あの《大捕物(レイド)》ってメインの攻撃手段がほとんど〝弱体化(デバフ)〟関連だったもの。あらゆる攻撃を引っ繰り返せるなら、そんなの夜空の独壇場に決まっているじゃない」

「まあな。だけどあいつ、他にも色んな《大捕物(レイド)》で勝ちまくってるんだぞ？　弱体化(デバフ)の反転だけじゃ説明が付かないような――……って」

「はい。お察しの通り、今の夜空は【ラスボス：モードＢ〈進化(Beyond)〉】に至っています」

ピース、と口に出しながら二本目の指を立ててみせる羽衣。

「ＲＰＧのラスボスと同様に、夜空の端末も状況が悪化すればするほど……つまり誰かが８ツ星に近付けば近付くほど強大な力を発揮するように設定されているんです。記録(ログ)を見る限り、夜空が【モードＢ】へ移行する引き金(トリガー)になったのは《一方通行の檻(リターンレスケージ)》という《調査道具》でしょう。せっかくラスボス化したのに莉奈を救えないという現実を突き付けられたのですから、むしゃくしゃして覚醒してしまっても仕方がありません」

「むしゃくしゃして形態変化(レベルアップ)するラスボスなんて聞いたことないんだけど……えっと、それで？【モードＢ】のラスボスはどんな理不尽な真似(まね)をしてくるんだ？」

「はい。先ほど【モードＡ】への到達で【割れた鏡】が解禁されたように、夜空が【モードＢ】になると新たな〝冥星〟が使用可能になります。……というか、こちらについては篠原(しのはら)さんもよく知っているはずですよ？　何しろ、その名も【敗北の女神】――おみくじで〝大凶〟を引くよりもずっとずっと悪い、不幸の象徴みたいな冥星ですから」

「な……!?」

思いきり聞き覚えのある名前に三度驚く俺。

【敗北の女神】というのは、かつて《流星祭》なる大型イベントの際に俺がタッグを組むことになった聖ロザリアの三年生・梓沢翼(あずさわつばさ)が所持していた冥星だ。持っているだけで〝幸運〟のステータスに異様なマイナス修正が掛かり、少しでも運の絡むような《決闘(ゲーム)》では絶対に勝てなくなってしまうという、恐ろしく凶悪な負のアビリティである。

「いや……でも、あれは消滅したはずじゃ」

「はい。あ、もちろん篠原(しのはら)さんの苦労が無駄になったわけではありませんよ？　ただ、冥星の発行元はそもそも泉家(いずみ)……学園島(アカデミー)に流通している冥星の元データは〝削除不能〟な形式で夜空(よぞら)の端末に入っていますから、復元はいくらでも出来てしまうんです。そして、あの【敗北の女神】を【割れた鏡】の効果で〝反転〟させたらどうなるか……」

「っ……めちゃくちゃ強いに決まってるな、そんなの」

深く考えるまでもなくあっさり結論を出す俺。

が、まあそれもそうだろう——何しろ【敗北の女神】を持っていた梓沢翼は、公式戦でも個人戦でもあらゆる《決闘(ゲーム)》に勝てなかったから卒業できずにいたわけだ。もしそんな効果が全て〝反転〟するなら、究極の確率操作系アビリティが爆誕してしまう。

俺と同じところまで思考を進めたのか、隣の姫路(ひめじ)が「なるほど……」と首を縦に振る。

「まさしく〝勝利の女神〟といったところですね。そんなアビリティが作用しているのであれば、今日までの《大捕物(レイド)》で夜空様が連戦連勝だった件も頷(うなず)けます」

「そうね。全く……どれだけ8ツ星を出したくないのか知らないけれど、やり過ぎなくらい鉄壁って感じじゃない。ラスボスがこんなに強くて勝負が成立するのかしら？」

「ふふっ、それは愚問というものですよ莉奈（りな）？　学園島（アカデミー）の歴史上、8ツ星のプレイヤーはもちろん七色持ち（オールカラー）の7ツ星が生まれたことだってただの一度もないんですから」

「！　……じゃあ、実際は使われる予定じゃなかったシステムってこと？」

「もしかしたらそうなのかもしれません。だって……」

　そこで一旦言葉を止めると、羽衣（はごろも）は顔の近くに掲げていた右手をチョキからパーの状態へ変えてみせた。くすっと嫋（たお）やかな笑みを浮かべつつ、彼女はゆっくりと続ける。

「いずれ解禁される【モードC：操り人形】と【モードD：黒い絵の具】に関しては、どうにか対抗しうるかもしれません。ただ【ラスボス：モードE〈終焉（End）〉】……夜空の最終形態は、本当に、誰にも手が付けられないものになっているんです。これは、何も強いというだけの意味ではありませんよ？　説明ができない、ということです」

「説明が、できない……？」

「はい。考えてみてください、篠原さん。今日だって、夜空は【敗北の女神】を反転させた特殊アビリティを使っていたはず……つまり冥星の力を〝武器〟として振るっていたはずですが、LNNや島内SNS（STOC）を見る限り問題になっている様子はありません」

　コト、と自身の端末をテーブルに置きながら可憐（かれん）な声音で告げる羽衣。……確かに、彼女の言う通りだ。冥星は彩園寺(さいおんじ)家が公表していない学園島(アカデミー)の暗部。そんな代物(モノ)が堂々と使われているにも関わらず、批判や文句といった反応は一切見かけていない。

「ですが、それは当然なんです。何故(なぜ)なら夜空(よぞら)の端末には、いわゆる〝認識阻害〟のプロテクトが掛かっていますから。今の夜空が何をやっても『物凄(ものすご)く強力なアビリティを使っているんだ！』という理屈で片付けられてしまいます。ワガママし放題ですね」

「……なるほど。まあ、そうじゃなきゃとっくに大炎上してるよな」

「はい。ですが……先ほど言った通りです、篠原(しのはら)さん。ラスボス化の【モードE】に達した夜空は、形振り構わず目の前の敵を排除しようとします——そこに〝認識阻害〟なんて余計な仕組みが介在する余地はありません。誰が見ても〝不正〟としか思えない一方的な力で8ツ星昇格戦を終わらせ、彩園寺家の立場を守り切ろうとするでしょう」

「っ……いや、でも。それで勝てるんだとしても、そのために誤魔化(ごまか)しもしないで思いっきり冥星を使っちまうってことだろ？　じゃあ、まさか……」

「そのまさかです、篠原さん。夜空が【モードE】に至った瞬間、冥星と彩園寺家の繋がりが全て明るみに出て今の学園島はお終いですね。しょんぼり、です」

悲しげな擬音を口にしつつも相変わらずにこにこと笑顔を浮かべている羽衣(はごろも)。

「「…………」」

対する俺は、もとい俺と姫路(ひめじ)と彩園寺は、ようやく事の全容を把握して静かに顔を見合わせる――泉夜空の暴走。彩園寺の〝逮捕〟に端を発するあの異変は、想像以上にとんでもない爆弾級の大問題だったようだ。形態変化を繰り返すごとに新たな冥星を武器として振るってくるラスボス。ただでさえ攻略しがたい難敵だというのに、下手に刺激すると学園島ごと崩壊してしまう恐れすらあるのだという。

さらに、だ。

「ってなると、越智は――《アルビオン》はラスボス化のことをある程度知ってたってことになるよな？　《FM&S》で彩園寺を〝逮捕〟して泉夜空が暴走するきっかけを作ったのはあいつらだし、それに昨日から《一方通行の檻》で〝救出戦〟を封じてるのだってそうだ。夜空のラスボス化を無理やり進行させようとしてるようにしか思えない」

「そうね。越智春虎には《シナリオライター》があるし……それに、考えてみれば阿久津雅が《E×E×E》で彩園寺家所有の地下牢獄に足を踏み入れているんだもの。あれだけ優秀なプレイヤーなら、小夜や夜空の目を盗んで色々と調べる機会はあったはず」

「はい。……ですが」

俺と彩園寺の推測を受けて、おずおずと疑問の声を上げたのは姫路白雪だ。ヘッドドレスの乗った白銀の髪をさらりと揺らしながら、彼女は怪訝な表情で言葉を継ぐ。

「だとしたら……越智様は、何を狙っているのでしょうか？　夜空様のラスボス化を利用しようとしている、というのは分かります。ただ、紫音様の話では【モードE】に至ったラスボスは手が付けられないと……それなら、結局は桜花学園が勝ってしまいます」

「雪の言う通りです。ラスボス側が優勢ならそれまでで、仮に劣勢だったとしても形態変化を繰り返してもっと強くなる……倒したと思ったら復活して最終形態になるＲＰＧのラスボスと同じで、夜空は〝脱落〟する際にそれを無効化して問答無用の【モードＥ】に到達します。つまり、ラスボスは絶対に倒せません。……もしかしたら、その越智さんという方は断片的にしか情報を手に入れていないのかもしれませんよ？　ラスボスを上手く利用して勝てると、そう誤解しているのかもしれません」

「ん……そうなると、俺たちにとってもかなりマズいんじゃないか？　あいつがこの先も夜空のラスボス化を煽っていけば、森羅は自滅するかもしれないけど俺たちだって一緒に負けちまうことになる。ラスボスはどうやっても倒せないんだろ？　なら……」

「ご安心ください、篠原さん。――だから、わたしがここへ来たんです」

……そう言って。

俺たちの深刻な雰囲気を消し飛ばすかのように、羽衣紫音は嫋やかな笑みを浮かべた。

「夜空のラスボス化をどうにかするための方法……一つ、わたしに秘策があります。ですから雪も莉奈も篠原さんも、どうぞ大船に乗ったつもりでいてください」

「え……そう、なのか？」

「ふふっ、そうなのです。何しろこれは、元を辿れば彩園寺家の問題ですから。今は泣く子も黙るごく普通の女子高生ですが、わたし、なんと彩園寺(さいおんじ)家の長女なんですよ？　小さい頃から英才教育を受けていますから、まさしく責任感の塊です」

「いやいやいや……責任感の塊っていうより、むしろ自由の象徴って感じだけど」

「なんと……それは、わたしが女神様のようだという詩的な表現ですか？　篠原さんのように素敵な殿方に口説かれてしまうと、わたしドキドキしてしまいます」

「……だから、そういうところだっての」

くすっと悪戯(いたずら)っぽい微笑(ほほえ)みを見せる羽衣に苦笑いを返しながら。

俺は、彼女が操縦する大船とやらに身を任せるべく、そっと肩を竦(すく)めることにした。

♯

期末総力戦《パラドックス》は、月曜日から土曜日までが実施期間に指定されている。

「ふぅ……」

故に、羽衣の襲来から一晩明けた翌日——二月十二日の日曜日は、一切の《大捕物(レイド)》が行われない〝間〟の一日だ。状況を考えれば明日からまた激動の一週間が始まることは疑いようもなく、だからこそ俺も今日ばかりはゆっくりと羽を休めるつもりでいる。つい先ほど姫路と二人で遅めの昼食を取り、欠伸(あくび)交じりに自室へ戻ってきたところだ。

……そう。

誤植でも勘違いでも何でもなく、姫路と二人で——である。

（ったく……何してるんだよ、羽衣のやつ）

思わず溜め息が零れてしまう。

つい半日ほど前に学園島へ戻ってきた少女・羽衣紫音——もとい本物の彩園寺更紗。彼女は今日の朝、朝食を取るなりさっさと出掛けてしまった。一応最低限の変装はしていたようだが、相変わらず恐れ知らずの行動だ。おかげでなかなか気が休まらない。

ちなみに当の羽衣曰く、

『夜空のラスボス化をどうにかする件で、ちょっと学校へ行ってきます』

『ふふっ……詳しくはまだ秘密ですよ、篠原さん？　ぬか喜びをさせるわけにはいきませんん。帰ってきたらちゃんとお話しますから、楽しみにお待ちくださいね？』

『《E×E×E》を単独攻略している篠原さんになら、安心して留守を任せられます』

……とのことで。

（今はぬか喜びでも何でもさせて欲しかったんだけどな……って、ん？）

そんなことを考えながらベッドの縁に腰掛けたところで、ふとポケットの中に入れていた端末が小さく振動したのを感じて俺は思考を中断した。画面を見れば、どうやら通話着信のようだ。そして、発信者の欄には少し意外な名前がある——水上摩理。英明学園の一年生にして5ツ星ランカーでもある、とびきり真面目で優秀な後輩だ。

小さく首を傾(かし)げながらも、とりあえず出てみることにする。

「もしもし？」

『あ……すみません、篠原先輩！　お休みの日にいきなりお電話してしまって……今、ほんの少しだけお時間いただいても大丈夫でしょうか？』

「ああ、そりゃ全然平気だけど……珍しいな、水上(みなかみ)から電話なんて。どうしたんだ？」

『はい。……えっと、その。本当に、情けない話なんですが……』

躊躇(ためら)うような吐息が端末越しに俺の鼓膜をくすぐる。

それから一転、回線の向こうの水上は意を決したように言葉を紡ぎ始めた。

『英明学園には頼れる先輩方がたくさんいます。乃愛(のあ)先輩に七瀬(ななせ)先輩、進司(しんじ)先輩に白雪(しらゆき)先輩、それに篠原先輩……間違いなく学園島(アカデミー)最強の学区です。だから私は、いつも無意識に甘えてしまっていました。きっと、私がいなくても英明学園は勝てるから……』

「ん……」

『……でも、乃愛先輩が〝逮捕〟されてしまいました。それに七瀬先輩も……いえ、もちろん篠原先輩を信じていないわけではありません。むしろ、その……こ、心の底から信じています。ただ、それでも少し不安で。乃愛先輩と七瀬先輩が抜けた穴は、誰かが埋めなきゃいけなくて……そして、それは私の役目なんじゃないかなって』

「……真面目だな、相変わらず」

『それが私の取り柄ですから。でも、思っているだけじゃ意味がありません。……篠原先輩、もし良かったら教えていただけませんか？　私は、どうすれば皆さんの――先輩方のお役に立つことができるでしょうか？』

一言一言を絞り出すような問い掛け。……責任感の強い水上のことだから、これを訊くだけでもかなりの決心が必要だったことだろう。本当は自分で考えて動かなきゃいけないのに、なんて迷いを抱えながら、それでも俺に尋ねることにしたのだろう。

何故なら俺たちの先輩である三年生にとって、期末総力戦は最後の《決闘》だから。

絶対に、悔いが残らないようにしてもらいたいから。

「……そうだな。それなら、何かに特化してみるのもいいかもしれない。たとえば――」

だから俺は、頼ってくれた後輩のためにもじっくりと思考を巡らせることにした。

＃＃

――二月十三日、月曜日の朝。

零番区の某所では、一週間と数日ぶりに陣営選択会議が行われようとしていた。

期末総力戦《パラドックス》は全学区が【探偵】と【怪盗】の二陣営に分かれて鎬を削る《決闘》だが、その陣営というのは固定でも何でもなく、各週の初めに開催される〝陣営選択会議〟で各々が決定する仕組みになっている。先週は例の《陣営固定》が効いていたため会議そのものがなかったが、今回はこうして無事に開催される運びとなった。

　各学区の代表に当たるプレイヤーたちは、前回――《FM&S》の直前に行われた臨時陣営選択会議のことだ――同様にきょろきょろと周囲の様子を窺っている。ただし、記憶を辿ってみる限りその顔触れは以前と大きく異なっているらしい。

（まあ、そりゃそうか……）

　一瞬違和感を覚えてしまったが、考えてみれば当然の話だ。

　何しろ先週の大半を使って行われた《FM&S》では、桜花の《女帝》彩園寺更紗だけでなく十四番区聖ロザリア女学院の主力である《凪の蒼炎》こと皆実雫や十六番区栗花落女子学園の絶対的エース・枢木千梨といったプレイヤーも一時的に〝脱落〟してしまっている。その他の学区は《FM&S》と無関係だが、まあおおよその察しは付く。

　ともかく栗花落の席には見覚えのない女子生徒が座っており、聖ロザリアは群青色の長髪にぽむっと白い帽子を被せた柔らかな印象の少女――梓沢翼を寄越していた。

「う、うぅ……雫のバカぁ……何でボクが学区代表なんだよぅ。みんな強そうだし、ギラギラしてるし……ボク、今日ここで食べられちゃうのかなぁ……」

　悲壮感たっぷりに呟いているが、大方〝可愛いから〟みたいな理由で皆実に抜擢されたのだろう。聖ロザリアは元々《決闘》に積極的な学区ではないため、皆実雫を除けば高ランカーなどほとんどいない。梓沢が〝広告塔〟的な役目であることは明白だった。

そして――、

「あはっ……何すか、よわよわ先輩？　いくら女の子に飢えてるからって、人前で泉（いずみ）に色目とか使わないで欲しいっす。勘違いされたら大迷惑なんで☆」

――三番区桜花学園。

前回まで会議に出席していた彩園寺（さいおんじ）が〝逮捕〟されている関係で、当然ながら桜花（おうか）の代表者も変更されていた。薄紫のツインテールにあざとさ全開の萌（も）え袖。人を小馬鹿にするようなニマニマとした笑み。他でもない、誘拐犯の片割れこと泉小夜（さよ）だ。

「……お前が学区代表なのかよ、泉。桜花なら他にいくらでも適任がいるだろ」

「ええ～、ひどいっすね先輩。泉ってば、こう見えても結構優秀なんすよ？　っていうか藤代（ふじしろ）先輩は更紗（さらさ）さんと同じく〝逮捕〟されちゃってますし、生徒会長も綾乃（あやの）先輩もこういうところに来たがらないんで、消去法的にも泉しかいないっす。あはっ……遠慮なく喜んでくれていいっすよ、よわよわ先輩☆」

「はあ……？　何を喜べっていうんだよ」

「え。泉と同じ空気吸えるとか、エロい先輩からしたら普通に幸せじゃないっすか？」

「…………」

惚（とぼ）けているのか本気で言っているのか分からない泉に無言のジト目を返す俺。……何というか、相変わらず調子の狂うやつだ。俺のことを目の敵にしているのは立場的に当然なんだとしても、何かと絡んでくるためとにかく真意が読みづらい。

（だから、泉小夜の動きには要注意……で、あとは――）

テーブルの下でぎゅっと拳を握りながら緊張交じりに思考と視線を巡らせて、

「っと……ギリギリセーフかな。遅くなってごめんね、みんな」

――ガチャリと開いた扉から越智春虎が顔を覗かせたのは、その直後のことだった。

陣営選択会議の開始を示すチャイムが室内に鳴り響く――。

改めて、ここにいるのは期末総力戦の第二局面に駒を進めている学区の代表者たちだ。

【一番区雛園学園：西森悠真（５ツ星）】※《瑠璃色乙女》穂刈果歩から変更
【三番区桜花学園：泉小夜（４ツ星）】※《女帝》彩園寺更紗から変更
【四番区英明学園：篠原緋呂斗（７ツ星）】
【五番区導宝学園：日野若葉（５ツ星）】※《俊足の貴公子》遊馬虎太郎から変更
【七番区森羅高等学校：越智春虎（６ツ星）】
【八番区音羽学園：久我崎晴嵐（６ツ星）】※《聖炎》で復活したため前回欠席
【十四番区聖ロザリア女学院：梓沢翼（１ツ星）】※《凪の蒼炎》皆実雫から変更
【十五番区茨学園：結川奏（６ツ星）】
【十六番区栗花落女子学園：宇佐美沙奈（５ツ星）】※《鬼神の巫女》枢木千梨から変更

【二十番区阿澄之台学園：能登隆盛（5ツ星）】※《鋼鉄》野々原仁から変更

――前回から大きく顔触れを変えた面々。俺たちはこれから三十分間の話し合い、もとい腹の探り合いを行い、今日から始まる第六週目で所属したい陣営を一斉に選択する。

故に、通常なら誰かしらが最初の話題を投げ掛けるのだが……。

代わりに自身の端末をテーブルの上に投げ出したのは、桜花代表の泉小夜だった。

「あはっ。最初に言っておくっすけど……先輩方？　この会議は無駄っす。いくら相談しても談合しても暗躍しても対立しても、完全無欠に無意味っす」

「え、えぇっ!?　ど、どういうこと？　ボク、せっかく来たのに……」

泉小夜の断言にびくっと身体を跳ねさせた梓沢が恐る恐るといった口調で訊き返す。群青色の長髪がふわりと柔らかく揺れる中、泉は「そのままの意味っすよ」と続けた。

「泉はいま《投げやりな乱数調整》っていう《略奪品》を使ってるっす。これは、全学区の陣営選択を〝任意〟じゃなくて〝自動〟に変える効果……だから、どんなに考え込んだところで今回の陣営配置に選択権なんかないっす。だって勝手に決まるんで☆」

「え……そ、そうなの？　でも、なんで……」

「……例の〝女神〟があるからだろ」

狼狽える梓沢の発言を遮るように、俺は嘆息交じりに口を挟むことにした。冥星やらラスボスのことをうっかり表に出さないよう、慎重に言葉を選んで続ける。

「桜花の泉夜空が使ってる特殊アビリティ。島内SNSじゃ〝勝利の女神〟なんて呼び方が浸透してるみたいだけど……梓沢、お前が一番よく知ってるんじゃないか？　あれは梓沢が持ってた【敗北の女神】を〝幸運〟側に反転させたようなアビリティだ。確率操作の究極系だな。だから、桜花にとっては〝ランダム〟が一番好都合ってことになる」

「！　そ、そんなぁ……ボク、せっかくこれまでの戦況を色々調べて、どっちの方がいいかなぁって考えてきたのに……全部、ランダムで決まっちゃうんだ？」

「……あの。よわよわ先輩ならともかく、聖ロザリアの人にそんな悲しい顔されたら泉的にも申し訳ないんすけど……えっと、後でクレープとか奢ってあげるっす」

「ほんと!?　いいのかな、ボク先輩なのにそんなこと……チョコバナナがいいな」

「了解っす。それじゃ、とっておきのお店に招待するっす」

心の底から嬉しそうな笑顔を見せる梓沢に少しだけ表情を緩めて頷く泉。……《パラドックス》は学区対抗戦なので他学区の作戦を潰すというのは悪いことでも何でもないはずだが、まあ梓沢翼という少女が戦意を折る天才なので仕方ない。

「とにかく……そういうことっすよ、先輩☆」

逸れかけてしまった話を元に戻すように、テーブルの向こうの泉小夜は薄紫のツインテールを揺らしながら改めて俺に視線を向けてきた。大きく開いた右手とセーターの萌え袖で口元を隠した彼女は、ニマニマと煽るような表情で言葉を継ぐ。

「よわよわ先輩がどんな手を用意してきたか知らないっすけど、これで何もかも無意味っす。夜空姉の冥――色付き星は、超強力な確率操作アビリティっすから。小細工なんか抜きに、今の泉たちにとって最高の陣営配置を組んでくれるって寸法っす☆」

「……へえ？　自分でろくに考えられないからってアビリティ任せかよ、泉。あの彩園寺の後続だってのに随分と頼りない学区代表だな」

「む……何とでも言うっす。泉、効率主義なんで！　過程なんかどうでもいいっす！」

微かに唇を尖らせながら突っ掛かってくる泉小夜。

対する俺は、無言のまま右手を口元へ遣って思考を巡らせ始めることにする。

（《投げやりな乱数調整》と〝勝利の女神〟のコンボ……最善の陣営配置をシミュレーションするだけなら彩園寺の下位互換でしかないけど、他学区の選択を何もかも無視できるってところはめちゃくちゃ凶悪なんだよな）

――そう、そうだ。

泉小夜本人には〝頼りない〟と評したが、あれは単なる強がりであって、実際のところはそんなわけがなかった。先週の越智が《改造》アビリティを【スパイ】に適用することでどうにか桜花を【怪盗】側へ追い遣っていたことを考えれば、適当な《略奪品》一つで全学区を〝桜花にとって都合の良い陣営〟へ動かせるのはあまりにも強い。

（結川とか霧谷はともかく、越智が何も言ってこないのが不気味すぎるけど……）

ちら、と最も警戒すべき男の様子を窺(うかが)ってみるが、彼はいつも通り落ち着いた表情を浮かべているだけで、妨害の一手を打つどころか微動だにしていない。

（……仕方ない。とりあえず、ここは成り行きに任せてみるしかないか）

内心でそっと溜(た)め息(いき)を吐(つ)きつつ、泉に倣って自身の端末をテーブルに放る俺。昨日の朝に家を出た羽衣紫音(はごろもしおん)はまだ戻ってきていない。彼女の言う〝秘策〟の正体が分かっていない以上、この場で俺にできることは何もないだろう。

「――決まり、みたいっすね」

結局、数分経(た)ってみても泉の《投げやりな乱数調整(ランダムメイカー)》に対する反抗勢力は特に現れなかった。全員の端末がテーブル上に置かれたのを確認してから彼女は満足げに頷(うなず)く。

「それじゃ、運命の結果発表っす☆　泉としては、よわよわ先輩がとんでもない逆境に突き落とされてると最高に幸せな気持ちになれるっすけど……」

ニマニマした視線を俺に向けながら指先をつっと端末に触れさせる泉小夜。

と――次の瞬間、俺たちの眼前に各陣営の所属学区が一斉にずらりと投影展開された。

【〝探偵〟陣営：桜花／森羅(しんら)】

【〝怪盗〟陣営：雛園(ひなぞの)／英明(えいめい)／導宝(どうほう)／音羽(おとわ)／聖ロザリア／茨(いばら)／栗花落(つゆり)／阿澄之台(あずみのだい)】

「「「!?」」」

表示されたデータを見て、各学区代表たちがざわざわと困惑の声を上げる。

が――まあ、それも当然のことだろう。泉小夜の話通りなら、ここでは順当に〝桜花が最も有利になる組み合わせ〟が実現するはずだった。けれど蓋を開けてみれば、桜花学園を含む【探偵】陣営はたったの二学区。逆に【怪盗】陣営には八学区もの所属がある。

「な、何で……《投げやりな乱数調整》が機能しなかったっすか？　それとも……」

そこで何かに気付いたようにパッと顔を持ち上げる泉小夜。

彼女の視線の先にいるのは、他でもない越智春虎だ。彼は《投げやりな乱数調整》による陣営配置が提示された瞬間も一切の動揺を見せず、穏やかな表情を浮かべている。

そんな彼に対し、微かに声を低くした泉が呆然と問いを投げ掛けた。

「……森羅が、何かしてるっすか？」

「うーん、何かって言われてもね。今は大事な《決闘》の真っ最中だよ？　僕は勝つためのことなら何でもしてるから、そんな曖昧な質問じゃ何が何だか分からない」

「う……と、惚けないで欲しいっす！　夜空姉の色付き星と《投げやりな乱数調整》があれば、今週の陣営配置は桜花にとって最善のモノになるはず……なのに、何で【探偵】側にいるのが桜花と森羅だけなんすか!?　おかしいっす、こんなの！」

「そうかな？　別に、僕はおかしいと思わないけど」

薄紫のツインテールを揺らしながら食って掛かる泉小夜に対し、越智は深い輝きを秘めた漆黒の瞳をほんの少し細めてから静かに首を横に振る。そうして一言、

「そもそも、この期末総力戦における〝最善〟とか〝最悪〟とかって割と曖昧な概念だよね。ただ単に〝勢力が大きい〟ことを最善とみなすなら、一番人数の少ない学区をどちらかに配置して、他の全学区が反対側の陣営に収まればいい。だけど、それじゃ脱落するのは一番弱い一学区だけだ。僕にはこれが最善手だとは思えない」

「……？　そんなのは、当たり前っす」

「そうだよね、参加者（プレイヤー）の視点からすればその辺りは当然のことだ。だから、君の言う〝勝利の女神〟と《投げやりな乱数調整（ランダムメイカー）》の連携も、目先の生存だけじゃなくて期末総力戦全体の勝利を目指しているはずなんだよ。つまりは今この状況において、最も多くの学区を最も少ない学区で屠れる組み合わせ。それが〝最善〟だと思わない？」

　そこまで言ったところで、越智は静かに俺へと視線を向けてきた。冷徹な中にどこか挑発的な色を感じる漆黒の瞳。……なるほど、やはりこの組み合わせは越智春虎の狙い通りらしい。彼は英明（えいめい）を含めた大多数の学区をまとめて潰すつもりでいる。

　だからこそ俺は、静かに口を開くことにした。

「……越智、お前の話はよく分かった。要するにお前は、泉のミスでも《略奪品》の動作不良でも何でもなく、この陣営配置が桜花にとって最善だって言ってるんだな？」

「うん。さっきも言った通り、この期末総力戦で最大限の〝有利〟を獲得するための方法は、強学区二つと有象無象（うぞうむぞう）の組み合わせを成立させることだ。……ただ、どの学区にもある程度の高ランカーはいるものだからね。普通はここまできっちり分けられない」

「ああ。だから……お前らは五週目を丸ごと使って、他学区の戦力調整をしてたのか」

「──なっ⁉」

俺の断定に傍らの泉小夜が目を見開いて驚愕の声を上げる。

そんな彼女を横目に、越智は平然とした表情で「そうだね」と一つ頷いた。

「緋呂斗の言う通りだ──たとえば、十四番区聖ロザリア女学院。トップランカーは《凪の蒼炎》こと皆実雫さんだけど、残念ながら先週の《FM&S》で〝逮捕〟されてる。十六番区栗花落女子学園の《鬼神の巫女》枢木千梨さんについても同じく、だね」

「……知ってるよ。そういや、あの《大捕物》の仕掛け人はお前らだったな」

「うん。それに、一番区雛園の穂刈果歩さん、五番区導宝の遊馬虎太郎くん、二十番区阿澄之台の野々原仁くん。彼らもとっくに期末総力戦から〝脱落〟してるよ？　一番区と五番区は先週【探偵】側だったから、ちょっとした《調査道具》を使って〝謹慎〟状態にした。【怪盗】陣営にいた二十番区の彼は、普通に《大捕物》で勝って〝逮捕〟した」

「で、音羽は久我崎しかいないから人数的に最初から計算外……なるほどな。確かにどこの学区も例外なく、思いっきり戦力を削られてるわけか」

「ふっ……残念だね篠原、君は一つ重要な例外を見逃しているよ？　6ツ星ランカーにして数々の大規模《決闘》で輝かしい功績を納めるこの僕が率いる茨──」

「——その通りだよ、緋呂斗。あらゆる学区の戦力を削ることで、僕はこの六週目の陣営配置を操作した。桜花が《投げやりな乱数調整》を使うことは〝知って〟いたからね」

「っ……《シナリオライター》か」

ポツリと呟く。……約一名しゅんと悲しげに肩を落としているプレイヤー、もとい結川奏の声も聞こえていたが、構っている余裕がないので返事は後にさせてもらおう。

テーブルの下でぎゅっと拳を握りながら、俺は静かに視線を持ち上げて口を開く。

「じゃあ……お前は最初から、このタイミングで桜花と組むつもりだったんだな。《FM&S》はそのための布石、というか下準備に過ぎなかった」

「まあそうだね。あの《大捕物》が始まる前にも言ったけど、僕のシナリオにとって《FM&S》は単なる通過点でしかなかった。泉夜空っていう最強の存在を強引に目覚めさせるためのね。……知ってる、緋呂斗？　どんな世界でも一番強いのは凶悪な兵器そのものじゃなくて、それを扱える国か組織の方なんだよ」

「っ……兵器!?　……て、撤回して欲しいっす。夜空姉は、兵器なんかじゃ——」

「兵器でしょ。じゃなかったら〝装置〟とか〝機構〟になるけど」

あくまでも冷たく言い放つ越智に対し、泉は「ッ……」と微かに肩を震わせながら下唇を噛み締める。……おそらく、越智はあえて攻撃的な言葉を選んでいるのだろう。何しろ冥星を操る〝彩園寺家の影の守護者〟は、彼にとって最も憎むべき相手だから。

「ったく……最強の兵器、ね」

だからこそ俺は、押し黙ってしまった泉の代わりに言葉を紡ぐことにする。

「じゃあお前は、やっぱりあいつの——泉夜空の力を利用して期末総力戦を優位に進めようとしてるのか。それがお前の〝シナリオ〟ってことかよ」

「ご名答だよ、緋呂斗」

対する越智は何の含みもなく同意してみせる。

「僕らは、彼女の〝暴走〟——ということにしておいてあげるけど——を利用して、森羅以外の全学区をここで潰し切るつもりだ。方法は簡単だよ？　だって今の【探偵】陣営には桜花と森羅しかいない。こっちの戦力は自由に〝削る〟ことができる」

「！　つまり、お前の一存で自在に〝危機〟を演出して……泉夜空を〝強化〟できる？」

「うん。ピンチになれば味方が勝手に強くなってくれるんだから、簡単なものだよね」

「……、あくまでも夜空姉を道具として使おうとしてるってことっすね」

と、そこに口を挟んできたのは昏い表情をした泉小夜だった。彼女は少しだけ身を乗り出すようにしながら、先ほどよりも低くなった声で攻撃的に告げる。

「でも、いいんすか？　仮に泉たちがよわよわ先輩の【怪盗】陣営をさくっと全滅させたとしても、期末総力戦の仕様的に最後は桜花と森羅の一騎打ちっす。夜空姉の〝暴走〟がそこまで進行してるなら、たとえ森羅でも到底敵わないはずっすよ？」

脅すように、突き付けるようにそんな言葉を紡ぐ泉。

そう——それは、俺たちも疑問に思っていたことだ。羽衣（はごろも）の話を全て額面通りに受け取るなら、8ツ星昇格戦のラスボスこと泉夜空はそもそも倒せない。倒せるような仕様になっていない。なら、結局は桜花が一人勝ちになって期末総力戦はお終（しま）いだ。

（越智がそこまで掴（つか）んでない、って可能性もあるにはあるけど……）

そんなことを考えながらちらりと越智の表情を窺（うかが）う俺。

けれど彼は、俺や泉小夜の期待とは裏腹にあっさりと首を横に振った。

「そうかもね。……だけど、別に敵わなくても問題ないよ」

突き放すような冷たい声音。

そんなものを対面の泉小夜に突き付けながら、越智春虎（はるとら）は無感情に淡々と続ける。

「泉夜空の〝暴走〟……知ってるよね？　あれが最終形態（モードE）まで進行したらどうなるか」

「……？　それは、もちろん知ってるっすけど……だ、だから何すか？　あの形態（モード）は絶対に発生させちゃいけない、最悪の——」

「ふぅん？　でも、それは君たちの都合でしょ。僕からしてみれば何の不都合もない。というか……何の手間もなく、君たちをこの期末総力戦から排除できる」

……瞬間。

越智の発した言葉の意味が正確に分かったのはおそらくこの場で俺と泉小夜だけだっただろう。ただそれでも、当の俺たちは肌が泡立つような感覚に目を見開いていた。

そうか――そうだ、やっと分かった。理解した。確かに泉夜空のラスボス化が最終形態まで進行すると彩園寺家の闇が全て暴かれてしまうわけだが、そんなの越智にとっては関係ないんだ。障害にならないどころか、むしろ利点ですらある。

だって彼は、泉夜空の〝ラスボス化〟をただ【モードE】まで進めるだけでいい。隙を突いてでも無理やりにでも、とにかく〝最終形態〟へ移行させるだけでいい。

そうすれば彼女は勝手に不正を働いて……〝失格〟により、期末総力戦から排除される。

（ヤバ、すぎるだろ……こいつ!!）

詰め将棋の如く完璧にハマった計画、もとい〝シナリオ〟に、俺は背後から絶望が圧し掛かってくるのを感じながら密かに下唇を噛み締める。……本当に、一切の隙が見当たらなかった。作戦を開示されただけなのに圧倒的な力の差を感じてしまう。

「これが僕の思惑の全貌だよ」

相変わらず自身の感情を押し殺したように、ひたすら淡々と言葉を紡ぐ越智。

「今はまだ期末総力戦の第二局面だ。ここで英明を落として森羅が勝てば、緋呂斗から7ツ星の座を奪い取れる。僕は二色持ちでしかないけど、7ツ星になったタイミングで《アルビオン》の色付き星を一つにまとめることになっているからね。期末総力戦の報酬と合わせてちょうど七色……これで、ようやく8ツ星昇格戦に挑戦できる」

「……8ツ星ね。確か、そうすれば衣織……お前らの仲間を救える、って話だったよな」

「ん……そう、だね」

衣織の名前を出した瞬間、越智の表情がほんの少しだけ曇ったのが分かった。けれど彼はそれ以上の動揺を見せることなく、あくまで不敵な声音で続ける。

「8ツ星に到達したプレイヤーは学園島の全権限を得る——そんな噂が流れているみたいだけど、僕にとってはどうでもいいし興味もない。僕が求めているのは……〝《決闘》の基本ルールを一つだけ弄ることができる権利〟」

「……《決闘》の基本ルールを？」

「うん。8ツ星ランカーは学園島の根幹を為す《決闘》の仕様を、たった一つだけ自由に追加・変更できるんだ。僕は、その権利を使って学園島から全ての冥星を——いいや、星獲り《決闘》というシステムそのものを葬り去ろうと考えている」

「!?　何で、そこまで……」

「そうでもしないと衣織を救えないからだよ。冥星のせいで〝学園島の生徒〟として認識されず、学校には通えないし《決闘》には参加できないし果ては人権さえも認められていない僕らの仲間を、ね。……冥星が偶発的に生まれたのなら、存在を抹消したところでいつ似たようなモノが発生するか分からない。だったら根本から断つしかない」

「………」

「だから――だからね緋呂斗、僕は勝たなきゃいけないんだ。そのためなら文字通り何でもする。君の才能は認めているけど……覚悟が違うんだよ、君と僕とじゃ絶対に」

真っ直ぐ俺を見つめて言い放つ越智春虎。

仲間を救うために冥星を消滅させたい――彼の願いは掛け値なしに立派なものだ。冥星がなくなれば衣織や梓沢のように苦しめられる存在が生まれることもないし、そもそも冥星は作り手である泉家の意図を超えて進化してしまっている。文字通り誰の得にもならない災厄なわけで、撤廃できるならもちろんその方がいい。

(でも……)

問題があるとすればそのやり方だ。……冥星だけじゃなく、星獲り《決闘》のシステムそのものを消滅させる？　それはすなわち、学園島の在り方を根本から変えてしまうようなものだ。この島に住む全員をまとめて〝否定〟するようなものだ。

滅茶苦茶な論理であり、とんでもない暴挙。

ただ、それでも――越智春虎が8ツ星に到達すれば、彼の願いは叶えられる。

「……ねえ緋呂斗、君には何か覚悟があるの？　僕みたいに叶えたい願いがあるの？」

(願いって……そんなもの、俺にあったか？)

越智の問いに、思わず自問自答してしまう。

〝覚悟が違う〟と彼は言っていた。彼の覚悟とやらが衣織のためなら、俺は何のために8ツ星を目指しているんだ？　幼馴染(おさななじ)みを探すため……？　いや、それは〝7ツ星〟になれば理論上叶えられる。その先に進む意味は？　俺の覚悟にはどれだけの価値がある？

「…………」

いくら考えてみても答えは出ない。

対面の越智はしばらく俺の言葉を待っていたようだが……やがて、微(かす)かな嘆息と共に席を立った。テーブルの上の端末を手に取った彼は、こちらに背を向けながら一言。

「覚悟がないなら、君も僕の敵には値しない。……期末総力戦(パラドックス)は今週で終わりかな」

――煽(あお)るようなその発言は、俺の頭の中でぐるぐると再生(リピート)され続けた。

♭♭　――遠い日の記憶①――

学園島(アカデミー)七番区・森羅(しんら)学園グループには、幼稚舎から大学部まで全てが揃(そろ)っている。

ただし、特徴的な点が一つあった。中等部以降はあらゆる層の人材を受け入れているのだが、幼稚舎と初等部に関しては通常の入学試験を一切設けていない――代わりに、集まっているのは身寄りのない子供がほとんどだ。森羅学園グループの代表は孤児の救済・養育に心血を注いでおり、学園の一部を実質的な孤児院として機能させていた。

そして。

越智春虎という少年は、四歳の頃から森羅にいた。

理由としては——森羅では珍しくも何ともないが——不慮の事故で両親を失っていたからだ。親戚の伝手で学園島を紹介され、そのまま森羅の幼稚舎に編入した。孤児院という性質を持つため森羅学園グループの先生たちは非常に熱心で、特に入学直後の子供に対しては様々な手を尽くして警戒心を解こうとする。実際、大多数の子供は徐々に馴染んでいくことになるのだが、春虎だけはなかなか心を開けずにいた。

「……かんけい、ないから……」

それが彼の口癖だった。あらゆることに興味が持てない。何もかもがどうでもいい。自分を捨てた世界のことなんか二度と信じられなくて、だから自分に構ってくれる存在の全てを疑っていた。同じ幼稚舎にもう一人、編入直後から先生に歯向かい続けていた少年がいたことも知ってはいたが、興味がなくてそれ以上の詮索はしなかった。

そんな日常は、次の年になっても続いた。もちろん次の年も続いた。

けれど、その次の年には続かなかった。

彼が小学二年生になった頃、一つ下の学年にとある少女が編入してきた。森羅のネットワークは狭い。その子はすぐに学校中の噂になった。曰く、太陽みたいな少女だと。誰に対しても臆することなく話し掛け、たちまち相手を笑顔にしてしまうのだと。

春虎がその存在を認識する頃には、彼女は既に春虎以外の全員と──正確には春虎と例の反発少年を除いた全員と──〝友達〟になっていて。

やがて彼女は、春虎の元にもやってきた。

「ねえねえ、名前なんて読むの？　はる……はる……分かんない！　ハルくんでいい？」

……良くはない。

そう思ったが無視して、次も無視して、さらに無視したものの彼女は毎日懲りずに話し掛けてきた。それから、体感で十日ほど経過した頃だろうか。いよいよ面倒になってきた春虎は、初めて嘆息交じりに口を開く。

「……なんでぼくに構うの。友達なら向こうにいっぱいいるでしょ」

「？　なんで、って……ハルくんは、わたしの友達だよ？」

「っ！」

太陽みたいに純粋で圧倒的な輝きを放つ彼女に思わず見惚れてしまって、そこで春虎は初めて気が付いた。自分はとっくに、興味を持ってしまっていた。彼女のことが気になって仕方がなくなっていた。それは、彼の世界に色が戻った瞬間だった。

……そして。

春虎に初めて感情と呼べるモノを与えた太陽みたいな彼女は──捨て子のため親も本名も全く分からないのだという彼女は、みんなから〝衣織〟と呼ばれていた。

LNN -Librarian Net News-

《期末総力戦（パラドックス）》中間速報

学園島のみんな、こんにちにゃー！《ライブラ》の風見鈴蘭にゃ！
週の途中にゃけど、色々ありすぎたからこの辺りで
中間速報をお届けするにゃ！

期末総力戦サドンデスルール《リミテッド》開幕

1月9日から開催中の超大型《決闘》こと期末総力戦！その第6週目にあたる今週の初めから、サドンデスルール《リミテッド》が前倒しになって施行されているにゃ！　本来なら名前の通り〝サドンデス〟用に作られていたルールだから、その影響は甚大も甚大！　物凄い勢いで《決闘》が加速しているにゃ！　振り落とされないように要注意、にゃ！

桜花×森羅による【探偵】陣営の大攻勢

そんな《リミテッド》の中で圧倒的な優勢を確保しているのは、たった2学区しか所属していないはずの【探偵】陣営……！　森羅高等学校の6ツ星ランカー・越智春虎くんや特殊な色付き星を有する桜花学園の隠し玉・泉姉妹の活躍で【怪盗】陣営の戦力を容赦なく削り倒しているにゃ！　ただし《区域大捕物》における【怪盗】陣営の勝率はじわじわ右肩上がりになってるし、もうすぐ【怪盗ランク15】になるプレイヤーがいるとの噂もあるにゃ。まだまだ諦めるには早すぎる、と言わんばかりの徹底抗戦にゃ！

そして激戦は加速する──！

みんなも知っての通り、サドンデスルール《リミテッド》には〝呪い〟と〝祝福〟が存在するにゃ。プレイヤーたちは〝呪い〟のせいで脱落していくけど、生き残ったみんなは〝祝福〟のおかげで強くなってる……さらに、使えるエリアはどんどん減っていくから、最終的には全員がハイリスクハイリターンの中央エリアで激突することになるにゃ！　つまり《リミテッド》は後半になればなるほど加速する、というわけにゃ！　目を離したら後悔すること間違いなし、にゃ！

b

……それらの操作は迅速に行われた。

期末総力戦(パラドックス)第六週目、陣営選択会議——泉小夜(いずみさよ)が使用した《投げやりな乱数調整(ランダムメイカー)》によって【探偵】陣営に二学区、対する【怪盗】陣営に八学区という偏った陣営配置が確定した直後、全体履歴(ログ)に【探偵】陣営の戦力が激減した、という情報が投じられた。

これは、他でもない森羅(しんら)高等学校リーダー・越智(おち)春虎の指示によるものだ。彼は自学区のプレイヤー一人を犠牲に他学区の戦力を道連れにする《自己犠牲の罪状(トリックテイキング)》なる《調査道具》を通じ、なんと自軍【探偵】陣営に所属する桜花(おうか)学園の勢力を大幅に削っている。もちろん、生贄(いけにえ)に捧(ささ)げられたのも【探偵】側の森羅メンバーだ。故に【探偵】陣営の総戦力は、人数で言えば【怪盗】側の半数にも満たなくなってしまっている。

ただしこの事態を受け、泉夜空の〝ラスボス化〟は強制的に進行してしまう。

【ラスボス：モードC〈不滅(Continue)〉】——解禁冥星【操り人形】。

これにより、期末総力戦全体に関わる〝超大型ルール〟が始動することとなる……。

＃

『――緊・急・大・告・知！』

『学園島(アカデミー)のみんな、こんにちにゃー！　《ライブラ》の敏腕記者・風見鈴蘭(かざみすずらん)にゃ！　月曜日の朝だからまだまだ眠い人もいるかもしれないけど、そんな眠気も軽々吹っ飛んじゃうくらいの大大大ニュースをお届けするにゃ！』

『たった今、期末総力戦内でとあるルールの開始条件が満たされたっていう通達が入ったのにゃ！　本来なら三月後半まで決着が付かなかった場合の〝拡張ルール〟として用意してたモノなんだけど……まあ、色付き星(ユニークスター)クラスの特殊アビリティなら干渉(アクセス)する方法は色々あるにゃ！　だからみんな、観念して受け入れて欲しいにゃ！』

『……と、いうわけで！』

『今日から適用されるのは、期末総力戦サドンデスルール――《リミテッド》!!』

『細かい仕様(ルール)はみんなの端末で確認できるようになってるから、じっくりゆっくり見ておいて欲しいんだけど……ワタシからは、一つだけ！　《リミテッド》がこれまでの《パラドックス》本編と決定的に違う点は、とにかく〝脱落〟の頻度が上がることにゃ！　だからこそのサドンデス！　気を抜いてると容赦なく追放される仕組み、なのにゃ！』

『対象は生存プレイヤー全員！　適用開始は今日の午後――えっと、十三時から！』

『それじゃあ、心して――』

『期末総力戦サドンデスルール《リミテッド》の開幕にゃぁあああああああっ!!』

「「…………」」

――端末から、そして街中の至るところに設置されている大型ディスプレイから流れ出してくる風見鈴蘭の声を聞きながら、俺と姫路は無言で顔を見合わせる。

第六週目の陣営選択会議が無事に（？）終わり、午前九時を少し過ぎた頃。四番区まで戻ってきた俺は、駅の近くで制服姿の従者こと姫路白雪と合流していた。本当ならそのまま《大捕物》に繰り出すつもりだったのだが、それを遮るような形で割り込んできたのが風見による――もとい《ライブラ》による〝緊急告知〟だったというわけだ。

「問答無用すぎるな、おい……」

あまりにも露骨な攻勢に、思わず嘆息交じりに肩を竦める。

「これ……要するに、越智のやつが【探偵】側の戦力をあえて削って、泉夜空の〝ラスボス化〟を早速【モードC】まで引き上げたってことだよな？」

「はい、ご主人様。新たに解禁された冥星は【操り人形】……これが【モードA】の【割れた鏡】によって〝正の効果〟に反転し、ルールに干渉しているようです」

肩を並べるような格好ですぐ隣から俺の端末を覗き込んでいる姫路もまた、白銀の髪をさらりと揺らしつつ小さく首を横に振っている。

「風見(かざみ)様も〝色付き星(ユニークスター)の特殊アビリティ〟という表現を使っているように、現在の夜空(よぞら)様は【モードC】なのでまだ認識阻害のプロテクトが有効になっています。……ですが、先週の木曜日に〝暴走〟してからたったの四日で【モードC】に至っていると考えれば驚異的な速度ですね。このまま進行すると【怪盗】陣営は早々に壊滅してしまいます」

「ああ……さっさと食い止めないとマズいな」

そんな言葉を交わしながら、二人して溜(た)め息(いき)を吐(つ)く俺と姫路(ひめじ)。……とはいえ、だ。

実を言えば、この展開は俺たちにとって全くの予想外というわけでもなかった。羽衣(はごろも)からの情報提供で【ラスボス：モードC〈不滅(Continue)〉】の大まかな概要くらいは知らされていたため、越智(おち)が速攻で期末総力戦を終わらせるために〝大規模な干渉〟を仕掛けてくるかもしれない、というところまでは昨日の時点で覚悟していた。

というのも――【操り人形】。

ラスボス化【モードC】で解禁される冥星は、本来かなり極悪な効果を持っている。あらゆる《決闘(ゲーム)》において対戦相手に〝ゲームマスター〟と同様の権限を付与し、自身はただそれに従う……という〝全面降伏〟の冥星だ。しかしこれが〝反転〟することで、采配権限やら管理者権限まで手に入れた凶悪な〝支配者〟が誕生してしまうことになる。

「…………」

これまでの形態(モード)に引き続き、今回新たに解禁された冥星もまた信じられないくらいに強烈だ。やはり泉夜空をこのまま放置するわけにはいかない……けれど、既に分かっている通りラスボスは決して倒せない。否、倒そうとすれば壊滅するのは学園島の方だ。

　故に、俺たちからすればあのお嬢様が唯一の頼りなのだが——

「……羽衣は、まだ帰ってきてないんだよな？」

「はい。メッセージのやり取りは定期的にしていますが、それ以上は何も……」

微かに不安そうな声音でそう言ってふるふると首を横に振る姫路。

　そう——昨日の朝に意気揚々と家を出た羽衣だが、どういうつもりか一日経ってもまだ戻ってきていなかった。俺や姫路がメッセージを飛ばしてみても『順調ですから期待してお待ちください』の一点張りで、電話には出てもくれない。

「ったく……」

　そんなことを思い返しながら、俺は嘆息交じりに再び小さく肩を竦めることにした。

「期末総力戦サドンデスルール《リミテッド》……越智が泉夜空を【モードC】に引き上げてまで用意した舞台なんだから、真っ向からぶつかって俺たち【怪盗】側に勝ち目があるとは思えない。けど、あの羽衣が何の策も持たずに学園島まで来るなんてもっと有り得ない……ってわけで、当面の目標はあいつが帰ってくるまで凌ぎ切ることだな」

「そうですね。……では、遅ればせながら」

　ほんの少し気取った口調でそう言いながら、姫路は白手袋に包まれた指先で自身の端末を操作し始めた。そうして投影展開してみせたのは、先ほどの〝緊急告知〟と同時に公開されたサドンデスルール《リミテッド》とやらの詳細設定だ。俺もまだ軽くしか目を通せていないため、改めて冒頭から確認しておくことにする。

【期末総力戦サドンデスルール――《リミテッド》概要】

【《リミテッド》は期末総力戦（パラドックス）内で使用される特殊ルールの一種である。そのため基本的には期末総力戦の設定を全て引き継ぐが、いくつかの変更点が存在する】

【変更点①――〝逮捕・謹慎・救出〟の仕様について】

【《リミテッド》実施期間中は通常の《大捕物（レイド）》が発生せず、そのため期末総力戦（パラドックス）における〝逮捕・謹慎・救出〟の処理は行われない。代わりに《リミテッド》には〝呪い〟という概念があり、いずれの陣営に所属するプレイヤーも常に〝脱落〟する可能性を持つ】

【変更点②――エリア／ラウンド制について】

【期末総力戦サドンデスルール《リミテッド》は二時間単位の〝ラウンド制〟を採用している。各ラウンドは三十分の〝準備期間〟と九十分の〝本番期間〟から構成され、一日あたり4ラウンド（午前九時から午後五時まで）ずつ進行する。

ただし初日にあたる月曜日は、午後一時から午後五時の2ラウンドのみ実施する】

【各ラウンドの準備期間において、プレイヤーは〝エリアの選択と移動〟を実行する。

この《リミテッド》では、学園島（アカデミー）の零番区から二十番区までの全二十一区画がそれぞれ個別の〝エリア〟とみなされる。全二十一のエリアは全て異なる機能を持っており、それらの機能は該当エリアを選択したプレイヤーにのみ有効となる。

各ラウンドの本番期間が始まると、エリア間の移動は一切不可となる】

【前述の通り全てのエリアは異なる機能を持つが、類型としては以下の三種に大別される。
・通常エリア――後述の《区域大捕物（エリアレイド）》が開催されるエリア（最多）。
・交戦エリア――特殊仕様の《区域大捕物》が開催されるエリア（七・十二・十五番区）。
・特殊エリア――《区域大捕物》が開催されないエリア（三・九・十三番区）。
ここで《リミテッド》では、ラウンドの進行と共に選択できるエリアが減少する。具体的には〝各ラウンド終了時にその時点で最も外周にあるエリア〟が使用不可となる仕様に

なっており、そのため《リミテッド》は最大21ラウンドで終了する】

【変更点③――《大捕物》の仕様について】

【《リミテッド》期間中は通常の《大捕物》が行われることはないが、代わりに全ての通常エリアにおいて個別の《区域大捕物》が開催される。《区域大捕物》は基本的に期末総力戦内の《大捕物》と同様の流れで進行するが、

・該当エリアを選んだ全プレイヤーが〝参加者〟となる（基本的に人数制限なし）。
・勝利した陣営の参加プレイヤーは〝探偵／怪盗ランク〟に応じた〝祝福〟を得る。
・敗北した陣営の参加プレイヤーは〝探偵／怪盗ランク〟に応じた〝呪い〟を得る。
・前述の通り〝逮捕・謹慎・救出〟は一切発生しない。

……以上の点で通常の《大捕物》とは処理が異なるものとする。また、本ルールの適用開始時点で〝探偵／怪盗ランク〟の上限を《15》に変更する】

【祝福：《区域大捕物》の勝者に与えられるもので、直ちに効果を発揮する。
内容はエリアによって様々だが、一例としては後述するＡＰの回復や〝探偵／怪盗ランク〟の上昇、所持している呪いの打ち消しや《調査道具／略奪品》の獲得などがある】

【呪い：《区域大捕物》の敗者に与えられるもので、いわゆる脱落条件である。
形式としては基本的に〝○○すると脱落する〟という内容になっており、この《リミテッド》において呪い以外の方法による〝脱落〟は一切発生しない。呪いはいくつでも重ねて持つことができ、一つでも抵触すると直ちに期末総力戦（パラドックス）から〝脱落〟する】

【変更点④――アビリティの仕様について】

【各プレイヤーが期末総力戦に登録しているアビリティ、および《探偵》陣営なら未使用の《調査道具》が、また《怪盗》陣営なら所持している《略奪品》が使用できる。
ただし《リミテッド》には〝AP：アビリティポイント〟という変動ステータスが存在する。これは〝該当プレイヤーがあと何回アビリティを使用できるか〟を示すもので、アビリティまたは《調査道具／略奪品》を使用するごとに一つ減少する。つまり《リミテッド》では、ラウンド全体を通してアビリティの使用回数に制限が掛かることになる】

【いずれかの陣営に所属するプレイヤーが全て〝脱落〟した場合、あるいは第21ラウンドが終了し全てのエリアが〝使用不可〟になった場合、即座に《リミテッド》を終了する】

「ん……」

端末上に表示された文面（テキスト）を一通り眺めつつ、思考を整理するべく小さく息を吐き出す。

――期末総力戦サドンデスルール《リミテッド》。

ほんの数時間後に導入される新ルールは、いわば変則的なデスゲームのようなモノだ。

「学園島（アカデミー）の各学区が個別の〝エリア〟に分かれてて、俺たちプレイヤーはラウンドが切り替わる度にどのエリアで過ごすかを決める……エリアの中身は学区ごとに違うけど、一番多い通常エリアでは《区域大捕物（エリアレイド）》ってのをやるらしいな。これに勝つと〝祝福〟がもらえて、逆に負けると〝呪い〟を受け取る羽目になる」

「はい。その通りです、ご主人様」

俺の言葉を受けてこくりと一つ頷（うなず）く姫路（ひめじ）。澄んだ碧（あお）の瞳で俺を見つめた彼女は、そのまま涼しげな声音で続ける。

「このサドンデスルール《リミテッド》において、いわゆる〝逮捕〟や〝謹慎〟といった処理は発生しません。ですので《区域大捕物》に負けても即脱落とはなりませんが、しかし敗北時に受け取る呪いというのは要するに〝脱落条件（デス）〟です。《区域大捕物》で負ける度に、脱落に繋（つな）がる足枷（あしかせ）がどんどん増えていく……というわけですね」

「ああ。見た感じ、呪いはどれも【〇〇すると脱落】って形で統一されてるみたいだな」

言いながらルールの細則に視線を落とす。そこに記載されている例としては、

【呪い：同一エリアを二連続で選択すると脱落】

【呪い：ＡＰが《2》を下回ると脱落】

【呪い：味方陣営の生存プレイヤーが《リミテッド》開始時の三割を下回ると脱落】

――と、まあこんな具合だ。

「行動に制限が掛かるタイプが主流みたいだけど、自力じゃ回避できないのもあるな。それに呪いはいくらでも重複するらしいから、最悪二十一個の呪いを抱えることになる」

「二十一個……それは、ベテランの神主様でも裸足で逃げ出してしまいそうですね」

「ま、さすがに極端な例だけどな。ただ、一つ一つの呪いはともかく、重なるとキツいってのは間違いない。序盤で連敗しちまったら後半は雁字搦めになりそうだ」

「ですね。加えて、アビリティの仕様についても変更されています。登録できる個数が決まっている普段の《決闘》と違って、今回の《リミテッド》で設定されているのはアビリティポイント……略してＡＰ。平たく言えばアビリティを使える回数に制限がある、ということです。負けが込むとジリ貧になるという事実は疑いようもありません」

澄んだ碧の瞳で目の前の投影画面を見つめながら姫路はそんな所感を口にする。

「さらに、です。サドンデスルール《リミテッド》の持つもう一つの特徴は、いわゆるエリア縮小型であること――こちらは、ＦＰＳなどでもよく見かける仕様ですね。ラウンド

が進行すればするほど、プレイヤーが選択できるエリアは減少していきます」
詳しくはこちらをご覧ください、と白手袋に包まれた右手を静かに持ち上げる姫路。
するとそれに伴って、俺の眼前に新たなウィンドウが投影展開された。
【零番区──通常エリア：《????》開催。最終ラウンドまで使用可】
【一番区──通常エリア：《タスクスイッチ》開催。第20ラウンド終了後に消滅】
【二番区──通常エリア：《リーサルチェイン》開催。第19ラウンド終了後に消滅】
【三番区──特殊エリア：エリア名称《充電エリア》。第18ラウンド終了後に消滅】
【四番区──通常エリア：《バックドラフト》開催。第17ラウンド終了後に消滅】
…………
【二十番区──通常エリア：《ユニットシフト》開催。第1ラウンド終了後に消滅】
投影画面に表示されているのは各学区に対応するエリアの概要と、それから該当のエリアがいつまで使えるかという情報だ。ルール文章にも書かれていた通り、数字の大きい学区に対応する〝外周エリア〟から順に使用不可となっていくらしい。
「で……細則の方に〝祝福〟と〝呪い〟の一覧が載ってたけど、基本的には学区の数字がそのまま〝生存難易度順〟になってるらしいんだよな。もちろん【怪盗ランク】によっても変わるけど、外周に近い学区は《区域大捕物》に負けた時の呪いが穏やかで、代わりに祝福も控えめ。逆に中央に近い学区はどこもハイリスクハイリターンだ」

「ですね。負ければ即死級の〝脱落条件〟を与えられてしまう代わり、一発逆転のロマンはありそうです。……もちろん、どのエリアでも勝てなければ意味がありませんが」

微か（かす）かに開かれた姫路の口からそっと小さな溜め息（たいき）が零れる（こぼ）。

いや——もちろん、期末総力戦が《決闘（ゲーム）》である以上は〝勝てなければ意味がない〟なんて当たり前のことだ。わざわざ言及するまでもない。けれど、重要なのはこの《リミテッド》が泉夜空（いずみよぞら）によって……ひいては越智春虎の策略によって強制的に前倒しにされたサドンデスルールだ、という事実だった。

「特定の《区域大捕物（エリアレイド）》で手に入る呪いと祝福の内容はプレイヤー側の【探偵／怪盗ランク】で決まる……だから、ここだけ見れば【探偵】と【怪盗】で何か条件が違うってことはない。……ただ、向こうには〝女神〟に愛されたラスボス様がいるからな」

「そうですね。各学区で開催される《区域大捕物》について、運が全く絡まないものはそう多くないでしょう。加えて【割れた鏡】の冥星は、単体で弱体化（デバフ）効果を反転させる性能を持っています。現状、かなりの劣勢を強いられることになるかと……」

姫路の同意を受けて思わず右手の人差し指をぐっと額に押し付ける俺。

越智春虎（おちはるとら）による〝シナリオ〟——例の**【そこで貴方（あなた）は《アルビオン》の前に膝を突くことになるだろう】**なる予言が〝期末総力戦〟でのことを指していたと考えれば、彼の計画はもうそろそろ最終章に突入している頃合いだろう。だからこそ越智は、こうして惜しみなく手札を切って苛烈に攻め立ててきている。確実に俺を潰し切ろうとしている。

対する【怪盗】陣営には、越智のシナリオに載らないイレギュラーこと羽衣紫音の抱えている〝秘策〟とやらがあるにはあるが……まずは、凌がなければ始まらない。

「ふぅ……」

そんなわけで俺は、気合いを入れ直すためにも静かに息を吐き出した。

【期末総力戦サドンデスルール《リミテッド》――適用開始】
【終了条件：いずれかの陣営プレイヤーが全員脱落、または全21ラウンド終了】
【プレイヤー脱落条件：各自が所持している〝呪い〟の内容に準拠】

#

――午後一時。

期末総力戦サドンデスルール《リミテッド》が正式に始動した頃。

俺と姫路は、学園島内のとある学区を訪れていた。

《リミテッド》ではこの島に存在する二十一の学区がそれぞれ独立した〝エリア〟とみなされ、俺たちプレイヤーは各ラウンドの前半にあたる〝準備期間〟を使ってどのエリアに居座るかを選択する。そして直後の〝本番期間〟に入ると、全エリアの大多数を占める通常エリアでは固有の《区域大捕物（エリアレイド）》とやらが開催される。

この《区域大捕物》に勝利した陣営の参加プレイヤーには〝祝福〟が――。

そして、敗北した側のプレイヤーには〝呪い〟が与えられることになる。

ここで祝福というのはその名の通りプラスの効果、要は〝ご褒美〟のようなものだ。たとえば新たな《略奪品》が手に入ったり【怪盗ランク】が上がったりする。

逆に呪いの方は、端的に言えば〝脱落条件（デス）〟だ。プレイヤーの行動を縛り、意に沿わない選択を強要し、いずれは〝脱落〟に追い込む強烈な足枷（あしかせ）。《リミテッド》はこの呪いを相手陣営に押し付け合う変則的なデスゲームだ、と説明することもできるだろう。

「っと……」

そんな仕様を振り返りながら俺は小さく首を横に振る。

泉夜空（いずみよぞら）の〝ラスボス化〟――その【モードC】にあたる【操り人形】の冥星で《リミテッド》が前倒しされたことにより、期末総力戦の状況は間違いなく一変した。下敷き（ベース）になっているのは確かに《パラドックス》だが、身の振り方は大きく異なっている。

だからこそ、本来ならしっかりと作戦会議を済ませておくべき……なのだが、陣営選択会議の終了直後に《ライブラ》の緊急告知が出回り、そこから実際に《リミテッド》が開始されるまでたったの三時間半。学区間での足並みなんて揃（そろ）うわけがない。

それでも俺たち【怪盗】陣営が（不格好かつ手探りではあるものの）行動を始められて

いるのは、英明学園生徒会長・榎本進司の力によるところが大きかった。

『繰り返すようだが、僕たち【怪盗】陣営の方針は以下の通りだ』

……端末から聞こえてくる、落ち着いた印象の低い声。

英明メンバーだけでなく【怪盗】陣営全体に向けて、榎本は静かに言葉を重ねていく。

『期末総力戦サドンデスルール《リミテッド》では、一部の特殊エリアを除く全ての学区で《区域大捕物》が展開される。また、各《区域大捕物》で獲得できる祝福と呪いの内容は、島の中央に近いエリアを選ぶほど極端なものになるようだ』

『その上で――僕たちの基本戦略は、まず生き抜くことだ。常にAPを切らさないように立ち回り、なるべく外周に近いエリアを選んで地道に〝祝福〟を稼ぎ続ける。桜花学園の泉姉妹が持つアビリティは強力だ、少しでも生存率を高めるためにはそれしかない』

『そして僕たちは、それらと並行して各《区域大捕物》のルール分析を実行する。……必要なのは〝情報〟だ。勝てるエリアを見極め、集中的に攻略する』

『もちろん英明以外のプレイヤーが素直に聞き入れてくれるとは思わないが……知っての通り、今は非常事態だ。僕は【怪盗】陣営全体での勝利を目指したい』

『以上だ』

確かな自信を感じさせる言葉と共に榎本の演説が幕を下ろす。

そう――彼は、榎本進司は《ライブラ》の緊急告知からわずか数分という凄まじい速さで《リミテッド》の仕様を全て整理し、陣営としての行動方針を構築及び共有してくれていた。今の音声は再放送だが、最初に流れたのはなんと午前十時より前のことだ。

「何というか……さすがですね、榎本様」

隣で聞いていた姫路(ひめじ)が、白銀の髪をさらりと揺らしつつシンプルな賞賛を口にする。

「期末総力戦(パラドックス)は〝協調と裏切り〟の《決闘(ゲーム)》ですので、他学区リーダーの要求などそう簡単に呑(の)めるものではありません。ですがこれだけスピーディーで、これだけ真っ当な理屈が伴っていれば、同調してくれる学区の方が多数派になるでしょう」

「だな。まだ始まってもないのに攻略のイメージを掴(つか)めてるのも凄(すご)いし、何より行動方針が具体的なところが最高だ。まさに生徒会長の器、って感じだよな」

姫路の感想に渾身(こんしん)の同意を返す俺。今後の展開がどうなるかはまだ分からないが、榎本のおかげで命拾いすることになるプレイヤーは決して少なくないだろう。

「ん……」

榎本の話していた戦略を脳裏に刻みつつ、俺は改めて端末に視線を落とすことにする。

期末総力戦サドンデスルール《リミテッド》――その初日である月曜日の午後、第1ラウンドにおいて俺と姫路が選択したのは二十番区だった。分類としてはいわゆる〝通常エリア〟であり、数字からも分かる通り現時点で最も外周のエリアに当たる。

俺がそこまで思考を巡らせた辺りで、傍(かたわ)らの姫路が澄ました表情で口を開いた。

「榎本(えのもと)様の説明にもありましたが……《リミテッド》における《区域大捕物(エリアレイド)》は島の中央に近ければ近いほど〝ハイリスクハイリターン〟になりますので、序盤は外周エリアを選択するのが筋なのでしょう。勝てば多少なりともAPや【怪盗ランク】を引き上げることができますし、万が一負けても致命傷にはなりません」

「ああ、比較的安全なエリアって感じだな。ま、だからこそラウンドが進行すると外周エリアの方からどんどん使えなくなっちまうんだろうけど……そういえば、安全地帯で言うなら〝特殊エリア〟ってのもあるんだよな？」

「はい、ご主人様。通常エリアと違って《区域大捕物(エリアレイド)》が発生しない区画ですね」

言いながら白手袋に包まれた右手の指先をそっと端末画面に這(は)わせる姫路(ひめじ)。同時、俺たちの眼前に特殊エリアとやらの概要がずらりと表示される。

《充電エリア》――三番区：３回選択するごとにAPを《＋１》する。
《倉庫エリア》――九番区：３回選択するごとに《調査道具／略奪品》を一つ獲得する。
《成長エリア》――十三番区：３回選択するごとに〝探偵／怪盗ランク〟を《＋１》する。

これらの学区では《区域大捕物》が発生せず、代わりに滞在するだけでちょっとした恩恵を受けられるようだ。呪いを受け取るリスクは一切生じないが、もちろん通常の《区域大捕物》で得られる祝福よりは随分と控えめなリターンになってしまう。

「ま、困った時の緊急避難先ってところか。残りの〝交戦エリア〟ってのは今は縁がなさそうだから置いておくとして……とにかく、ここの説明にも出てくるAPってのと【怪盗ランク】の二つが《リミテッド》で重要な意味を持つステータスなんだよな」

「ですね、その理解で間違いありません」

投影画面の内容を該当の部分に切り替えながら姫路はさらりと白銀の髪を揺らす。

AP及び【探偵／怪盗ランク】――《リミテッド》に登場するステータスの類はこの二種だけだ。前者はその名の通り〝あと何回アビリティを使えるか〟を示す数値であり、これが《0》になっていたらアビリティも《略奪品》も使えない。そして、後者は《区域大捕物》で得られる呪いや祝福の内容を左右する重要な指標になるらしい。

ちなみに、俺と姫路の現ステータスはこんな感じだ。

【篠原緋呂斗――AP：3／怪盗ランク：8】

【姫路白雪――AP：3／怪盗ランク：6】

……【怪盗ランク】は期末総力戦のものをそのまま引き継いでいるとして、APの方はおそらく一律で初期値が《3》なのだろう。現状は最大三つのアビリティや《略奪品》を使用できる――が、この《リミテッド》は全21のラウンドから構成される長丁場のルールだ。序盤でアビリティを切らしてしまえば早々に立ち行かなくなってしまう。

「そう考えると、基本的にはAPを増やせるような祝福を狙いたい……だけど、それなら先に【怪盗ランク】を上げまくった方が効率はいいのか。《リミテッド》では最大で【怪盗ランク15】まで上げられるって話だし……」

右手を口元へ遣(や)りながらちらりと端末画面を見下ろしてみる。

そこにあるのは各《区域大捕物(エリアレイド)》で手に入る祝福の一覧だ。プレイヤーの【探偵／怪盗ランク】に応じて内容が変わるため、いわゆる対照表のような形式になっている。

【一番区――任意の《調査道具／略奪品》を一つ獲得（探偵／怪盗ランク13以上）。
　　　　　上位の《調査道具／略奪品》の中から一つ獲得（探偵／怪盗ランク8以上）。
　　　　　汎用の《調査道具／略奪品》の中から一つ獲得（探偵／怪盗ランク1以上）】
【四番区――任意のエリアの呪いを自由に改変（探偵／怪盗ランク15限定）。
　　　　　任意のエリアの呪いを他エリアの呪いと交換（探偵／怪盗ランク7以上）。
　　　　　次に受ける呪いを弱体化（探偵／怪盗ランク1以上）】
【十番区――〝探偵／怪盗ランク〟を《＋2》する（探偵／怪盗ランク11以上）。
　　　　　〝探偵／怪盗ランク〟を《＋1》する（探偵／怪盗ランク1以上）】

――一例としてはこんな感じだ。

「当たり前だけど……どこのエリアも【怪盗ランク】が高いほど報酬が良い」

「はい。特に【怪盗ランク15】ともなれば、一番区では最強の《略奪品》が手に入りますし、四番区では最凶の呪いをバラ撒(ま)けます。……ただ、ご主人様の【怪盗ランク8】は陣営全体でも既に上位1％に入っています。それなら最初からAPを増やしておくか、もしくは後半戦を見据えて強力な《略奪品》を狙いに行くという手も考えられますね」

「いきなり悩みどころなんだよな。だけど、結局その辺は榎本の言う〝分析〟が進んでからか。とにかく、まずはこれから始まる《区域大捕物》で生き延びないと……」

言って、俺は手元の端末から別ウィンドウを展開する。

その刹那、俺たちの目の前に投影されたのはここ二十番区に割り当てられた《区域大捕物》の概要説明だ——名称は《ユニットシフト》。《リミテッド》では学区ごとに個性豊かな《区域大捕物》が開催されるわけだが、その中の一つということになる。

内容としてはいわゆる戦略シミュレーションだ。参加者にはそれぞれ〝騎士〟や〝魔法使い〟といった役職と、それらの役職に応じた固有の特性が与えられる。陣営内で連携を取りながら戦線を押し上げていき、敵陣営に一人だけいるという特殊役職——〝姫〟を掻っ攫うことができればその瞬間に勝利となるらしい。

「……どう思う、姫路？」

「ん……そうですね」

隣で投影画面を眺めていた姫路が、白手袋を付けた右手をそっと唇に触れさせる。

「第一印象としては、それほど有利も不利もないような気がしています。まだ準備期間中ではありますが、現状の参加予定人数は【探偵】側が461人に対して【怪盗】側が979人……大差で優勢を取れていますので、順当に進められれば勝利は目指せるかと」

「だよ、な……」

戸惑いの混じった曖昧な相槌を打ちながら小さく頷く俺。

越智が泉夜空を【モードC】にしてまで仕掛けてきた特殊ルールということで相当に警戒していたのだが……外周区画の《区域大捕物》だからなのか、二十番区の《ユニットシフト》は全くもって理不尽な仕様などではなかった。念のため細かい内容を確認してみても、アイテム入手による役職のレベルアップやら特定の役職を揃えることによるボーナス効果やら、俺たち【怪盗】側も平等に恩恵を得られそうな要素ばかりだ。

ちなみに【怪盗ランク8】である俺の場合、肝心の〝呪い〟と〝祝福〟は——

【祝福（勝利時）：APを《+2》する】

【呪い（敗北時）：第3ラウンドまでに一度でも特殊エリアを選択すると脱落】

——となっている。

（特殊エリアに頼らない前提なら呪いの方はノーダメージだし、にしては祝福の効果がかなり大きい。しかも人数的に【怪盗】が優勢……さすがに、これは勝たないとな）

内心でポツリと呟いて、それから改めて時刻を確認する。二月十三日月曜日、午後一時二十六分……《ユニットシフト》開始まであと数分だ。最初は〝探索者〟か〝通信兵〟の役職を受け取ったプレイヤーを中心に進軍して、なるべく早く役職のレベルアップを目指す。そこまで辿り着ければ、あとは手数で押し切ることだって可能だろう。

……などと。

そんな甘い思考は――第1ラウンド開幕直後に、あっさり裏切られることになる。

＃

【期末総力戦サドンデスルール《リミテッド》――第1ラウンド】
【二十番区《区域大捕物(エリアレイド)》：名称《ユニットシフト》】
【〝探偵〟陣営：480人／〝怪盗〟陣営：1027人】
【特記事項：〝探偵〟陣営所属プレイヤー全員に《反転：敗北の女神》による加護を付与】

「あはっ☆　そんなにダラダラ歩いてて平気なんすか、よわよわ先輩？　あんまり早く捕まっちゃったら泉(いずみ)的にも面白くないっす……よ！」

――《ユニットシフト》の開始からわずか十五分後。

俺と姫路(ひめじ)は、聞き慣れた声の【探偵】に……もとい、泉小夜(さよ)に追い掛け回されていた。

（くっ……何なんだよ、あいつ！）

内心で歯噛(はが)みしながらも表面上は平然とした顔で二十番区の街中を駆ける俺。

《リミテッド》に内包されるいくつもの《区域大捕物(エリアレイド)》の一つ――《ユニットシフト》において、俺に与えられた役職(クラス)は〝騎兵〟だった。機動力に優れており、他のどの役職よりも素早く移動できる。さらに味方を〝搭載〟することもできるため、攻撃に特化した〝砲兵〟である姫路を適切なポイントまで連れていくような動きも可能だ。

対する泉小夜の役職は〝魔法使い〟。

遠距離攻撃を得意とする代わり機動力は平均よりも数段落ち、また火力系以外の呪文を唱えるためには〝上級職〟へレベルアップする必要がある。姫路の〝砲兵〟よりは多少マシかもしれないが、少なくとも追い掛けっこに適した役職ではないだろう。

それなのに、

「――悪足掻きもここまでみたいっすね、先輩？」

追走劇はわずか数分も保たなかった。あっという間に距離を詰めてきた泉が追い越しざまに〝足止め〟系の魔法を使ってきたらしく、重力に負けて崩れ落ちた俺と姫路の目の前で、彼女はくるりとこちらを振り返る。……三番区桜花学園の短いスカート。相変わらずの萌え袖セーターと、ぴょこぴょこ揺れる薄紫のツインテール。

全身にあざとさを詰め込んだ泉小夜は、やれやれとでも言わんばかりに首を振った。

「やっと捕まえられたっす。全くもう……よわよわ先輩のくせに、泉の手を煩わせないで欲しいっす。そんなに構って欲しかったっすか？　それとも、もしかして走ってる隙に泉のスカートでも覗こうとしてたっすか？　だとしたら心底キモいっす☆」

「……んなわけないだろ」

嘆息交じりに立ち上がる——途端、ずしんと全身に重たい力を感じた。立っているだけならともかく、自由に動くのは難しそうだ。これが彼女の〝魔法〟なのだろう。

それを理解した上で、俺は対面の泉にジト目を向けることにした。

「ったく……大体、何がどうなってるんだよお前ら」

「？　何すか、それ？　質問は具体的にしてほしいっす。泉も暇じゃないんで☆」

「はいはい、悪かったな。じゃあストレートに質問してやる——何でお前ら【探偵】陣営のプレイヤーだけ最初から〝上級職〟なんだ、って訊いてるんだよ」

——そう、そうだ。

ほんの十数分前に始まったばかりの《ユニットシフト》。ルール的にも人数的にも互角以上の勝負が見込めると思っていたこの《区域大捕物》だが、蓋を開けてみれば状況は劣勢、などというレベルじゃなかった。【怪盗】側の戦力は既に半分以上が戦闘不能に陥っており、ここからの挽回はほぼ不可能。攻略対象である〝姫〟の役職を持つプレイヤーは今のところどうにか籠城できているようだが、それも長くは保ちそうにない。

その理由というのが、圧倒的な〝役職〟の差。

俺たち【怪盗】陣営が当面の目標としていた上級職——それを、泉たち【探偵】陣営の連中は全員が最初から所持していたのだ。たとえば目の前に立つ泉小夜は、単なる〝魔法使い〟ではなく上級職の〝宮廷魔術師〟である。あらゆる魔法を使いこなせるため、機動力の差なんて強化魔法一つで簡単に覆せてしまう。

「え～？　何で、って言われても……偶然っすよ？」

そんな俺の問いに対し、泉小夜はニマニマとした笑みを浮かべながら萌え袖の右手をそっと口元に添えてみせた。そうして彼女は、からかうような声音で続ける。

「上級職にレベルアップするためのアイテムは二十番区の中にランダムで配置されるっすけど、それが今回はたまたま全部【探偵】陣営の初期位置に置かれてたんで。泉たちはそれをありがたく使わせてもらっただけっす。ま、運が悪かったんじゃないっすか？」

「っ……へえ？　そいつは、随分と至れり尽くせりな〝女神〟だな」

泉小夜の言葉でようやく何が起こったのかを理解して、俺は皮肉めいたことを言いながら密かに下唇を噛み締める。……冥星だ。泉夜空が使っている【割れた鏡】および【敗北の女神】の組み合わせ。確かにアレならこの程度の偏りは生み出せるだろう――が、

（問題は、泉夜空がこのエリアにいるわけでもないのに【敗北の女神】の効力が及んでること……まさか、この《リミテッド》で開催される《区域大捕物》は全部あいつの支配下だってのか？　だとしたら、そんなのどうやって……！）

ぐるぐると思考が空回りする。……《ユニットシフト》のルールを聞いた時、これまで参加した《ポム並べ》やら《FM&S》のような理不尽さは感じなかった。けれど〝ルール〟ではなく〝状況〟としての不利を常に押し付けられるのであれば、そんなのはもっと

性質が悪い。打開策が見つからない限り、俺たち【怪盗】は遅かれ早かれ壊滅する。

「………」

（……ん？）

そこで俺は、目の前に立つ泉の様子に微かな違和感を覚えて眉を顰めた。

いや──違和感といっても、具体的に何かをしていたわけじゃない。むしろ逆だ。あれだけ俺を挑発するのが大好きでいつもいつでも煽り全開スタイルの彼女が何もしてこないから気になった、という方が表現としては正しいだろう。圧倒的な優位を取っているというのに、泉は勝ち誇るでも煽り倒すでもなく、何やらじっと考え込んでいるようだ。

「──どうかしたのですか、泉様？」

と……俺と同様の疑問を抱いていたのか、先に声を上げたのは姫路の方だった。彼女は澄んだ碧の瞳をすっと細めながら、あくまでも涼しげな声音で問い掛ける。

「ご覧の通り、大勢は既に決しています。仮にこの場を切り抜けたとしても《ユニットシフト》全体の勝利は望めませんので、わたしもご主人様も無闇にAPを減らそうとは思いません。つまりは完全な無抵抗ですので、どうぞ嘲ってはいかがですか？」

「う……い、イヤな言い方するメイドさんっすね。泉は、別に……」

「？　……別に、どうしたのでしょうか？　何か迷っていることでも？」

あえて挑発するような姫路の問い掛けに、対面の泉はしばらく黙り込んでいた。俺たちからそれなりの距離を取ったまま、下唇を噛んで静かに思考に耽る。

「……違う、っす」

が――やがて結論が出たのだろう。彼女は少し無理やりに見えるあざとい笑顔を浮かべると、大きく開いた右手を口元へ添えながら捲し立てるように続ける。

「あはっ……メイドさんには悪いっすけど、泉は何も迷ってなんかないっす。間違ってなんかないっす……このままで、いいはずっす！」

「……？　お前、さっきから何の話を――」

「う、うるさいっす！　よわよわ先輩に話すことなんか何もないっす！　だから、さっさと消えて欲しいっす……！」

――振り絞るような声音でそう言って。

刹那、泉の放った攻撃魔法が俺と姫路をまとめて呑み込んだ。躱すことなど到底不可能な一撃――いや、アビリティを駆使すればどうにかこの場を切り抜けるくらいはできただろう。けれど、それをするメリットはあまりに薄い。《リミテッド》におけるＡＰはラウンドを跨いでも回復しない貴重な資源だからだ。無駄遣いなんて絶対にできない。

（嫌な負け方って言えばその通りだけど……）

ぐっ、と密かに拳を握り締めながら。

厳しい現実を受け入れるべく、俺は静かに両目を瞑ることにした。

【二十番区《区域大捕物》：名称《ユニットシフト》】
【開始から二十九分で〝姫〟奪還――〝探偵〟陣営の勝利】

＃

……これは、後に知った話だが。

期末総力戦サドンデスルール《リミテッド》――第1ラウンド。合計で十五ある通常エリアのうち、中央に近い三つのエリアは両陣営からの参加プレイヤーが一人も現れなかったため《区域大捕物》そのものが行われなかったらしい。つまり、第1ラウンドに開催された《区域大捕物》は全十二戦で、それらは全て【探偵】陣営の勝利に終わった。

全て。一つの例外も救いもなく全て、だ。

【怪盗】陣営からすればこれ以上に最悪な立ち上がりなど考えられないだろう。初手から特殊エリアを選択していた数少ないプレイヤーを除き、多くの【怪盗】陣営プレイヤーは何らかの〝呪い〟を獲得し、逆に多くの【探偵】陣営プレイヤーは〝祝福〟を受けるところから期末総力戦サドンデスルール《リミテッド》は始まったというわけだ。

そしてその力関係は、決して第1ラウンドに限った話ではない。

たとえば、篠原緋呂斗が参戦した《区域大捕物》に関して言えば――第2ラウンドで選択した十九番区《ブレイブセール》。定期的に開催されるオークションで〝武器〟を落札し、追加ベットによって価値を釣り上げていく〝競り〟中心の《区域大捕物（エリアレイド）》では、俺たち【怪盗】側の初期資金が【探偵】側の一割未満に設定されていたり。

第4ラウンドで選択した十六番区《クロスロード》は学区全体に拡張現実（AR）のマス目が張り巡らされた縦横無尽のすごろくゲームだったのだが、マス目上にランダム配置されるはずのアイテムがいずれも【探偵】側にしか転がっていなかったり。

第6ラウンドで乗り込んだ十一番区《ブラッドリドル》は十分おきに提示される謎解きをクリアし続けない限り敗北となる知能系の《区域大捕物》で、交渉や賄賂を駆使して突破することもできるというなかなかユニークな内容（モノ）だったのだが、何故（なぜ）か【探偵】陣営には既出の問題しか提示されなかったり。

「まあ……はっきり言って、絶望的にヤバい状況だな」

――《リミテッド》適用開始から二日目、火曜日の夕刻。

第6ラウンドまでを戦い終えて姫路（ひめじ）と共に帰路についていた俺は、これまでの状況を振り返りながらポツリとそんな言葉を零（こぼ）していた。

絶望的にヤバい――それは、全くもって誇張でも何でもない素直な感想だった。《リミテッド》が始まってから既に二日が経過しているが、俺たち【怪盗】陣営の戦績はボロボロとしか言いようがない。第6ラウンドまでで計50以上の《区域大捕物》が開催されているとして、こちらの勝利で終わったモノは片手で数えられるほどだ。

具体的な戦況としてはこんな感じになっている。

【期末総力戦サドンデスルール《リミテッド》――第6ラウンド終了】
【新規消滅エリア：十五番区（十六番区～二十番区は第5ラウンド終了時点で使用不可）】
【探偵陣営戦力：総計5942名／《リミテッド》開始以降の脱落者：17名】
【桜花：2841名（減14）／森羅：3101名（減3）】
【怪盗陣営戦力：総計7848名／《リミテッド》開始以降の脱落者：6752名】
【英明：2371名（減1021）／茨：1449名（減1749）／音羽：1名……等】

「……確かに、なかなか厳しい数字ですね」

俺の隣を歩いていた姫路も、投影画面に視線を遣りつつ躊躇いがちに一つ頷く。

「《区域大捕物》で負けても〝即脱落〟にならないとはいえ、これだけ勝率が低いと脱落者が続出してしまうのも無理はありません。学園島最強にして天下無敵の7ツ星であるご主人様でさえ、第6ラウンドまでの合計戦績は1勝4敗1分け……先ほどの十一番区《ブラッドリドル》はどうにか勝利を納めましたが、その過程でAPをほとんど使い切ってしまっています。順調とは程遠い滑り出し、と言ってしまっていいでしょう」

「ああ。実際、俺も呪いの方はかなりキツくなってきてるしな」

姫路(ひめじ)の言葉に同意しつつ、俺は眼前の投影画面を指先で切り替えてみる。そうして表示させたのは《リミテッド》における篠原緋呂斗(おれ)のプレイヤーデータだ。

【篠原緋呂斗(しのはらひろと)――AP：1／怪盗ランク：9】

~~【呪い：第3ラウンドまでに一度でも特殊エリアを選択すると脱落】~~

~~【呪い：第6ラウンドまでに一度も《区域大捕物》に勝利していないと脱落】~~

【呪い：各ラウンドの終了時にAPが《3》を超えていると脱落】

【呪い：特殊エリアを累計で5回以上選択すると脱落（現在：1回）】

「ったく……」

既に〝雁字搦め(がんじがらめ)〟になりつつある状況に思わず悪態めいた溜(た)め息(いき)が零(こぼ)れてしまう。

「こうして見ると、確かに〝変則的なデスゲーム(パラドックス)〟って異名に相応(ふさわ)しい仕様(ルール)だな。《ライブラ》が期末総力戦の大詰めに設定してるだけのことはある」

「ですね、徐々に縛りが多くなって身動きが取れなくなっていく印象です。特に【第6ラウンドまでに一度も《区域大捕物(エリアレイド)》に勝利していないと脱落】の呪いはギリギリでした」

「本当に、無理やり勝ったって感じだからな……もう一つの呪いが【各ラウンドの終了時にAPが《3》を超えていると脱落】だったからまだ良かったけど、これが〝アビリティを使うな〟って方向の呪いだったらあの時点で詰んでたかもしれない」

「はい。……それと」

　そこで少し逡巡（しゅんじゅん）してからちらりとこちらへ碧（あお）の瞳を向けてくる姫路。

「《区域大捕物（エリアレイド）》の敗北に伴って課せられる呪いは、プレイヤーの【怪盗ランク】によってその内容が異なります。つまり……平たく言えば、わたしの持っている〝脱落条件〟はご主人様のそれとは違うものです。明日以降、常に同行できる保証はありません」

「……そう、だよな。そりゃそうだ」

　不安そうな、あるいは申し訳なさそうな声を零す姫路に一拍遅れて頷（うなず）きを返す。……ああ、もちろん彼女の言う通りだ。《リミテッド》における呪いや祝福は、たとえ同じエリアで獲得したものであってもプレイヤーの【怪盗ランク】によって内容が異なる。だからこその〝縛り〟なんだ。必ずしも仲間と行動を共にできるとは限らない。

　それは理解しているのだが――とはいえ、じわじわと危機感が這（は）い上がってくる。

「このままじゃマズい……いくらルールの分析が進んで【怪盗】陣営が勝てる《区域大捕物》が増えてきたとしても、そこでやっと〝平等〟でしかないんだから結局【探偵】側の優位は覆（くつがえ）らないはずだ。泉夜空（ラスボス）に真っ向から突っ込むなんて無謀でしかない」

「ですね。……ちなみに、紫音（しおん）様の方はどうなっているのでしょうか？」

「ああ、ついさっき『今日の夜には帰る』ってメッセージが入ってたな。あいつの言ってた〝秘策〟ってやつで、この戦況が一気に引っ繰り返せればいいんだけど……」

　状況が絶望的すぎるあまり、ひとまずはそんな希望に縋（すが）るしかなくて。

徐々に言葉数の減ってきた俺と姫路がようやく家まで戻ってきた……その時だった。

「……ん？」

通い慣れた路地を曲がって自宅の全貌が視界に入った瞬間、俺はふと足を止める。

というのも、家の前で明らかに不審な行動をしている少女を発見したからだ——門の隙間からこっそり庭を覗いたり、小柄な身体で背伸びをしてみたり、天高く掲げた端末のズーム機能を駆使してみたり。どうやら、俺の家を覗き見ようとしているらしい。

そして、その少女には見覚えがあった。

制服の上から重ね着している三番区桜花学園の指定セーター。太ももを隠す気なんてさらさらなさそうな短いスカートと、対照的に手のひらを半分覆うくらいまで伸ばされた萌え袖。薄紫のツインテールは彼女が背伸びをする度にひょこひょこと動いていて、同時にスカートがひらひら揺れるため無限に危うさを感じてしまう。

つまり、その名も。

「——泉？」

「ふわっ⁉　ちょ、え……あ、あはは。えーっと……き、奇遇っすね、よわよわ先輩？」

……泉小夜。

彩園寺家の影の守護者にして泉夜空の妹にして、俺の誘拐犯でもある少女がそこにいた。

＃

「…………」

7ツ星を装うためにやたら豪華な造りになっている我が家のリビング。

テーブルを挟んで俺の対面に座った泉小夜（さよ）は、そのまましばらく無言で俯（うつむ）いていた。

「──紅茶をお入れしました。お二人とも、どうぞ」

「ああ、ありがとな姫路」

「ぁ……どうも、っす。ありがたくいただくっす」

差し出されたティーカップをすすっと自身の手前に引き寄せ、おずおずと唇を触れさせる泉。配膳を終えた姫路はと言えば、慣れた仕草で俺の隣に腰を下ろす。

「ん……」

泉に倣って紅茶を一口飲んだ俺は、彼女の様子を窺（うかが）いつつ思考を巡らせ始めた。

泉小夜──桜花学園所属の一年生にして彩園寺家の影の守護者、要するに〝六色持ち（シックスカラー）の7ツ星〟である俺のことを目の敵にしている相手。現在の期末総力戦（パラドックス）における最重要プレイヤーこと泉夜空（よぞら）の妹であり、当然ながら【探偵】陣営の筆頭プレイヤーでもある。

そんな彼女が、何のために俺の家を訪ねてきているのか。

（まあ……普通に考えたら、ろくでもない理由しか思い浮かばないけど）

頭の中に浮かんでくるのはどうしても悪いイメージばかりだ。……まあ、そうなるのも無理はないだろう。何しろ俺と彼女との間に良い記憶がなさすぎる。誘拐されて地下牢獄へ閉じ込められ、そこで行われた《E×E×E》ではひたすらに煽り倒されて、一応は仲間という立場だった《FM&S》の時ですら全く足並みが揃わなかったくらいだ。

「う……な、何見てるんすか、よわよわ先輩？」

探るような視線を向けていると、やがて居心地の悪さを感じたのだろう。対面に座る泉小夜が微かに唇を尖らせながらそんな文句を口にした。続けて彼女は無理やり普段のあざとい笑みを浮かべると、萌え袖の右手を口元に添えながら言葉を継ぐ。

「先輩の家だからってジロジロ見ていいと思ったら大間違いっすよ。っていうか泉、ただお散歩してただけなんで……そんな女の子をムリヤリ家の中に連れ込むとか、普通に犯罪じゃないっすか？　さっさと自首した方が今後の人生のためっす」

「お前が〝ただ散歩してただけ〟ならそうかもしれないけど、思いっきり覗こうとしてただろうが。【探偵】陣営からのスパイだって疑われても弁解できないぞ」

「っ……お、思い上がりも甚だしいっす！　【怪盗】陣営のリーダー格ならともかく、よわよわ先輩から盗める情報なんて一つもないっす！」

「……俺、一応学園島最強の７ツ星なんだけどな」

あからさまに惚ける泉小夜に対し、俺は嘆息混じりのジト目を返す。……実態が伴っているかどうかはともかく、篠原緋呂斗は【怪盗】陣営の――もとい学園島全体のトップランカーだ。偵察(スパイ)、というなら理解はできるが、どうもそういうわけではないらしい。

だから俺は、静かに視線を持ち上げて真っ直ぐ(まっすぐ)彼女へ問い掛けることにする。

「それで？　何の用だよ、泉」

「……用、なんて。だから、泉はたまたま――」

「偶然だって言い張るつもりならもうこれ以上は詮索しない。生憎(あいにく)こっちも暇じゃないからな。けど……俺を嫌ってるお前がわざわざ家(ここ)まで訪ねてきたんだから、何かしら話があるんだろ？　適当にはぐらかして帰るより話しちまった方が楽だと思うけどな」

紫の瞳をじっと見つめて諭すように言い放つ。

もちろん、何か確証があるというわけじゃない――が、あくまで直感的に、泉が持ってきたのは悪い話じゃないのでは、という印象があるのも事実だった。偵察や盤外戦術の類(たぐい)ならもっと堂々としているだろうし、ここまでして隠す理由が思い当たらない。

「っ……何すか、それ」

対する泉小夜はと言えば、俺の提案に少なからず動揺したようだった。窺う(うかが)ようにちらりと視線を持ち上げて、茶化(ちゃか)すと誤魔化(ごまか)すの中間くらいの声音で言葉を紡ぐ。

「よわよわ先輩のくせに格好付けないで欲しいっす。泉は、別に……」

「…………」

「別に……、」

そこまで言った辺りで、テーブルの向こうの泉小夜は下唇を噛みながら微かに俯いてしまった。重要な一言を口にするべきか否か迷っているような、あるいは見栄と不安と本心とプライドが入り乱れて困惑しているような、そんな複雑な沈黙。

——そして。

彼女は、薄紫のツインテールを揺らしながら静かに顔を持ち上げて……こう言った。

「……助けて、欲しいっす」

「え……？」

「っ……だから、助けて欲しいっす！　泉を！　桜花を！　学園島を……!!」

予想外過ぎる言葉に思わず眉を顰めた俺に対し、対面の泉はタンッとテーブルに手を突いて立ち上がった。一度内心を晒したことでストッパーがなくなったのだろう。微かに唇を震わせながらではあるものの、彼女は激情のままに言葉を継ぐ。

「分かってるっす！　散々よわよわ先輩のことをバカにして、敵対して、騙して誘拐して見下して……！　そんな泉が今さら先輩を頼るなんて、そんなの都合が良すぎるってことくらいちゃんと分かってるっす！　だから、ずっと迷ってたっすけど……でも、もうこれ以外に方法はないっす。いくら先輩がよわよわでも、頼りなくても、この状況をどうにかできるのは先輩しかいないっす……！」

「……よわよわで頼りないのは撤回しないのかよ」

「う……そ、それはあれっす、泉なりの照れ隠しみたいなもんじゃないっすか。まあ超絶難易度の《E×E×E(クロス・イー)》は攻略されたし先週の《FM&S》でも軽く助けられたんで、最近はほんのちょっと、2ミリくらいは評価が上乗せされてるっすけど……って、そ、そんなのはどうでもいいっす！　ウザいっす！」

微かに朱が差した頬(ほお)を隠すように薄紫のツインテールをぶんぶんと揺らす泉小夜。

「ですが……〝助けて〟というのは、一体どのような意味なのでしょうか？」

と――そこで鮮やかに本題へ切り込んだのは完璧メイド、もとい姫路白雪(ひめじしらゆき)だった。俺の隣に座った彼女は、白銀の髪をさらりと揺らしながら対面の泉に問い掛ける。

「現在、期末総力戦《パラドックス》は第六週目――そして昨日から臨時導入されているサドンデスルール《リミテッド》により、わたしたち【怪盗】陣営のプレイヤー数は現在、進行形で激減しています。崖っぷちもいいところ、ですよ？」

「だよな。状況が真逆ならともかく、今の【探偵(おまえら)】陣営は助けなんか要らないだろ？」

「う……」

俺と姫路の問いを立て続けに浴び、泉小夜はすとんと椅子に腰を下ろした。先ほどの熱弁で消費したエネルギーを回復するためかティーカップにそっと唇を付けてから、彼女は小さく首を振りながら「違うっす……」と力なく呟く。

「そういうことじゃないっす。泉が言ってるのは——夜空姉のことっす」

「「!!」」

泉夜空。……彼女が口にしたその名前に、俺と姫路は思わず顔を見合わせる。

何というか——まさか、泉の方からその話題が出てくるとは思わなかった。何しろ泉夜空の話をするということは、泉家の事情を明かすという意味に他ならないからだ。俺は羽衣紫音という特殊ルートから既に情報を仕入れてしまっているが、本来なら絶対に隠しておきたいはずの機密事項。あれだけ躊躇うのも当然と言っていいだろう。

「夜空姉は今、大変なことになってるっす。ちょっとだけ長い話になるっすけど——」

そんな前置きの後に彼女はいくつかの事実を語り始めた。泉夜空が8ツ星昇格戦のラスボスであること。危機に陥ることで段階的に形態変化すること。今はまだ認識阻害のプロテクトが効いているが、最終形態である【モードE】に到達するとそれも剥がれてしまうこと。加えて今の夜空は強烈な自己嫌悪に陥っており、誰にも合わせる顔がないからと部屋に閉じ籠ってしまっていること。だから彼女一人でここへ来たこと。

「ん……」

後半は初耳だったが、少なくともラスボス周りに関しては羽衣から聞いていた情報と相違ない。……つまり、ある程度信用してもいいということだ。羽衣紫音というルートはあくまで〝イレギュラー〟であり、泉は当然ながらその存在を知らない。俺を騙そうとすることはできたはずだが、彼女はそれをしなかった。

「……だから、泉たちがよわよわ先輩の妨害をしてたのはそういう経緯っす」

ちら、と俺の表情を窺うように視線を持ち上げながら、ややバツが悪そうに呟く泉。

「8ツ星昇格戦の〝敵〟になるのがラスボスこと夜空姉で、その夜空姉は勝つために遠慮なく〝冥星〟を使う……挑戦者の方があっさり負けてくれるなら問題ないっすけど、変に粘られて〝ラスボス化〟が【モードE】まで進行したらお終いっす」

「ああ、なるほど……だから、そもそも8ツ星昇格戦が起こらないようにしてたのか」

「それが一番平和っすから。……まあ、問題の先送りでしかないのは事実っすけど」

そう言ってしゅんと俯いてしまう泉小夜。問題の先送り、というのはその通りかもしれないが、とはいえ冥星を生み出したのは彼女ではなく先代の泉家当主だ。彼女たちが必死で災厄を防ごうとしているのだと考えれば理解はできるし、一概に責める理由もない。

とにもかくにも、泉姉妹はそういった思惑で俺や越智を妨害しようとしていて。

けれど――越智春虎の狙いは、そんなところにはなかった。

「もう一つの〝ラスボス化〟起動条件……」

対面の泉がポツリと切り出す。

「本来は8ツ星昇格戦の時にだけ発生する〝ラスボス化〟っすけど、実はもう一つだけ起動条件が設定されてるっす。それは泉たちの守護対象——更紗さんが大規模《決闘》で負けること。実際は単に〝逮捕〟されただけなんで脱落じゃないんすけど、冥星が作られた頃には疑似《決闘》なんて存在しなかったっすから。誤解されても仕方ないっすね」

「なるほどな。……ん？　だけどお前、先週の《FM&S》ではめちゃくちゃ勝ち誇った感じで煽ってきてたよな？　勝てるもんなら勝ってみろ、みたいな……それに、昨日の陣営選択会議の時だってノリノリでマウント取ってきてただろ？」

「う……い、泉の黒歴史を並べ立ててこれまでの反撃でもするつもりっすか？　後輩を辱めて悦ぶとか最低の鬼畜っす！　だからよわよわ先輩はモテないっす！」

「……？　いえ、ご主人様は恐ろしいほどにモテモテですが」

「や、別に対抗しなくていいから……あと鬼畜じゃないし辱めてもいないっての」

何故か張り合おうとする姫路に苦笑を浮かべつつ、念のため泉に釘だけ刺しておく俺。

と、まあとにもかくにも。

「文句じゃなくて単なる質問だよ。あれはどういう意図だったんだ？」

「意図も何も……別に、簡単なことっすよ」

む、と小さく唇を尖らせながら、泉は不承不承といった様子で言葉を紡ぐ。

「ラスボス化した夜空姉は〝最強〟なんで。あの時点では、さくっと《FM&S》を終わらせてから更紗さんを取り戻せば一件落着、だと思ってたっす。だけど、実際は越智先輩の《一方通行の檻（リターンレスケージ）》で防がれて……もちろん、普通ならそれでも問題ないっす。【モードD】までは冥星の〝認識阻害〟が効いてるっすから、彩園寺（さいおんじ）家にとっての致命傷にはならない——だから、桜花（おうか）がさっさと勝者になってお終（しま）いっす。ハッピーエンドっす」

「ああ。まあ、不幸な結末ではなさそうだな」

「はいっす。ただ……越智先輩は、それすら利用しようとしてたっす」

　ぎゅう、と下唇を噛（か）み締める泉小夜（さよ）。……彼女が思い返しているのは、おそらく昨日の朝に行われた第六週目の陣営選択会議だろう。自信満々に《投げやりな乱数調整（ランダムメイカー）》を使用した泉に対し、越智はあまりにも鮮やかな手法でその作戦を乗っ取った。

「見通しが甘かったっす……七番区森羅（しんら）高等学校、越智春虎（はるとら）先輩。あの人は夜空姉の〝ラスボス化〟を知っていて、最初からそれを〝武器〟にするつもりだったっす。最強で、無慈悲で、しかも最後には自壊する武器……夜空姉を使って森羅以外の学区を潰して、それから冥星の不正を告発して桜花も滅ぼす。あの先輩は、そんなことを言ってたっす」

「……ああ。何度思い出しても、ムカつくくらい完璧な作戦（シナリオ）だな」

「そうっすね。だから……だから泉は、考えたっす」

　そこまで言った辺りで、泉小夜は小さく顔を持ち上げた。彼女の表情に浮かんでいるのは打ちのめされそうな恐怖と、それから微（かす）かな希望だ。一縷（いちる）の望みを繋（つな）ぐように、蜘蛛（くも）の糸にでも縋（すが）るように、泉はゆっくりと自身の考えを口にする。

「現状、泉たちにとって一番悪い結末は〝森羅高等学校が期末総力戦の勝者になる〟ことっす。次点で〝桜花が優勝する〟パターン……最初はこれを目指してたっすけど、夜空姉の〝暴走〟はどう見ても越智先輩が意図的に起こしてるものっす。それを踏まえると、このまま〝ラスボス化〟を進行させるのは絶対に危険っす」

「ん……」

「だから——驚くべきことに、よわよわ先輩が。英、明、学、園、が、勝、っ、て、く、れ、る、の、が、泉、に、と、っ、て、も一番良い結末なんすよ！　先輩が勝ってことは、夜空姉の〝ラスボス化〟を何とかして封じ込めたってことっす。冥星の秘密はバレないままっす！　……まあ、よわよわ先輩なんかが夜空姉に勝てるわけないって、99％は思ってるっすけど!!」

「……お前な。協力して欲しいのか欲しくないのか、どっちなんだよ」

「う……だ、だから照れ隠しっす。ほら、よわよわ先輩ならこのくらいでコロっと落ちてくれるはずなんで☆　サービスシーンっすよ、先輩？」

「めちゃくちゃ便利だな、その言葉……」

開き直ったようにニマニマとした笑みを向けてくる泉に呆れた声を返す俺。

が——まあ、彼女の言い分そのものは理解できた。元々は8ツ星達成を阻止するため俺と越智に突っ掛かってきていた泉姉妹だが、越智が泉夜空の〝ラスボス化〟を利用し始めたことで状況が変わった。このまま森羅が勝利する展開というのは、すなわち彩、園、寺、家、が崩壊するシナリオだ。ならば、相対的に英明(おれ)が勝った方がマシということになる。

「――でもさ、具体的にはどうするんだよ？」

そこまで思考を巡らせた俺は、話をもう一段階先へと進めることにした。

「俺たちの利害が一致してることは分かったけど……《リミテッド》が始まってからの戦況が絶望的なことは知ってるだろ？　泉夜空の〝ラスボス化〟に対処するどころか、このままじゃ大した時間も掛からずに【探偵】側の勝利で終わっちまう」

「それはそうっす。ラスボス化した夜空姉はとにかく問答無用がウリっすから、よわよわ先輩如(ごと)きが対抗できる相手じゃないっす。身を弁(わきま)えて欲しいっす☆」

「いや、もう照れ隠しはいいからさ」

「！　……さ、先回りされるととんでもなくウザいっす……！」

恨みがましい視線と共に文句を言ってくる泉。……が、やがてそんなことに構っている暇はないと思い直してくれたのだろう。少しだけ身を乗り出した彼女は、相変わらず萌(も)え袖状態になった手を口元に添えながら潜めた声音で続ける。

「実際、よわよわ先輩じゃなくても夜空姉を止めるのは難しいと思うっす。さっきも説明した通り、夜空姉はピンチになればなるほど形態変化(レベルアップ)するっすから……【怪盗】陣営がボロボロなのはむしろ歓迎、って感じっす。逆だったらとっくに詰んでるっすよ」

「まあそうだな。……でも、それなら結局〝勝っても負けてもダメ〟なんじゃねえか」

昨日の羽衣にもぶつけた疑問を改めて泉に投げ掛けてみる俺。

するとすると泉はこくりと一つ頷いた。

「はいっす。だから……夜空姉を〝倒す〟んじゃなくて〝元に戻す〟のが正解っす」

「え。……そんなこと、できるのか？」

「普通なら絶対に無理っす。８ツ星昇格戦の発生が起動条件になってる場合、勝敗が決まるまで〝ラスボス化〟は解除されないんで……でも、今回の起動条件は守護対象である更紗さんの脱落。だから、更紗さんさえ期末総力戦に戻ってくれれば、きっと夜空姉の〝ラスボス化〟は解除されるはずっす。間違いないっす！」

　泉小夜の話を聞きながら、俺は「なるほど……」と静かに右手を口元へ遣る。

　彼女の推測は、確かにある程度の妥当性があるものだった。泉夜空の〝ラスボス化〟は彩園寺の脱落が起動条件になったもの。それなら、当の彩園寺が期末総力戦に復帰すれば泉夜空が〝ラスボス〟であり続ける理由は一つもない——ということになるのだが、

「更紗様の救出というのは……現実的に、なかなか難しいのではないでしょうか？」

　困ったような表情で零される姫路の懸念もまた、圧倒的に真実だ。

「現在は期末総力戦サドンデスルール《リミテッド》の実施下となります。このルールが有効になっている限り、通常の《大捕物》は〝救出戦〟も含めて全て開催されません。そもそも、逮捕も謹慎も救出も一切発生しないとルール文章に明記されています」

「う……メイドさんの言う通りっす。だから、仕方なくよわよわ先輩のところに……」

「…………」

「……ごめんなさいっす、調子に乗ったっす、だから助けて欲しいっす！」

相当に追い詰められているのか、煽りを途中で中断して全力の懇願に切り替える天邪鬼こと泉。が、まあそれもそのはずだ。彩園寺を期末総力戦に復帰させる手段、なんてモノに少しでも見当が付いているなら、俺のところなんか訪ねていないでさっさとそちらを試しているだろう。いくら考えても見つからないから、彼女は俺を頼ってきたんだ。

（でも……そんな手段、本当にあるのか？）

対する俺も無言で思考を巡らせてみるが、当然ながらそんな都合のいい策はなかなか思い当たらない。というか、それができるなら浅宮だって秋月だって皆実だって藤代だって誰も彼もが期末総力戦に復帰できることになってしまう。他の高ランカーを差し置いて彩園寺だけが戻ってくるなんて、それこそアカウントの偽造でもしない限り――

（――……ん？）

そこまで考えた辺りで、俺はふと自分の思考に違和感を覚えて眉を顰めた。……何に引っ掛かったんだ、今？　記憶を遡ってみても特におかしなことは考えていないように思える。他の高ランカー同様、彩園寺更紗が期末総力戦に復帰するなど不可能だ。そのはずなのに、何度考えてみてもやはり強烈な〝違和感〟がある。

その正体を探るべく、俺は自身の端末を取り出してみることにした。

理由としては単純だ。あらゆる《決闘》において唯一最大の情報源はルール文章なんだから、詳しく読み込むことで綻びを見つけられる可能性がある――そんな思惑だったのだが、実際のところ、先に目に入ったのはとあるメッセージの通知だった。送信者欄に刻まれている名前は他でもない羽衣紫音。今日の夜には帰ってくる、という話だったから、もしかしたら迎えか何かを所望しているのかもしれない。

（っていうか……すっかり忘れてたけど、マズいな。無関係なやつならまだしも、泉は本物の彩園寺更紗を知ってる。ここで羽衣と鉢合わせたら面倒なことに――……え？）

瞬間。

「っ……そう、か」

――俺は、ようやく先ほどから抱えていた〝違和感〟の正体に思い当たった。

同じじゃない。彩園寺更紗は他の高ランカーたちと決定的に違う特性を持っている。それは何よりも、彼女がニセモノだということだ――現在〝彩園寺更紗〟を名乗っている少女は本来〝朱羽莉奈〟であり、そもそも別人として桜花学園に通っている。俺が等級を偽っているのと同様に、彼女は存在そのものを偽っている。

そして――〝逮捕〟されているのは彩園寺更紗だ、朱羽莉奈じゃない。

……いや。もちろん、これが荒唐無稽な考えであることは分かっている。仮に〝朱羽莉奈〟というプレイヤーを用意するにしても相当に煩雑な手続きが必要になるし、そもそも期末総力戦の追加エントリー締め切りはとっくに過ぎてしまっている。

（でも……羽衣が無策で学園島(ここ)まで来るわけない。だって……）

　彼女は確かに『学校へ行く』と言っていた。

　いくら自由奔放なお嬢様でも、さすがに遊びに行ったわけじゃないだろう。彼女の用事が朱羽莉奈の〝転入〟に関することなのだとしたら？　それに羽衣は、半月以上前――俺が《E×E(クロス・イー)》内で初めて中央管制室(コントロールルーム)に辿(たど)り着いた時点で既に行動を開始している。もしかして、期末総力戦(パラドックス)のエントリーも済ませているんじゃないか？　だとしたら……朱羽莉奈のアカウントを介して、彩園寺更紗が期末総力戦に復帰できるんじゃないか？

「っ……」

　自分自身の考えにぞくっと背筋を震わせながら、ぎゅっと拳を握り締める俺。……冷静になってみれば有り得ないようにも思えるが、それでも俺にはどこか確信めいたものがあった。というか、そうでなければ羽衣の動きを説明できない。

（で……だとしたら、ちょっと準備が必要だな）

　そのまましばらく思考を巡らせた結果、俺はそんな結論に到達した。そうして一転、ちらりと隣の姫路(ひめじ)に視線でコンタクトを取ってから、改めて対面の泉小夜(いずみさよ)に向き直る。

「な……何すか、よわよわ先輩？　色々考えてたみたいっすけど……」

「……なあ泉。お前さ、彩園寺のことめちゃくちゃ尊敬してるんだったよな？」

「？　更紗さんっすか？　はい、もちろんっす」

「絶対に何があっても裏切らないし、心の底から忠誠を誓ってるし、彩園寺に迷惑を掛けるくらいなら自分が代わりに何されてもいいって断言できるよな」

「え。そ、そんな物騒なこと言われると怖いっすけど……まあ、そうっすね。よわよわ先輩に着替えを覗かれるくらいなら我慢してあげても――」

「――姫路」

「はい。録音できました、ご主人様」

「へぁ!?　ちょ、よわよわ先輩!?」

強引な方法で言質を取った俺と姫路に対し、微かに頬を赤らめながら抗議の声を上げる泉小夜。……彼女には悪いが、例の作戦を実行に移すつもりなら最低でもこのくらいの予防線は張っておく必要がある。いや、本音を言えば全然足りていないくらいだ。何しろこれは、俺たちが今まで貫いてきた〝嘘〟に思いきり関わるモノだから。本当なら絶対に明かすことなどできないが、状況がここまで差し迫った以上は致し方ない。

とまあ、そんなわけで。

「悪い。少しだけここで待っててくれ、泉。あと……できれば、夜空の方も呼んでくれ」

「……夜空姉も？」

謎の要求にいよいよ怪訝（けげん）な表情を浮かべる泉小夜。

そんな彼女に対し、俺は微かに口角を釣り上げながら不敵な声音でこう言った。

「方法なら——一つだけ、とびっきりのやつがある」

＃＃

——二月十四日、火曜日の夜。

我が家のリビングには、先ほどまでいなかった二人の少女が肩を並べて立っていた。

「全くもう……こういうの、あんまり趣味じゃないのだけれど」

一人は右手を腰に遣（や）り、呆（あき）れたような表情で嘆息を零（こぼ）す少女。意思の強い紅玉（ルビー）の瞳はじとっと俺に向けられていて、指先で払われた赤の長髪はふわりと宙に舞っている。

「ふふっ。良いじゃないですか莉奈（りな）、サプライズですよサプライズ。実はわたし、ドッキリ番組の出演者にとっても憧れていたんです。念願が叶（かな）ってしまいました」

そしてもう一人は、身体（からだ）の前で両手を合わせて嬉（うれ）しそうに笑っている少女。絹のような金糸も鈴の音のような声も、いずれも彼女の雰囲気を柔らかなものにしている。

そう、すなわち——彩園寺更紗（ニセモノ）と彩園寺更紗（本物）である。

「は？　……はぁぁぁぁぁぁぁあ！？！？！？！？！？？？！？」

「!?　！？！？！　！？！？！？！？！？！」

そんな〝有り得ない〟光景を目の当たりにして、あらん限りの叫び声を上げたのは言うまでもなく泉小夜……そして、もはや言葉を紡ぐことすら忘れて目を白黒とさせているのは、ついさっき彼女に連れてこられた姉こと泉夜空だった。驚愕と困惑が場を支配したのも束の間、ガタンと椅子を蹴るような勢いで立ち上がった妹の小夜は、ふるふると震える指先で彩園寺更紗（本物）――もとい、羽衣紫音を指差してみせる。

「ちょ、え、や、な……何でいるっすか、更紗さん！？！？」

「ふふっ……」

対する羽衣の方はと言えば、泉姉妹への〝サプライズ〟が上手く決まったことが嬉しくて仕方ないのか、小声で「やりました篠原さん」とか何とか言いながらこちらへピースサインを向けてきた。そうして彼女は、一転してほんの少しだけ悪戯っぽい笑みを浮かべてみせると、ふわりと金糸を揺らしながら上品に小首を傾げて言葉を紡ぐ。

「あら、更紗さんはこちらの方ではないのですか？　人違いをしてはいけませんよ」

「へ!?　や、あの、人違いなんかじゃないっす……！　更紗さんは、更紗さんで……でもあの、こっちの更紗さんも確かに更紗さんではあるんすけど……！」

「……もう。小夜をからかっちゃダメじゃない、紫音。困ってるわ」

「ごめんなさい、莉奈。ですがわたし、これでも精一杯抑えているんですよ？　何せ、久し振りに小夜と夜空に会えたので……とっても、とっても嬉しいんです」

「紫音!?　莉奈!?　って……ど、どっちも更紗さんじゃないんすか!?」

「いいえ？　わたしも莉奈も、どちらも〝彩園寺更紗〟ですよ？」

「!?」

「……まあ、そこは否定しないけれど」

「な……ぅぁ……」

事情を知らない限り絶対に意味が分からないであろう会話の連続に、とっくに思考を放棄していた夜空だけでなく小夜の方も限界を迎えたようだった。紫の瞳をぐるぐるさせながら疑問符を浮かべまくっていた彼女は、やがてぎゅっと思いきり目を瞑る。

そうして一言、

「ど、どういうことっすか、よわよわ先輩――!!」

きっと俺に視線を向けてきた泉小夜の悲鳴が、広い館中に響き渡った。

十分後。

「――だから、まあ。簡単に言えば、彩園寺……朱羽は〝嘘〟を吐いてたんだよ」

どうにか落ち着きを取り戻した泉姉妹に対し、俺は改めて〝種明かし〟を行っていた。

泉小夜との会話の中でこの方針を思いつき、彩園寺と羽衣に連絡を取ったのはおよそ一時間前の話だ。羽衣は元からそのつもりだったらしく一も二もなく賛同し、彩園寺の方はしばらく渋っていたがやがて溜め息交じりに折れてくれた。具体的には、

『莉奈、莉奈！　せっかくならドッキリにしましょう！』

『ドッキリって……まあ、別にいいけれど』

『？　あまり乗り気ではないですか？　誘拐の件、小夜と夜空なら絶対に口外しないと思いますが……あ。もしかして莉奈、篠原さんとの秘密の関係が漏れるのが――』

『だ、だから別にいいって言ってるじゃない！　ちっとも惜しくなんかないってば！』

……とか、大体そんな感じの経緯である。

そもそもの話、泉姉妹は思いっきり彩園寺家の関係者だ。つまり彩園寺が抱えている嘘のうち、彩園寺家が既に認知している部分――すなわち〝替え玉〟の嘘のことはとっくに知っている。彩園寺家の影の守護者こと泉姉妹。彼女たちの守護対象は二年前まで羽衣紫音の方であり、誘拐のタイミングから現在の彩園寺更紗に替わったわけだ。

ただし、彩園寺の嘘は二段構えだった。

本物のお嬢様が何者かによって誘拐された、というのは真っ赤な嘘。彼女が窮屈な学園生活を望んでいないことを知っていた彩園寺は、誰も彼もを騙して羽衣紫音を本土へ連れ出していた。……俺が説明したのは主にその部分だ。一応の補足として、赤の星を賭けた

最初の《決闘》で俺にそれらの秘密が伝わってしまったことも話してあるが。

「偽装誘拐……ほ、本気で言っているんでしょうか、更紗さん？」

一通りの話を聞き終えて、彩園寺――とりあえず〝ニセモノ〟の方をそう呼ぶことにしたらしい――にそんな問いを投げ掛けたのは遅れてやってきた泉夜空だ。桜花学園の制服をきっちり着込んだ三年生。女性的で均整の取れたプロポーションだが、常に自信なさげな猫背になっているため一見地味な印象を受ける。そして、ポカンと半開きになった口元から窺える感情は、どちらかと言えば〝疑問〟より〝驚愕〟に近いものだ。

紫紺の前髪の隙間から、遠慮がちな紫色の瞳が覗く。

「その……彩園寺家のセキュリティは島内でも最高クラスだったはずです。それなのに誰にも見つからずに〝誘拐〟を成功させて、未だに捕まっていないんですか……？」

「まあね。絶対に見つからないように、一晩かけて計画したもの」

「一晩で……!?　て、天才です。更紗さんは誘拐の天才です……！」

「う……ね、ねえ、ちょっと夜空？　人聞きが悪いこと言わないでもらえるかしら」

「ひうっ!?　ご、ごごごめんなさいごめんなさい！　凄いなぁって思うあまり言葉が強くなってしまいました！　もう徹底的に罵倒してください！　遠慮なく!!」

「しないわよ、罵倒なんて……」

微かに頬を上気させながら迫る泉夜空と、呆れたような表情で首を振る彩園寺。そんな対面の二人を見て、俺の左隣に陣取った羽衣が「ふふっ」と嬉しそうな笑みを零す。

「人聞きが悪いなんてことはありませんよ？　当時は〝誘拐〟だと教えてもらっていませんでしたが、莉奈の鮮やかな手際は今でも昨日のように思い出せます。我が儘なわたしを外の世界へ連れ出してくれる魔法使いのような、そんな感動がありました」

「……ねえ紫音、さっきからあたしを恥ずかしがらせようとしてないかしら？」

「なんと……バレてしまいました。莉奈は魔法使いだけでなく探偵にも向いていますね」

「何が探偵よ、全くもう……」

拗ねたような、あるいは照れたような表情を浮かべたままそう言って、彩園寺はぷいっと横を向いてしまう。……やはり、この手の会話になると主導権を握るのは圧倒的に羽衣紫音だ。自由奔放かつマイペースなのであっという間に呑まれてしまう。

と、まあそれはともかく。

思考を整理するように、彩園寺と夜空の間に座った泉小夜が改めて話を切り出した。

「えっと……要するに、っす。ずっと誰かに誘拐されてると思ってた真・更紗さん――紫音さん、っすか？　紫音さんは本土の高校に通ってて、莉奈さんがその〝替え玉〟に立候補した。紫音さんのことは彩園寺家の人たちも全く知らなくて、唯一知ってたのは莉奈さんから赤の色付き星を奪ったよわよわ先輩とメイドさんだけ……？」

「！　なんと……もう理解してしまったのですか？　さすが小夜、わたしの周りには名探偵がいっぱいです。これは困りました。何かの拍子でわたしが凶悪事件の犯人になってしまったら、驚きの推理力ですぐに捕まってしまうかもしれません」

「犯人ってうっかりなるものじゃないと思うっすけど……それにしても、赤の色付き星(ユニークスター・レッド)にはそんな効果があったんすね。ってことは、それを手に入れたよわよわ先輩の方も何かしら〝嘘(うそ)〟をついてるってことになるっすか……？」

「そうかもしれないけど、さすがに内容までは教えられないな」

「ま、そうっすよね。あのよわよわ先輩が、後輩の女の子を食い物にするために身長を10センチも盛ってるなんて……そんなことが知れ渡ったら学園島(アカデミー)は大激震っす」

「ち、違うよ小夜ちゃん。きっと本当の篠原(しのはら)さんは物凄(ものすご)く毒舌で、普段はそれを隠してるんだよ。だから、色付き星(ユニークスター・レッド)の赤がなければわたしにも冷たい言葉を……えへへへへへ」

「……俺のことを何だと思ってるんだ、お前ら？」

ニマニマとした笑みを浮かべてからかってくる泉小夜と微(かす)かに頬(ほお)を上気させながら何やら悶(もだ)えている夜空に対し、俺は抗議のつもりでジト目を向けておく。おそらく〝詳しくは詮索しない〟という意図で適当な嘘を並べ立ててくれているのだとは思うが、それにしてはディティールが微妙過ぎる。いやまあ、別にいいのだが。

「ふむふむ……」

とにもかくにも、気を取り直したように何度か頷(うなず)きながら身体(からだ)の前で腕を組む泉小夜。

「じゃあ、これまでは更紗さんのとびっきり重要な秘密を……そんな大事なことを、よわよわ先輩だけが知ってたってことなんすね。ふぅん……？」

「……な、何よ？　言いたいことがあるなら言えばいいじゃない、小夜」

「了解っす。もしかして更紗さん、よわよわ先輩と付き合っ――」

「つ、付き合ってなんかいるわけないじゃないっ！　確かにあたしは〝お嬢様〟じゃないかもしれないけれど、それでも篠原なんか願い下げに決まってるわ！」

「いやいや、そりゃこっちの台詞だっての……」

「？　付き合ってはいないんすね。じゃ、じゃあまさか、ニセモノだって弱みに付け込んで、よわよわ先輩が更紗さんを言いなりに――」

「してねぇよ」「されてないわ」

「……って言ってる割に、息ぴったりっすね。というか更紗さん、お嬢様モードじゃないとこんなに可愛さ全開になるんすか……？　泉、よわよわ先輩に嫉妬なんすけど」

何故か恨みがましい視線をこちらへ向けてくる泉。

が――やがて納得というか、どうでもいいと割り切ってくれたのだろう。彼女は改めてこの場にいる全員をぐるりと見渡すと、誰にともなく話を切り出す。

「とりあえず、状況は理解できたっす。でも……〝何で？〟の部分が消えてないっす」

そうして紡がれたのは至極当然の疑問だ。

「更紗さんは、今まで二年近くその〝嘘〟を隠してきたんすよね？　もちろん泉たちは彩園寺家の影の守護者なんで、誰にも言ったりしないっすけど……でも、わざわざこのタイミングで教えてもらえた理由がちっとも分かってないっす。いくらよわよわ先輩だからって、何の目的もない単なるドッキリとかだったらさすがに怒るっすよ？」

「そんなわけないだろ。あと、ドッキリ形式で発表しようって言い出したのは俺じゃなくてお前の元ご主人様だからな。文句ならそっちに言ってくれ」

「ふふっ、そうなんです。楽しんでいただけましたか、二人とも？」

「へ？　や、あの……びっくりしすぎて、楽しさの方は……夜空姉はどうっすか？」

「う……心臓が、飛び出るかと思いました。理想の反応ができなくてごめんなさい……」

「！　なんと……しょんぼり、です。わたし、もしかしたらディレクターの才能はないのかもしれません。アシスタントさんからやり直しです……」

「……えっと、よわよわ先輩。泉たち、どうしたら良かったと思うっすか？」

「いや、別に何も間違えてないと思うけど……」

こんな重大な秘密を暴露されて〝ドッキリか〜笑〟と心の底から楽しめるようなやつがいるとすれば、そいつは精神力がどうかしている。

と、そこへ。

「――小夜様、そして夜空様。ご主人様が今ここで誘拐の〝嘘〟をバラす決心をしたのには、消極的な理由と積極的な理由が一つずつあるのです」

　横合いから涼しげな声を投げ掛けてきたのは、一時的に席を外して新たに増えた三人の分の紅茶を入れてきてくれた姫路だった。彼女は彩園寺と羽衣と泉夜空の前にそれぞれ真っ白なティーカップを置いてから、迷うことなく俺の右隣に腰を下ろして。

「どちらから知りたいですか、小夜様？」

「え？　そ、そんなアメリカンジョークみたいな感じなんすか？　えっと、じゃあ……消極的な理由の方からお願いするっす、メイドさん」

「かしこまりました」

　小さく一つ頷いてから、姫路は白手袋に包まれた右手の人差し指をピッと顔の近くに掲げてみせた。そうして彼女は、いつも通り澄み切った透明な声音で続ける。

「ご主人様がネタ晴らしを行った〝消極的な〟理由……こちらは、そう難しい話ではありません。先ほど小夜様がお話していた通り、このまま夜空様の暴走を許して期末総力戦が森羅高等学校の勝利で終わった場合、冥星と共に彩園寺家の嘘や秘密は全て暴き立てられることになります。当然ながら〝替え玉〟の嘘もバレるでしょう」

「そうね。だから、小夜と夜空にまで隠し通す理由があんまりないってこと」

　姫路の説明を受け、対面の彩園寺が豪奢な赤の髪を静かに揺らして補足する。

「最終的にはあたしが責任を取るつもりだけれど、森羅に告発なんかされたらどうしようもないもの。少しくらいはリスクを取った方が逆に安全だわ」

「はい。そして——もう一つが〝積極的な〟理由になりますが」

二本目の指を立てながらそう言って、姫路は静かに身体をこちらへ向けた。けれど、彼女が碧の瞳を向けている先は俺じゃない。もう一つ先の席、羽衣紫音その人だ。

「こちらは、わたしよりも紫音様に説明を託した方が良さそうです」

「ふふっ、ありがとうございます雪。実はわたし、さっきからウズウズしていたんです」

姫路からのパスを受けた羽衣は、人形みたいな金糸を揺らしながら嬉しそうに胸の前で両手を合わせ、ふわりと嫋やかな笑みを浮かべてみせた。そうして彼女はテーブルの向こうに座る泉姉妹を真っ直ぐ見据えると、鈴を転がしたような声音でこう切り出す。

「いいですか小夜、夜空？　わたしたちが二人に〝誘拐〟の真相を打ち明けたもう一つの理由……ほんの少しだけ複雑なので、心して聞いてください」

「はい、一言一句聞き逃しません！　……ご、ごごめんなさい紫音さん、わたし無謀なことを言いました……！　できるだけ、できるだけちゃんと聞きます！」

「ふふっ、ありがとうございます。では……順序立てていきましょう。知っての通り、今の夜空は〝ラスボス化〟しています。そして〝ラスボス化〟した夜空は、基本的にどうすることもできません。何せラスボスですから、勝っても負けてもお終いです」

「！　う、うぅ……本当に、本当にごめんなさいっ!!」

羽衣の話を聞いて、紫紺の長髪を揺らしながら思いきり頭を下げる泉夜空。やがてゆっくりと顔を上げた彼女は、両目にいっぱいの涙を浮かべながら言葉を継ぐ。

「そうなんです……泉家当主の端末に仕込まれた〝ラスボス化〟のシステムは、一度起動してしまうと勝手に冥星を使ってしまうんです。皆さんを攻撃する意思なんてちっともないんですが……でも、悪いのはわたしなのでどうか、どうか罵ってください！」

「分かりました。では――〝め〟」

「！　ぁう……」

「今のでお説教はお終いです。ふふっ……さあ、対策の話に移りましょうか」

「……はい、っす」

ごくり、と唾を呑み込む音が聞こえてきそうなくらい真剣な表情で頷く泉小夜。……俺の話を聞いている時の態度とあまりにもかけ離れている気もするが、今の夜空に対する反応が完璧だったことを考えれば、信頼度の差は推して知るべしといったところか。

当の羽衣は歌うように言葉を継ぐ。

「7ツ星の篠原さんの力をもってしても、ラスボス化した夜空は倒せません。なので夜空を止めるには、倒すのではなく〝解除する〟……暴走状態を食い止めることが必要不可欠な条件です。そして今の夜空がラスボス化しているのは莉奈が捕まってしまったことが原因ですから、どうにかして莉奈を期末総力戦に復帰させなければなりません」

「は、はいっす。でも《リミテッド》が適用された以上、それは無理だって……」

「本当に、そうですか？」

くすっと悪戯っぽい笑みを浮かべて問い掛ける羽衣。

彼女はちらりと彩園寺の方に視線を向けてから、大切な秘密を告白するように続ける。

「確かに《リミテッド》の仕様で〝逮捕・謹慎・救出〟が無効になっている以上、既に捕まっているプレイヤーは期末総力戦に復帰することができません。そして桜花学園の〝彩園寺更紗〟は、残念ながら先週の《大捕物》で〝逮捕〟されてしまいました」

「……？　えっと、じゃあ……やっぱり、ダメなんじゃないっすか？」

「これが、なんとダメじゃないんです。だって……〝逮捕〟されているのはあくまで〝彩園寺更紗〟で、今わたしの目の前に座っている女の子は〝朱羽莉奈〟なんですよ？　そしてわたしの知る限り、プレイヤー・朱羽莉奈は〝逮捕〟なんかされていません」

「「っ――!?」」

ふふん、と得意げな笑みを浮かべた羽衣に対し、泉姉妹が揃って驚愕に目を見開く。

が、まあそれも当然の反応だろう――現在の〝彩園寺更紗〟がニセモノであり、彩園寺家全体が〝嘘〟をついているというのは、桜花にとって致命的な弱点だったはずだ。けれど羽衣が言っているのは〝それを逆手に取ってしまえ〟ということに他ならない。

既に俺たちの〝嘘〟が限界を迎えた局面だからこそ使える、あまりに大胆不敵な嘘。

元々正体を偽っていた彩園寺だからこそ、本来の戸籍である〝朱羽莉奈〟としてなら期末総力戦に復帰できる……と、羽衣はそんな滅茶苦茶を言っているんだ。

「ふふっ……」

絹のような金糸を揺らしながら、当の羽衣はくすくすと楽しげに笑っている。

「地下牢獄に閉じ込められていた篠原さんと通信が成立してすぐ、わたしは柚葉――学園島管理部の偉い方に連絡を取りました。そこで〝朱羽莉奈〟の編入申請と、期末総力戦の参加申請を済ませてもらっていたんです。もちろん、編入先は英明学園ですよ？」

「……？　もちろん、ってのは？」

「言葉通りの意味です。わたしの知る限り、一年に二人も特殊事例の編入生を受け入れているのは、学園島広しと言えども英明学園くらいしかないはずですから」

「ああ……なるほど、そういうことか」

生徒の持つ〝星〟が各学園の勢力を決めるこの島において、編入というのはなかなか面倒な処理が伴うと聞いている。その点、英明なら確実な〝前例〟があったわけだ。

「柚葉のおかげもあって、申請は無事に通りました。少し無理を言ってしまったので、英明学園の学長さんにはちょっとした対価をお支払いしましたが」

「対価……？　一ノ瀬学長に、か？」

「ふふっ。残念ですが、詳しいところは乙女の秘密です。とにかく、今はこちらを」

そう言って羽衣が取り出したのは見慣れた学園島(アカデミー)の端末だ。おそらくは、ついさっき開封されたばかりの新品。それを見た泉(いずみ)が薄紫のツインテールを揺らして口を開く。

「その端末が更紗(さらさ)さんのモノってことなんすね。で、更紗さん――〝朱羽莉奈〟さんは英明学園に籍があって、期末総力戦(パラドックス)への参加申請(エントリー)もとっくに終わってる……」

「その通りです。名前も伏せていますから、彩園寺(さいおんじ)家にだってバレていませんよ？」

「……完璧、っすね」

想像より何手も先を行っていた羽衣に感嘆の息を零(こぼ)す泉小夜(さよ)。……その感想は、少し前に俺が抱いたのと似たようなモノだ。彩園寺の〝替え玉〟という特大の嘘(うそ)がバレそうになっていることを逆に利用した、別アカウントによる復帰作戦。思い返してみれば俺も五月期交流戦《アストラル》の際に〝敗者復活権(ワイルドカード)〟を使って《決闘(ゲーム)》に復帰してみたりもしたが、こちらの方がよほどギリギリでアクロバティックな方法と言える。

――そして、

「編入生だから等級も【怪盗ランク】も初期値だけれど……ま、贅沢(ぜいたく)は言えないわね」

差し出された端末を手に取りながら豪奢(ごうしゃ)な赤の長髪を揺らしてみせたのは、他でもない彩園寺更紗だ。期末総力戦(パラドックス)の攻略において間違いなく〝鍵(キー)〟となる少女。彼女は意思の強い紅玉(ルビー)の瞳でぐるりと俺たちの顔を見回すと、覚悟を決めたように一つ頷(うなず)いて。

「夜空(よぞら)のラスボス化を止めるために、あたしが朱羽莉奈として……って、あれ？」

と――その時、羽衣から手渡された端末を早々に起動し、生体認証を突破して操作を始めていた彩園寺の動きがぴたりと止まった。唐突な行動停止に俺も「……?」と疑問を抱き、テーブルの反対側から彼女の手元を覗き込むことにする。

画面に表示されていたのは、いわゆる〝プレイヤーデータ〟と呼ばれる項目だ。端末所持者の名前や等級、所属学区なんかが一覧で示されるメイン画面。確かに彩園寺更紗のそれではなく、朱羽莉奈としての各種情報が記載されているのが見て取れる。

……ただし、現在はそれらの上から〝錠前〟のようなイラストが覆い被さっていて。

そこにはこんな文言が刻まれていた。

「【アカウントロック】……【実行者:霧谷凍夜】」

メッセージを読み上げる俺と彩園寺の声が見事に重なる。

そう、そうだ――〝朱羽莉奈〟のプレイヤーデータを覆い隠している謎の錠前。おそらくアビリティか《調査道具》の類なのだろうが、その実行者として刻まれているのは他でもない〝霧谷凍夜〟の名だった。《アルビオン》の一員にして森羅高等学校所属の6ツ星ランカー。徹底的に〝勝利〟を求めるスタイルから《絶対君主》の二つ名を持つ。

「ど、どういうことよ、これ……!?」

あまりにも予想外な事態を受け、対面の彩園寺は微かに紅玉の瞳を揺らしている。

「アカウントロック、って……おかしいじゃない。仮にそんなことができるアビリティがあるのだとしても、彩園寺更紗(あたし)ならともかく〝朱羽莉奈〟が狙われる理由なんか一つもないわ。いくら森羅の《絶対君主》でも、そんなの……」

「だよ、な。羽衣絡みのことは越智(おち)のシナリオにも載ってないはずだし——、いや」

彩園寺の反応に同意しかけた瞬間、ふとあることに気付いて言葉を止める俺。

「確かに霧谷が〝朱羽莉奈〟を知ってるなんて有り得ない……けど、さっきの羽衣の話だと、このアカウントが期末総力戦に参加申請(エントリー)したのは一月の後半なんだよな？　そんな露骨なタイミングで他でもない英明(えいめい)に〝戦力追加〟なんて動きがあったら警戒されても仕方ないのかもしれない。《アルビオン》は基本的に越智のシナリオを中心に動いてるんだろうけど、霧谷だけは単に迎合してるってわけでもなさそうだしな」

「っ……確かに、それなら有り得るわね。このタイミングの転入生なんてどう考えても普通じゃないもの。相手が誰だろうが先回りして潰しておこう、って算段かしら」

端末からそっと指先を離しつつ嘆息と共に豪奢(ごうしゃ)な髪を揺らす彩園寺。

まあ——おそらくは、そういうことだろう。俺たちの〝嘘(うそ)〟がバレているとかいないとかそんなクリティカルな話ではなく、単なる威嚇のようなもの。嗅覚というか本能というか、それに類する野性的な妨害によって〝朱羽莉奈〟のアカウントは潰されている。

……けれど、だとすれば。これが霧谷凍夜による〝独断専行〟の結果なら。

当の霧谷さえ〝脱落〟させることができれば、アカウントロックは解除されるわけで。

だからこそ、俺は――

「霧谷凍夜。……そろそろ、あいつとの決着を付けなきゃいけない時みたいだな」

――静かに拳を握り締めながら、覚悟を決めるようにそんな言葉を口にした。

♭♭　――遠い日の記憶②――

衣織と出会ってから、越智春虎の人生は一変した。

友達が増えた……とは言わないまでも、周囲の人間と適切にコミュニケーションが取れるようになった。ついでに、衣織が最後の最後に目を付けた不良少年・霧谷凍夜と不思議な縁で一緒にいることが多くなった。性格がまるで正反対なため最初のうちは反りが合わなかったものの、中等部へ上がる頃には〝親友〟と呼べるくらいになっていた。

……ここで。

森羅学園グループの中等部に所属する生徒には、簡易型の端末が支給される――これは他学区でも広く採用されている〝疑似《決闘》〟を可能にする制度だ。星の移動こそ発生しないが、疑似《決闘》を行うのに必要な機能が漏れなく搭載された端末。そして森羅学園グループでは、これを使って学内で《決闘》の修練に励むことが推奨されていた。

学園島なんて場所にいるくらいだから、ほとんどの生徒は呆れるくらい沸き立って。

中でも、一番のめり込んでいたのは凍夜だった。

「ひゃはっ……こいつぁおもしれーぞ、春虎ァ。どっちが天下取れるか勝負しようぜ」

「……いやいや、僕が凍夜に勝てるわけないでしょ。もっと強い人をライバルにしなよ」

「あぁ？　そうだな……衣織のバカとやっても仕方ねーし、やっぱ先輩連中か」

「え!?　今わたし、何の前触れもなくいきなりバカにされなかった!?」

凍夜はよく衣織に絡んでいたが、それが好意の裏返しであることは言うまでもない。

ともかく彼は疑似《決闘(ゲーム)》に強い興味を示し、実際とても強かった。強敵との勝負に明け暮れた凍夜は中等部入学からわずか一年足らずで三年生のトップを下し、文字通り中等部の天下を取った。そして二年生になってからは——つまり一つ下の学年である衣織が中等部に入ってきてからは、高等学校の先輩にまで喧嘩(けんか)を売り始めるようになった。

そして春虎と凍也が中学三年生になり。

森羅の高等学校にすら凍夜の相手になる先輩がいなくなってしまった頃。

二人は、ある噂を聞いた——森羅高等学校には〝絶対に関わってはいけない〟先輩がいると。彼女は《決闘(ゲーム)》が物凄(ものすご)く強くて、なのに公式戦には一度も出場していなくて、そして誰に尋ねても〝関わるな〟という返答しか得られなかった。学園島(アカデミー)のデータベースにすら載っておらず、島内SNS(STOC)からも【張替奈々子(はりがえななこ)】という名前を拾えただけだった。

「……おもしれー」

それが凍夜の興味に火を点(つ)けてしまったのだろう。彼はあらゆる手を尽くして張替先輩を探し始めた。聞き込みをして、張り込みをして、最終的には春虎も巻き込んで彼女の居場所を突き止めた。普段は使われていない空き教室、そこに張替先輩はいたらしい。

そんな彼女に凍夜はいつも通り疑似《決闘》を申し込んで。

本人からも「やめときな」と忠告されながら強引に勝負を開始して。

――完敗だった、らしい。

手も足も出ない圧倒的大敗。それも一度や二度じゃない……負けず嫌いな凍夜が夜通し色々な疑似《決闘》を持ち掛けること数十戦、全て凍夜の負けに終わったそうだ。

それからというもの、凍夜の生き甲斐は〝張替先輩の打倒〟になった。毎日のように彼女のいる教室を訪れ、無数の疑似《決闘》を行った。春虎や衣織がついていったことも数えきれないくらいにある。その教室は《アルビオン》という謎の同好会が使っている部室らしかったが、他に部員はいないのか、いつも張替先輩の姿しかなかった。

そんな日々が半年ほど続いた頃だろうか。

ついに凍夜が張替先輩を下し、ご褒美として〝どんな質問にでも答える〟という言質を取った。訊きたいことはいくらでもある。どうして彼女が〝関わってはいけない〟人物なのか。先輩は何者なのか。この《アルビオン》という組織は何のためにあるのか。

しばらく躊躇ってから、張替先輩は静かに切り出した。

「あのさ。――冥星、って聞いたことある？」

第三章　宿命の一戦

liar liar

＃

二月十五日、水曜日——期末総力戦サドンデスルール《リミテッド》適用三日目。

午後一時から始まる第9ラウンドにて、俺は七番区の〝交戦エリア〟を選択していた。

改めて、現時点での勢力図はこんなところだ。

【期末総力戦サドンデスルール《リミテッド》——第8ラウンド終了時点】
【新規消滅エリア：十三番区（十四番区～二十番区は第7ラウンド終了時点で使用不可）】
【探偵陣営戦力：総計5897名／《リミテッド》開始以降の脱落者：62名】
【桜花（おうか）：2819名（減36）／森羅（しんら）：3078名（減26）】
【怪盗陣営戦力：総計5947名／《リミテッド》開始以降の脱落者：8653名】
【英明（えいめい）：1928名（減1464）／茨（いばら）：1185名（減2013）／音羽（おとわ）：1名……等】

状況は昨日よりもさらに悪化し、脱落したプレイヤー数は実に百倍以上。

各種《区域大捕物（エリアレイド）》の勝率が低いため致命的な呪いを複数抱えることになり、その足枷（あしかせ）によってさらに《区域大捕物》の勝利が遠ざかる、という悪循環に陥っている。

（だから……そろそろ、断ち切らなきゃいけない）

――そして。

交戦エリアというのは、この《リミテッド》の中で通常エリアの〝亜種〟に相当する区画だ。開催されるのは特殊仕様の《区域大捕物》……実を言えば、交戦エリアの《区域大捕物》には〝呪い〟も〝祝福〟も設定されていない。代わりにここで勝利したプレイヤーは、自身の持つ呪いを一つだけ相手に押し付けられるという設定だ。

「ふう……」

だからこそ俺は、直前の第8ラウンドで一番区の《区域大捕物》を選択し、派手に負けることで強烈な〝呪い〟を受け取ってきていた。そして同ラウンド中に《誘いの狩場》という《略奪品》を使い、とある男をこのエリアに呼び出した。

その男というのは、他でもない。

「ひゃはっ……こうして大規模《決闘》で顔を合わせるのは久し振りだな、篠原」

――6ツ星の《絶対君主》霧谷凍夜。

七番区の街中で俺を待ち受けていた彼は、開口一番にそんな言葉を口にした。乱暴に着崩された制服の下から覗く赤いシャツ。愉しげで威圧的な口調。獰猛な〝挨拶〟を向けられた俺はと言えば、適度な間隔を保ったまま突っ撥ねるように返事をする。

「そりゃまあ、別にお前と定期的に顔を合わせたいだなんて思ってないからな。むしろなるべく関わり合いになりたくないっての」

「おいおい、つれねーこと言うんじゃねえよ7ツ星。このオレ様がはっきりとライバル認定してるのは、森羅（しんら）以外じゃてめーだけなんだぜ？　オレ様からすりゃ待望のマッチアップなんだよ、こいつは。《習熟戦（リフレイン）》は元々負ける前提のシナリオだったし、先週の《ＦＭ＆Ｓ》は例の〝戦力調整〟のせいで参加できなかったからな」

「……だから、越智（おち）のシナリオを邪魔しない範囲でアカウントロックに踏み切ったって？」

「ひゃはっ……大正解だ、7ツ星。あのアカバネなんとかが誰なのかは知らねーが、てめーの作戦において何かしら重要なピースなんだろ？　だから先回りして潰してやった。てめーの反応を見る限り、オレ様の勘は鈍っちゃいなかったみてーだな」

「っ……」

やはり〝朱羽莉奈（あかばねりな）〟についての情報を何か握っていたわけではないようだが、知識の有無など物ともしない動物的な直感を見せつけつつ嗜虐（しぎゃく）的に笑う霧谷。

それに小さく頬（ほお）を引き攣（つ）らせながらも、俺はあくまで余裕の態度を崩さずに続けた。

「まあな。……でも、分かってるのか霧谷？　確かにお前の仕掛けで俺の〝策〟は封じられてるけど、この交戦エリアで俺が勝てば〝呪い〟が一つ俺からお前に移動する」

「あぁ、それがどーした？」

「それを見越して強烈な呪いを仕入れてきてる、って話だよ。内容は**【第9ラウンド終了時まで生存していると脱落】**……要するに、事実上のデスマッチってわけだ。お前が脱落すればアビリティの効果も消えるから、もちろん例のアカウントロックも消滅する。俺の作戦を完全に潰したいなら、お前は俺から逃げ回らなきゃいけなかった」

「逃げ回る、だぁ？　……ひゃはっ、勘違いすんじゃねーよ篠原」

俺の発言を受け、いかにも可笑しそうに表情を歪めて哄笑する霧谷。オールバックの黒髪を思いきり右手で掻き上げた彼は、鋭く威圧的な視線をこちらへ叩き付ける。

「オレ様は、何もてめーの作戦を潰して悦に入りたかったわけじゃねー。大体、そんなどうでもいいことに興味はねーんだよ。オレ様があのアカウントロックを仕掛けたのは、最初からてめーを釣り上げるためだ7ツ星」

「……っ……」

「ひゃはっ。もしアカバネ何とかがてめーにとって重要なピースなら、死に物狂いで取り返さざるを得ねーだろ。つまり、どうにかしてオレ様を〝脱落〟させるしかねー。ちょうど今のてめーがそうしてるように……一人で、な」

——そう。

獰猛に笑う霧谷が指摘した通り、今の俺は一人だった。隣に姫路の姿があるわけでもなければ、英明学園の選抜メンバーが一緒にいるわけでもない。この第9ラウンドにおいて七番区交戦エリアを選択しているのは——否、選択できているのは俺と霧谷の二人だけなんだ。加えて、端末を介した通信の類も全てシャットアウトされている。

「ひゃはっ……」

視線の先の霧谷は愉しげに笑う。

「邪魔は要らねーんだよ。オレ様がぶっ倒したいのはてめーだけだ、篠原」

「……人数制限系のアビリティ。いや、通信も妨害されてるから《結界》の類か？」

「ま、そんなところだ。感謝しろよ？　てめーとの一対一を実現するためだけに、例のアカウントロックと合わせて二つもアビリティを使ってやったんだ。これでオレ様もてめーもAPは《0》……正真正銘、対等な勝負ができるってモンじゃねーか」

どうだ完璧だろ、とでも言うように口角を釣り上げてみせる霧谷。

対する俺は、やれやれと面倒そうな表情を浮かべながら――内心で、絶叫する。

(対等じゃ、ねぇえええええええええよ!!)

頭の中を埋め尽くす焦りと動揺を渾身の気力で抑えつける。

実を言えば――この七番区で霧谷凍夜と対峙すると決めてから、俺は色々な準備を進めていたんだ。姫路だけじゃなく《カンパニー》の加賀谷さんや椎名とも入念な打ち合わせを行い、不正を介して〝絶対に勝ち切れる方法〟を用意していた。

けれど、それらが全て潰された。

(どっちもAPは《0》だから、そういう意味じゃ確かに五分五分……でも、相手はあの霧谷凍夜だぞ？　《絶対君主》だぞ？　仲間もいなくて不正も使えないなら俺は7ツ星でも何でもない。それなのに、自力で霧谷に勝てってのか……!?)

ドクドクと心臓が高鳴っている。呼吸が呆れるくらい乱れている。

思えば五月期交流戦で初めて彼とぶつかってから、こうして互いに単独での《決闘》に臨んだことは一度もなかった。最初の《アストラル》からして選抜メンバー同士のチーム戦だったし、夏期交流戦《SFIA》の際は阿久津も交えた三竦み、そして《習熟戦》の時なんかちょっとした〝余興〟に過ぎなかった。……けれど、今回ばかりは本気だ。状況的にも心情的にも、ここだけは俺が自力で霧谷凍夜を倒さなければ意味がない。

(それに……それに、思い出せ)

対霧谷の戦略を練りに練っていた昨日の作戦会議。

その中で、姫路は少し不思議そうに首を傾げながらこう言ってくれていた。

『今のご主人様であれば、不正などなくても霧谷様に勝てると思いますが……』

単なるお世辞かもしれないが——最強の従者を信じなくてどうする、という話だろう。

「……お? ようやく準備完了か」

静かに息を吐き出した俺を見て、対面の霧谷が顔を上げた。いかにも好戦的で嬉々とした表情。もう待ちきれないとばかりに、彼はギラギラとした視線を俺に向けてくる。

「これまで散々焦らされたんだ。オレ様を満足させてくれるんだろーな、7ツ星?」

「——ハッ。当たり前だろ、霧谷」

だからこそ、俺は。

あえて不敵な笑みを纏わせて、煽り立てるような口調でこう言った。

「一生忘れられないくらい、完膚なきまでに〝愉しませて〟やるよ」


【期末総力戦サドンデスルール《リミテッド》――第9ラウンド】

【〝探偵〟霧谷凍夜VS〝怪盗〟篠原緋呂斗：マッチング成立】

#

学園島七番区交戦エリア――俺が霧谷戦の舞台として選んだ《区域大捕物》は、ちょっとしたギミック付きの〝トラップハウス〟のような内容だ。

作戦会議をしているにも関わらず認識がふわっとしているのは、素直に〝情報が足りないから〟に他ならない。というのも七番区は、これまで両陣営ともに誰一人足を踏み入れていないエリアだからだ。特殊仕様の交戦エリアは〝呪いを相手に押し付ける〟というピンポイントな機能しか果たせないため、特に序盤で選ぶメリットは少ない。

ここで、ルールの概要としては以下の通りである。

【七番区交戦エリア――名称：《クリエイト&ロバー》】

【本エリアで開催されるのは、トラップハウスを基本とする《区域大捕物》である。《クリエイト&ロバー》に登場する全ての罠は〝回避や防御ができなければ即脱落〟という仕様になっており、参加プレイヤーは対戦相手よりも長く生き残ることを目的とする】

【重要ルール①——《創造》】

【《クリエイト&ロバー》において、参加プレイヤーは自由自在に〝能力〟を作ることができる。能力の所持数に制限はなく、拡張現実機能によって実現可能なものである限り内容も一切問わない。ただし、能力作成の際には後述の〝コスト〟を消費する】

【《創造》ルール補足——コストについて】

【《クリエイト&ロバー》の開始から一分が経過するごとに、プレイヤーには《1》のコストが加算される。そして能力を《創造》する際は、その内容に応じた〝コスト〟の支払いが必須となる。ここで能力作成時のコスト消費は最大《30》であり、

・《1》～《5》コスト：初級の攻撃系／防御系能力。

・《6》～《10》コスト：中級の攻撃系／防御系／特殊系能力。
・《11》～《20》コスト：上級の攻撃系／防御系／特殊系能力。
・《21》～《30》コスト：必殺技級の能力。
……のように分類される。また、所持コスト自体に上限は設けられていない】

【《創造》ルール補足――キーワードについて】

【《クリエイト&ロバー》において、能力を《創造》する際は必ず〝キーワード〟を指定する必要がある。そして各プレイヤーは、このキーワードを相手に聞こえるような形で発声することで該当の能力を使用することができる。ただし、キーワードの発声から能力発動までは時間差(ラグ)があってもよく、これは最大三十秒間とする。
また、キーワードの最低文字数は右記の消費コスト分類によって決定される】

【《創造》ルール補足――罠(わな)の強化（バージョンアップ）について】

【本エリアにおける罠は、プレイヤーが《創造》によって費やした累計コストに応じて自動的に強化（バージョンアップ）されるものとする】

【重要ルール②――《強奪（ロブ）》】

【《クリエイト&ロバー》において、プレイヤーは対戦相手が作った能力を《強奪》することができる。《強奪》した能力は自身の能力として使用可能になり、一切のコストの消費を要求しない。また一度《強奪》した能力が奪い返されることはない】

【《強奪》ルール補足――キーワード宣言について】

【プレイヤーが能力の《強奪》を行うためには、該当の能力に設定されたキーワードを当てる必要がある。その他の方法による《強奪》は一切認められない。流れとしては、
・《強奪》したい能力のキーワードを相手に聞こえるような形で発声する。
・成功の場合→該当の能力が自身の指揮下で発動し、以降は自らのものとなる。
・失敗の場合→所持コスト全消滅、かつ五分間《強奪》宣言ができないペナルティを負う。
……のようになる】

「ん……」

端末上に表示されたルール文章(テキスト)を眺めながら、俺はそっと息を吐く。

期末総力戦サドンデスルール《リミテッド》——七番区《クリエイト&ロバー》。ここで開催される《区域大捕物(エリアレイド)》の内容は、平たく言えばトラップハウスだ。九十分間ぶっ通しで〝即死〟の罠(わな)に追われ続け、先に捕らえられたプレイヤーが敗北となる。

これだけだとよく分からないが、詳細は顔を上げてみれば一目瞭然だ。つい先ほど第9ラウンドの本番期間に突入した瞬間、端末の拡張現実(AR)機能によって俺の視界はとっくに塗り替えられている——七番区の町並みはそのままに、縦横3メートル程度の〝マス目〟が前後左右に延々と連なった地形(マップ)。まるで半透明の将棋盤をとんでもなく拡大して辺り一帯に空からぶわっと覆(おお)い被(かぶ)せたかのような光景だ。加えて、

(光ってる……?)

——そう。

遥(はる)か彼方(かなた)まで延々と広がっている四角いマス。それらは単なる仕切りというわけではないらしく、一部が白い光に包まれていた。俺が立っているマスには何の変化も見られないが、たとえば二つ前方のマスやその右隣のマス、さらに斜め方向に三つほど移動した先のマス……と、ざっと10マスに一つくらいは薄(う)っすらとした白で染め上げられている。

しかもその白い光は〝点灯〟ではなく〝点滅〟。

最初に霧のような白が現れて、だんだん薄くなっていって、今度は少しだけ早い速度で

白く染まって、徐々にパッパッパッパッパと切り替えのテンポが上がっていき——

（なッ……!?）

——抜けた。

おそらく、決まったタイミングか何かが設定されているんだろう。白い光に覆われていたマスが一斉に抜け、代わりに底の見えない漆黒の大穴がそこら中に姿を現した。もちろん実際は拡張現実機能による演出に過ぎないのだろうが、どちらにしてもこの穴に落ちればその瞬間に〝敗北〟となってしまうことだけは間違いない。

「………」

ごくりと唾を呑みつつ穴に視線を向け続けていると、やがてザッとノイズのような影が掛かり、一瞬にして元の地形が復活した。そうして間髪容れずに先ほどと同じ現象——すなわち一部のマス目が白く点滅し始める〝落下予告〟が再開する。

「ひゃはっ……」

そんな光景を見守っていた俺の耳に、相変わらず愉しげな声が投げ掛けられた。

声の主は、わざわざ確認するまでもなく森羅の《絶対君主》こと霧谷凍夜だ。白く点滅するマスを器用に避けながら、彼は余裕の態度で言葉を紡ぐ。

「やっと準備期間が終わりやがったな。最初の即死トラップは〝落とし穴〟……白く光ってる場所が次に落ちる〝予告マス〟ってわけか。んで、光り始めてから落ちるまでの時間が約十秒……落ちた穴が元に戻るまでも同じく十秒。設定ミスか、おい？　オレ様とてめーの直接対決を彩るにしちゃ随分と温(ぬる)い難易度じゃねーか」

「まあな。……でも」

ふぅ、と呼吸を落ち着けながら口を開く俺。対戦相手である霧谷(きりがや)の言葉にわざわざ反応する義理なんかないのだが、俺としても早いうちにルールの実感を得ておきたいのは事実だ。それに、この《区域大捕物》において〝黙る〟という選択は悪手だろう。俺も、おそらくは霧谷も、なるべく自然に会話をし続けていたいというのが正直なところだ。

だからこそ俺は、ちらりと手元の端末に視線を落としながら言葉を継ぐ。

「七番区《クリエイト&ロバー》。この《区域大捕物(エリアレイド)》では本番期間中ずっと……つまり九十分間ひたすら罠に襲われ続ける。それに、罠(わな)自体も〝バージョンアップ〟を控えてるみたいだからな。余裕をかましてられるのは今のうちだけかもしれない」

「そうか？　いやいや、案外さっさと決着がつくかもしれねーぞ？」

「へえ？　今日は随分と弱気なんだな、霧谷」

「何を勘違いしてんだか知らねーが、オレ様は誰に対しても常に強気だ」

あえて挑発的な態度を取る俺に対し、さらなる不敵な言動を突き返してくる霧谷。

が、まあとにもかくにも……確かにこの《区域大捕物》はいわゆるトラップハウス的なモノだが、しかし最も重要なルールはそこじゃない。敷き詰められた罠はあくまでも〝舞台〟とか〝背景〟とか、そういった類(たぐい)のものだ。メインの仕様(ギミック)は別にある。

——それこそが、

「《創造(クリエイト)》と《強奪(ロブ)》……ひゃはっ。単なるトラップハウスじゃつまらねーとは思ってたが、こういうことなら話は別だ。てめーはもう方針(プラン)を固めたのかよ、学園島(アカデミー)最強？」

「……さあ、どうだろうな。決めたとしてもお披露目(ひろめ)はまだ先だっての」

霧谷の問いに対し、俺は微(かす)かに口角を歪(ゆが)ませながらそんな返事を口にする。

そう——彼の言う通り、この《クリエイト＆ロバー》の重要項目(ポイント)は他のどんなモノでもなく《創造》と《強奪》だ。プレイヤーに許されているのはこれらの行動(アクション)のみだが、それだけで無限の自由度が生み出されているといっても過言じゃない。

まずは《創造(クリエイト)》について。

《クリエイト＆ロバー》において、プレイヤーはあらゆる能力を《創造》できる——ここで、能力というのは全て〝拡張現実(AR)機能によって実現される〟のが大前提だ。故に、炎を出したり雷を落としたりすることは〝演出上可能〟だが、肉体が瞬間移動したり過去に戻ったりするような能力は〝実現不可能〟となり弾(はじ)かれてしまう。まあ、そもそも《クリエイト＆ロバー》には〝全ての罠が即死〟という分かりやすいルールが用意されているわけだから、基本的にはそれに絡めた能力を《創造》していくことになるのだろう。

ただし、当然ながら能力の《創造》には〝コスト〟がかかる。

　本番期間の開始から一分が経過するごとに《1》だけ加算されていくというコスト。能力の《創造》時には、その内容に応じて必要なコストが算出されるらしい。ちょっとした妨害程度なら対価も軽く、逆に必殺技なら膨大な消費が伴うわけだ。

　ちなみに現在の状況としては、

【《クリエイト&ロバー》――トラップver1.0（〝通常落とし穴〟解放済み）】

【篠原緋呂斗（しのはらひろと）――所持コスト：３／所持能力：なし】

【霧谷凍夜（きりがやとうや）――所持コスト：３／所持能力：なし】


……当たり前だが、こんな感じだ。まだどちらも動いてはいない。

　そして、次が《創造》よりもさらに重要かもしれない仕様（ルール）――《強奪（ロブ）》について。

「…………」

　この《区域大捕物（エリアレイド）》では、相手が作った能力を《強奪》することができる。能力の《創造》には相応のコストが掛かるが、相手から《強奪》した場合は完全にノーコストだというのだから、成功した場合のアドバンテージは計り知れない。さらに一度《強奪》した能力は相手から奪い返されない……という、なかなかの大盤振る舞いだ。

　ただし、能力の《強奪》には一つの条件がある。

（その条件ってのが、能力発動の〝キーワード〟を見抜くこと……）

　思考を整理するべく内心でポツリと呟（つぶや）くことにする。

　そう——この《クリエイト&ロバー》では、能力を《創造》する際に特定の〝キーワード〟を設定しておく必要がある。そして自身が所持している能力は、当のキーワードを発声してから三十秒の間に限り任意のタイミングで実行できるという仕様だ。キーワードを口にすることで〝能力発動が可能な状態に移行する〟といったイメージなのだろう。

　——故にこそ、

「ひゃはっ……いいのかよ、篠原？　んな黙り込んじまって」

　頭の後ろで手を組んだ霧谷が、ニヤニヤとした笑みを浮かべて声を掛けてくる。

「この《区域大捕物(エリアレイド)》の目玉は言葉狩りだぜ？　黙ってた方が不利だと思うけどなァ」

「……そんな提案をしてくるってことは、さっさと低コストの能力を量産する態勢に入りたいってところか？　勝手にしろよ、片っ端から《強奪》させてもらうから」

「いやいや、そうは言ってねーだろ。オレ様は単にルールの確認をしてやっただけだ」

　不敵で不遜でいかにも愉(たの)しげな声音が耳朶(じだ)を打つ。

　言葉狩り——霧谷の使った表現自体は物騒なものだが、ある程度は的を射ていると言っていいだろう。この《クリエイト&ロバー》において最も強力な行動は《強奪》だ。だからこそ俺たちプレイヤーは、相手の能力に付随するキーワードを見抜くために、そして自身のそれを見抜かれないために細心の注意を払う必要がある。さらに〝キーワードの発声は相手に聞こえなければならない〟のだから、小声で言っても意味がない。

（要するに……能力発動のキーワードは、会話の中に混ぜなきゃいけないんだ）

それこそが、俺も霧谷（きりがや）も適当な会話を続けていたい主な理由だった。今すぐ能力を使うつもりがなくても、後々のことを考えれば余計な雑音（ノイズ）は多ければ多いほどいい。

そんな仕様を振り返りつつ、俺は微（かす）かに嘆息を零（こぼ）してから再び口を開くことにした。

「能力の発動には予（あらかじ）め設定したキーワードの発声が必須……で、キーワードの文字数は能力の強さに比例して長くなる、ってなってるな」

「ああ、みてーだな」

今もまた白く点滅するマスから逃れつつ、肩を竦（すく）めるようにして同意する霧谷。

「つーか、そりゃそーだろ。文字数に縛りがないなら〝あ〟だの〝い〟だのをキーワードに設定しときゃバレようがねー」

「まあな。ルールの細則を見る限り、コスト《5》以下の初級能力なら三文字以上。そこからどんどん長くなって、コスト《30》の必殺技レベルなら十文字以上……って縛りになる。当然、意味の通る単語か文章じゃなきゃ認められない」

「ひゃはっ……あーあー、オレ様に無敵の語学力がありゃ、てめーの知らない言語で完封できたんだがな。残念ながら〝無い袖は振れねー〟ってやつだ」

「日本語以外ろくに使えないからって無駄な語彙力を主張してくんなっての」

確かに昨日の作戦会議では加賀谷（かがや）さん辺りから〝英語攻め〟やら〝ドイツ語攻め〟みた

いな案も出ていたが、まあ実現できなければ意味がない。

（……さて……）

そんなことを考えながら、俺は足元の罠（わな）に注意しつつ改めて思考に耽（ふけ）ることにする。

おそらく、ここまでの会話で《クリエイト&ロバー》の仕様（ルール）については一通り振り返ることができただろう。この先へ進むために必要なのは、どちらかと言えば〝勝つための方針〟だ。そして、それに関してだけはさすがに霧谷と共有するわけにもいかない。

昨日の作戦会議の中で加賀谷さんが言っていたことを思い出す。

『おねーさんの見立てだと、この《区域大捕物（エリアレイド）》には勝利プランが二つあるんだよねん』

『まず一つは高速戦術（ハイスピード）——低コストでじゃんじゃん軽めの能力を《創造》して、開始十分とか二十分で対戦相手をバシッと罠に沈めちゃう戦法！』

『そしてもう一つが一撃戦術（ワンショット）！　序盤はひたすら耐えに耐えて、なるべく《創造》も控えておいて、必要なコストが溜（た）まったところでドカーンと一気に勝っちゃう戦法！』

『でもでも、ふふふのふ！　ヒロきゅんに授けるのは、もちろん第三のイカサマ戦法（プラン）——』

——については霧谷に潰されてしまったので、順当に二つの戦略から選ぶしかない。

「ん……」

軽い能力を《創造》しまくってさっさと対戦相手を罠に嵌（は）める高速戦術（ハイスピード）か、序盤はとにかく耐えて特大の必殺技を食らわせる一撃戦術（ワンショット）。正直なところ、両者の間に明確な優劣と

いうものはない。どちらもはっきりとした勝ち筋のある優秀なプランだ。……ただ、

(問題は、霧谷がどっちの戦術を選ぶつもりなのか……なんだよな)

足元の罠から意識を切らさないようにしつつも、俺は対面の霧谷をじっと見つめる。

というのも、だ。《カンパニー》の支援が望めない今回の《区域大捕物》において、俺は霧谷とは別の戦法を取るつもりでいる。理由としては、単純に霧谷と同じ土俵に立ちたくないからだ。プランが被ると〝工夫〟ではなく〝地力〟で負ける可能性が高くなる。

――そして、

(霧谷が選んだのは……一撃戦術、みたいだな)

《クリエイト&ロバー》開始から七分半――つまりお互いの所持コストが《7》を超えた辺りで、俺はそんな結論を下すことにした。この《区域大捕物》の仕様上、軽めの妨害能力であればコスト《5》もあれば自由自在に《創造》できる。この段階で霧谷が一つも能力を作っていない以上、彼の選択は〝一撃戦術〟でまず間違いないだろう。

(ってなると、俺が取るべきなのは高速戦術――あいつを、一刻も早く葬り去る戦略か)

ごくり、と密かに唾を呑み込む俺。

高速戦術。派手な大技よりも速さを武器とする戦略の要は、とにかく《区域大捕物》の主導権を握り続けることだ。《クリエイト&ロバー》は体力制ではなく〝罠に掛かれば即死〟というルールなので、たとえ一撃戦術を採用していたとしても多少の〝守り〟は意識

しなきゃいけない。そうやって相手に無駄な能力を作らせ、必要なコストが溜(た)まるのをとにかく遅らせて、どうにか罠に引(ひ)き摺(ず)り込む。コストを使えば使うほど罠自体もバージョンアップされるため、戦略としては一貫性があると言っていいだろう。

「…………」

そこまで思考をまとめた辺りで、俺は右手に握っていた端末をそっと顔の辺りに掲げてみせた。続けて音声認識機能を有効(オン)にすると、直ちに能力の《創造》を宣言する。

【篠原緋呂斗(しのはらひろと)：《活性化》創造／発動キーワード：[redacted]】

【所持コスト：《9》→《4》】

【バージョンアップ実行：トラップver1.5（軽微な落下速度上昇）】

「お……？」

視界に投影展開(ポップアップ)されたシステムメッセージを見て、対面の霧谷が興味深そうに表情を変えた。能力の《創造》と、それに伴う罠のバージョンアップ。後者は既に効果を発揮し始めているようで、周囲の地面にぐるりと視線を遣(や)ってみれば、白い光がマス目を覆ってから実際に落ちるまでの間隔がわずかに短くなっているのが見て取れる。

今までよりも少しだけ足元への警戒を強化しながら、霧谷が挑発的に話し掛けてきた。

「やっと能力を《創造》しやがったか、篠原。オレ様がどっちの戦略(プラン)を選ぶのか見極めてたってとこか？　知っての通り、オレ様は勝利にロマンを求めるタイプだ」

「……何がロマンだよ。勝てれば何でもいいんだろうが、６ツ星の《絶対君主》」

「ひゃはっ、るせーよ７ツ星。そういう煽りは勝ってから言いやがれ。……んで？」

そこまで言ってから微かに目を細めて投影画面を見遣る霧谷。

「能力を作ると名前とコストだけはバレるみてーだな。《活性化》っつーらしいが……記念すべき最初の能力はどんな効果にしやがったんだ、篠原？」

「は？　何でそんなことまでお前に説明しなきゃいけないんだよ、霧谷」

「いや？　別に、話したくないならそれでいーぜ。けどどうすんだよ、てめーがだんまりのままじゃせっかく《創造》した能力がいつまで経っても使えねーだろうが」

「……チッ」

この状況を面白がっているような霧谷の言葉に一つ舌打ちをして、俺は小さく首を横に振った。そうして一転、タンッと威圧するように足元の地面を打ち鳴らす。

「そんなに知りたいなら実演してやるよ——《活性化》発動だ」

「あ？　……けっ」

俺がそんな言葉を口にした瞬間、対面の霧谷が不快そうに眉を顰めた。

が、それも無理はないだろう——先ほどの〝バージョンアップ〟によってわずかに落下の間隔が短くなっていた落とし穴。その秒数が、霧谷の周囲数マス分だけ目に見えて縮まったんだ。白い光の点滅が始まってから実際に床が抜けるまで約三秒。元が十秒近くあったことを考えれば、相当に厄介な〝罠〟へと進化している。

リズミカルに白の光を避ける霧谷を見据えながら、俺は不敵に笑って口を開いた。

「お前に情けなんか掛けられるまでもなく、キーワードならとっくに言ってるよ。俺が作った能力は《活性化》——お前の周囲5マス分だけ、あらゆる罠の挙動を倍速にする能力だ。コストの軽い初級能力だから三十秒くらいしか保たないけどな」

「……ひゃはっ。7ツ星、てめーにしちゃストレートな妨害系能力だな。だが甘すぎやしねーか？　まさか、これっぽっちでオレ様を仕留められるとでも——」

「思ってねえよ。だから——もう一つ用意した」

【篠原緋呂斗：《禁止領域》創造／発動キーワード：[redacted]】

【所持コスト：《6》→《1》】

【バージョンアップ実行：トラップver2.0（〝高速落とし穴〟解放）】

「……あ？」

視線の先の霧谷が怪訝な声を零すと同時、俺は露骨に口角を上げる——《活性化》の作成から間髪容れずに《創造》したもう一つの能力。合計コスト《10》の消費により《クリエイト&ロバー》の罠そのものが一つ上の次元にバージョンアップされていることを確認しながら、投影画面上の情報をあえて喧伝するかのように言葉を継ぐ。

「舐めんなよ、霧谷。お前と違ってこっちは高速戦術だぞ？　プレッシャーを与え続けなきゃ意味がない――ってわけで、俺が最初に作った能力は《活性化》と《禁止領域》の二つだ。甘すぎると思うなら能力なしで躱してみせろよ」

「ひゃはっ。……なるほど、一つじゃなかったっつーわけか」

提示された能力の名前を見て微かに口元を歪める霧谷。

俺が《創造》した二つ目の能力――《禁止領域》。これはその名の通り、相手プレイヤーの周囲にランダムな〝立ち入り禁止〟のマスを生成する妨害系能力だ。単純に行動の幅を狭めることもできるし、霧谷の移動がギリギリになるような瞬間があれば一撃で仕留め得るだけの性能も持っている。もちろん《活性化》との相性は抜群だ。

「チッ……」

対する霧谷の方はと言えば、俺が二種類の能力で〝武装〟したのを見てようやく身の危険を感じてくれたのだろう。面倒そうに頭を掻きながら思考を巡らせて、それから自身の端末を口元へ近付けると、音声入力で一つの能力を《創造》する。

【霧谷凍夜：《硝子障壁》創造／発動キーワード：[redacted]】
【所持コスト：《13》→《11》】
【バージョンアップ実行：トラップver2.2（軽微な落下速度上昇）】

（……コスト《2》か）

投影画面に映し出された情報に、俺は思わず内心で歯噛みしてしまう。

霧谷の方も当然分かっているのだろうが、高速戦術（ハイスピード）と一撃戦術（ワンショット）とで方針がはっきり分かれた場合、高速戦術（ハイスピード）を選んだ側はいかにして相手にコストを溜めさせないか――つまり防御系能力にコストを割かせるか――というのが課題になる。その点、コスト《2》というのは最軽量級の能力だ。これじゃコストを使わせたうちにも入らない。

（でも……だったら、奪っちまえばいいだけだ）

思考と聴覚を研ぎ澄ませる。

そう、そうだ――《クリエイト&ロバー》で重要なのは他の何を措（お）いても《強奪》の仕様。そして今の俺と霧谷に関して言えば、当の《強奪》宣言を行いやすいのは圧倒的に俺の方だ。何故（なぜ）ならルール文章（テキスト）にも書かれている通り、

【成功の場合→該当の能力が自身の指揮下で発動し、以降は自らのものとなる】

【失敗の場合→所持コスト全消滅、かつ五分間《強奪》宣言ができないペナルティを負う】

――である。つまり、俺の場合は宣言に失敗してもせいぜいコスト《2》や《3》を失うだけで済むのに対し、霧谷は《11》ものコストを対価として差し出さなきゃいけないわけだ。一撃戦術（ワンショット）側は《強奪》宣言なんてまず行えないと言っていい。

（俺が設定してるキーワードは、最初に作った《活性化》が〝オマエ〟で、次の《禁止領域》が〝キリガヤ〟……何回も使ってればバレる可能性はもちろんあるけど、そんなの気にしてても仕方ない。さっさと攻めないと……勝ち切らないと、負ける）

改めてそんなことを考えてから。

俺は、ぎゅっと拳を握りつつ再び霧谷に声を掛けることにした。

「やっとコストを使ってくれたか、霧谷。お前にしちゃ随分とセコい戦い方だな」

「ひゃはっ……セコいも何もあるかよ、7ツ星。《決闘》ってのは勝った方が偉くて負けた方は雑魚なんだ。過程がどうだろうが、オレ様はてめーに勝てりゃそれでいい」

「……へえ。それが《アルビオン》流の考え方、ってやつなのか？」

「あ？　関係ねーよ、こいつはオレ様の信条だ。言っただろ？　春虎のことは信用してるが、オレ様はオレ様の考えで動いてる。てめーを倒したいってのは単なる自己満足だ」

「なるほどな。道理で〝女神〟が役に立たない内容の《区域大捕物》だってのにほいほい乗ってきてくれたわけだ。……《活性化》＆《禁止領域》発動」

「ひゃはっ……いいねぇ、こんなルールだと天下の学園島最強も饒舌になるんだな。《硝子障壁》発動だ、これでオレ様は罠に掛かっても一度だけ生還できる」

つい先ほど《創造》した能力を早くも使用する霧谷。俺の〝攻撃〟に合わせて白い光の点滅が早くなり、やがて回避が間に合わなくなってきた彼が止むを得ず《禁止領域》に足を踏み入れた瞬間、敗北演出の代わりにパリンッとガラスが砕け散るようなエフェクトが発生する。……一度だけ〝即死〟を防ぐことができる防御系の能力。低コストであることを考えれば効果時間は短いのだろうが、とはいえなかなか優秀な〝盾〟だ。

（けど……《創造》した能力を使ったってことは、キーワードを言ったってことだよな）

文字通り足元を掬われないよう気を付けつつ、俺はそっと右手を口元へ遣る。

コスト《5》以下の能力を作る場合、キーワードとして設定できるのは三文字以上の言葉だ。先ほど霧谷が発していた単語を思い返してみれば、該当しそうなのは〝ゲーム〟やら〝オレサマ〟やら〝テメー〟やら……候補だけならかなりの種類がありそうだ。

ただ、絞り込める要素がないわけじゃない。

そんなことを考えながら、俺は右手に握っていた端末を再び口元へ近付けることにした。

【篠原緋呂斗：《圏外》創造／発動キーワード：[redacted]】

【所持コスト：《3》→《0》】

【バージョンアップ実行：トラップver2.5（軽微な落下速度上昇）】

「――あ？　また新手の能力だぁ……？」

直後、目の前の投影画面に映し出されたシステムメッセージを見て、対面の霧谷が鬱陶しそうに眉を顰めた。まるで意味が分からない、とでも言いたげな反応だ。

「何がしてーんだよ、さっきから……雑魚能力コレクターでも目指してんのか、てめー？」

「いや、別に？　……だけど、もしコストが消滅しちまったらもったいないだろ？」

「っ！　それじゃあ、てめーまさか――」

「《強奪》宣言だ。霧谷、お前が作った《硝子障壁》のキーワードは〝オレサマ〟だな？」

俺がそこまで言い切った、瞬間。

【――《強奪》成功】

【《硝子障壁》能力が霧谷凍夜から篠原緋呂斗へ移動します】

眼前にそんな文面がポップアップ表示され、例の《硝子障壁》なる能力が俺の指揮下で発動した。遠目に見ていた時は気付かなかったが、発動中は薄い膜のような防御壁が全身を覆ってくれるようだ。おそらく〝ガラス〟をイメージしているのだろう。

「……ほぉ」

そして、次に言葉を発したのは俺ではなく霧谷の方だった。彼はほんの少し感心したような笑みを口端に浮かべながら、不遜かつ獰猛な視線をこちらへ向けてくる。

「よく見破ったな。まだ一度しか使ってねーんだが……そんなに分かりやすかったか？」

「まああってとこだな」

霧谷の問いに小さく肩を竦める俺。

「候補は他にもあったけど、お前が《硝子障壁》を発動する前と後で両方とも使ってた単語はそれくらいだ。盾なんだからいつでも張れる準備くらいしておくはずだろ？」

「なるほどな。……で、ホントのとこは？」

「いや、別に嘘なんかついてないけど……まあでも、完全に絞り込んだわけじゃないってのは確かだな。こっちのコストが《0》なんだから試し放題みたいなもんだし」

茶化すように訊いてきた霧谷に対し、こちらも軽く口元を歪めながらそんな答えを返す俺。……まあ、実際そういうことだ。俺の所持コストが《0》である限り、仮にキーワードを外しても〝五分間《強奪》の宣言ができない〟以外にペナルティは発生しない。そういう意味でも《強奪》宣言は高速戦術に寄り添った仕様だと言えるだろう。

（逆に言えば、そうでもしなきゃ一撃戦術を止められないってことなんだろうけど……）

ルールの背景をメタ読みしつつ、俺は改めて対面の霧谷に視線を遣ることにする。序盤の応酬は辛うじてこちらに分があると言って良さそうだが、果たして――

「ひゃはっ……」

――俺がそこまで思考を巡らせた瞬間、視線の先の霧谷がニヤリと獰猛に口角を持ち上げてみせた。そうして彼は、再び自身の端末を口元へ遣る。

【霧谷凍夜：《硝子障壁・その2》創造／発動キーワード：[redacted]】
【所持コスト：《17》→《15》】
【バージョンアップ実行：トラップver2.7（軽微な落下速度上昇）】

「……《硝子障壁・その2》？」

目の前の投影画面に表示された能力名に、俺は思わず呆れたように溜め息を吐く。

「ったく、何だよその雑な能力……もう少しやりようがあっただろ、霧谷」

「いやいや、名前なんざどうだっていいだろうがよ。つーか、本当に分かってんのか7ツ星……？　今現在、優位に立ってるのはてめーじゃねえぞ」

「……へえ？　どういう意味だよ、それ」

「ひゃはっ。見ての通り、オレ様の所持コストは《15》……んで、オレ様の戦略(プラン)は〝一撃必殺〟のロマン型だ。無計画に攻めてるだけのてめーとは思いっきり方針が違う」

「ああ、そりゃそうだろうな。《禁止領域》発動」

「《硝子(がらす)障壁・その2》発動。……邪魔すんなっつの、今はお喋(しゃべ)りの最中だろうが」

「お喋りしながらぶちのめし合う《区域大捕物(エリアレイド)》だと思ってたんだけどな」

「空気くらい読めるだろ、篠原(しのはら)？　どんな悪役でもヒーローの変身シーンくらいは黙って見てるもんだぜ。んで、だ……ルールにもはっきり書かれてるが、この《クリエイト&ロバー》で想定されてる最強クラスの能力はコスト《30》で《創造》できる。分かってんのか、たったの《30》だぞ？　そこまで辿(たど)り着けりゃ問答無用でオレ様の勝ちだ」

「…………」

「言っとくが、オレ様は最低限の防御以外にコストを割く気が全くねー。てめーは〝簡単に《強奪》できる〟とでも思ってんだろうが、こっちは〝簡単に量産できる〟んだよ。一つの《硝子障壁》を作るのに必要なコストは《2》、ならてめーが一分に一回以上のペースでオレ様のキーワードを見抜けない限り間に合わねーだろ。違うか？」

「……ま、お前が無限に生き残れる前提ならそうかもしれないな。けど、さっきから《硝子障壁・その2》が割れまくってるぞ？　そろそろ危なくなってきてる証拠だろ」

「ひゃはっ……おいおい、この程度の罠(わな)でオレ様が〝脱落〟するとでも？」

「こっちの妨害でそうしてやるって言ってんだよ」

挑発するような問い掛けに対し、不敵な笑みを浮かべながらニヤリとそんな言葉を返す俺。……霧谷(きりがや)の主張は事実だが、とはいえ〝理想論〟の類(たぐい)であることも間違いない。俺が高速戦術(ハイスピード)で向こうが一撃戦術(ワンショット)を採用している以上、必殺技のコストが溜(た)まり切るまではこちらが主導権を握り続けられるんだ。罠のバージョンアップも利用しながら霧谷(アイツ)の防御を剥(は)がし続け、一刻も早く即死トラップに嵌(は)めてやればいい。

（ってわけで——ここからが、正念場だ）

＃＃

……七番区交戦エリア《クリエイト＆ロバー》。

霧谷との交戦開始から約四十分——状況は、俺にとって悪化の一途を辿っていた。

「ひゃはっ……んだよ、どうした学園島(アカデミー)最強？　さっきから攻め手が薄くなってるじゃねーか。このままじゃ、あっという間にオレ様のコストが溜まり切っちまうぞ……？」

「……チッ！」

バージョンアップに伴って明らかに避けにくくなっている即死トラップからどうにか逃

れつつ、舌打ちだけを返す俺。……反論できないというより、しても意味がないというのが正直なところだった。何しろ霧谷の発言は微塵も間違っていない。むしろ、今の状況を正確に映し出していると言っていいだろう。

【《クリエイト&ロバー》――トラップver4.6（〝高速落とし穴＋落雷＋暗闇〟解禁）】
【篠原緋呂斗――所持コスト：4】
【所持能力①――《活性化》：相手の周囲5マスにある全ての罠を加速させる】
【所持能力②――《禁止領域》：相手の周囲に進入禁止のマスを作成する】
【所持能力③――《圏外》：相手の端末を一時的に使用不可にする】
【所持能力④――《漂白剤》：相手の周囲5マスのみ〝落下予告〟が不可視になる】
【所持能力⑤――《瓦礫》：相手の周囲5マスのみ崩落した穴の復活時間が遅くなる】
【強奪済み能力：《硝子障壁》《硝子障壁・その2》《硝子障壁・その3》】
【霧谷凍夜――所持コスト：28】
【所持能力①――《硝子障壁・その4》】
【強奪済み能力：なし】

（くそっ……なんで全然崩れないんだよ、こいつ！）

思わず内心でそんな悪態を吐いてしまう。

《クリエイト&ロバー》――七番区の《区域大捕物》では、参戦しているプレイヤーが消費した累計コストの分だけエリア内に敷き詰められた罠そのものが強化される。開始直後は〝白く光ったマスが定期的に抜ける〟だけだったが、これが【ver2.0】に上がったタイミングで落下予告の間隔が〝半分以下〟にまで縮められ、さらに【ver3.0】を超えた瞬間には〝落下しなかったマスの一部に雷が落ちる〟ようになり、先ほど【ver4.0】の大台に乗ったところで〝白い光の点滅が直前まで暗闇に隠される〟特性が加わった。

対戦相手からの妨害がなくても相当に手強(てごわ)いトラップハウス。

そんな中、俺は既に五つもの攻撃系能力を《創造》して霧谷凍夜を攻め立てているのだが……彼は相変わらず超低コストの《硝子障壁》だけでその全てをいなしている。危うい場面が全くなかったわけじゃないが、とはいえ勝ち切れていないというのが現状だ。

「おいおい、いいのか篠原？」

当の霧谷は余裕綽々(よゆうしゃくしゃく)の表情でニヤニヤと声を掛けてくる。

「てめーの戦略は高速戦術(ハイスピード)……オレ様に防御系能力を作らせてコストを溜(た)めさせないようにしつつ、さっさとオレ様を落としちまうのが唯一の勝ち筋なんだろ？　要は速さが命だってことじゃねーか。それにしちゃ随分とトロく見えるが、まさかの手抜きか？」

「ハッ……そういう煽(あお)りは勝ってから言うんじゃなかったのか、霧谷？　お前、そんなに余裕かましてるとどっかで足元を掬(すく)われるぞ」

「ひゃはっ、残念ながらオレ様は徹底的に勝つタイプだ。油断なんかしてやらねーよ」

「別にそんなもんは求めてないっての。隙がないなら作ってやる——《活性化》発動」

「《硝子障壁・その4》発動。……見抜いてみろよ、さっきの《その3》とは別のキーワードだ。ま、こいつが《強奪》されてもまた同じ能力を作り直すだけだけどな」

罠自体のバージョンアップによりついでに凶悪さを増している《活性化》だが、それでも霧谷は余裕の態度で全ての罠を躱していく。……【ver3.0】で追加された〝雷〟は落ちるマスに規則性があるため、順番さえ記憶していれば確実に回避できる。けれどそれを数秒という短い時間の中で、俺の能力による妨害を受けながら、さらには適当な会話と並行してやってのける……という辺りに霧谷の地力の高さが垣間見えるようだ。

——そして、ついに。

「勝負あったな、7ツ星。……コスト《30》だ」

対面の霧谷が絶望的な言葉を紡ぐ——コスト《30》。それは、この《クリエイト&ロバー》において能力作成時の〝上限〟とされている数値だ。つまりそれだけのコストがあれば、この《区域大捕物》で実現可能なあらゆる能力が《創造》できることになる。

「四十五分ってとこか。ま、案外あっけなく溜まるもんだな」

この期に及んで俺を苛立たせたいのか、愉しげな声音でそんな言葉を口にする霧谷。

「コスト《30》で作れる最強の能力……7ツ星、てめーはどんな負け方が好みだ？　せっかくだからてめーの要望を取り入れてやってもいいぜ」

「……ハッ。要望を取り入れてやってもいい、じゃなくて、そういう雑談でもしてなきゃキーワードを仕込みづらいってだけだろ？　コスト《30》の能力ならキーワードは十文字以上……頑張って溜めたコストが一瞬で無駄になっちまったら悲しいもんな」

「ひゃはっ。おいおい、オレ様がそんな凡ミスを犯すとでも思ってんのかよ？　んなつまらねー真似はしねえ。さっきの質問は単なる興味関心だ——あの《女帝》にすら負けてないてめーがオレ様に敗れ去る、ってのが楽しみで仕方なくてな」

「やっぱり性格捻じ曲がってるな、お前。……何で、そこまで勝ちにこだわるんだよ？」

「あー？　そりゃてめー、いお——……チッ、ごちゃごちゃうるせーんだよ7ツ星。てめーはわざわざ勝ちに理由を求めんのか？　オレ様は昔から負けるのが大嫌いなんだよ。だからてめーを下して学園島の頂点に立つ……それだけだ」

　何かを誤魔化すような早口でそう吐き捨てる霧谷。……言いかけていたのは、もしかして〝衣織〟の名前だろうか？　越智と霧谷——《アルビオン》が彼女を救うために8ツ星を目指している、というのは既に分かっている。もちろん霧谷自身の性格もあるのだろうが、彼が《絶対君主》と呼ばれるほど勝ちにこだわる理由はそこなのかもしれない。

「…………」

　ともかく——霧谷凍夜が動いたのは、それからさらに数分後のことだった。

【霧谷凍夜：《全能》創造／発動キーワード：[redacted]】

【所持コスト：《33》→《3》】

【バージョンアップ実行：トラップver5.0（最大レベル到達／全罠の処理速度上昇）】

「……ひゃはっ」

投影画面にそんなシステムメッセージが流れると同時、霧谷は獰猛な笑みを浮かべる。

「てめーが負け方を選べないっていうなら好き勝手にやらせてもらうぜ——オレ様が《創造》した能力は《全能》だ。効果はあえて説明しねーが、まあ見てりゃすぐ分かる」

「……へえ？ ストレートな攻撃系じゃないのか、意外だな。お前のことだから、一瞬で俺を木端微塵にするような能力でも考えてると思ってたんだけど……」

充分辺りを警戒しながら、俺は微かに目を細める。……〝オマエ〟のキーワードは既に仕込んだ。これで《活性化》を発動すれば、多少は時間を稼ぐことが——

「いいや？ てめーに勝ち筋はもうねーよ。——キーワード〝オマエ〟で《強奪》宣言」

【——《強奪》成功】

【《活性化》能力が篠原緋呂斗から霧谷凍夜へ移動します】

「……っ⁉」

思考を見透かされたかのようなタイミングで《活性化》の能力を奪われ、即座に荒れ狂い始めた罠から逃れるべく《硝子障壁》を発動しながら俺は小さく目を見開く。

いや——まあ、つい先ほどコスト《30》の能力を《創造》したばかりなのだから、今の霧谷が《強奪》宣言をしやすい状況なのは確かだ。何もおかしなことはない。

（けど、今のはあまりにも確信に満ちてたっていうか……）

早々に目論見が外れたことで下唇を噛みながら、俺は高速で思考を巡らせる。嫌な予感がするが……とはいえ、試してみないわけにもいかないだろう。

「……ようやく《強奪》か、霧谷。まさかとは思うけど、それがさっき《創造》した〝必殺技級〟能力の正体か？　だとしたら、別に大したこと──」

「あー、そいつもだな。……キーワード〝キリガヤ〟で《強奪》宣言」

「なッ……」

【──《強奪》成功】

【《禁止領域》能力が篠原緋呂斗から霧谷凍夜へ移動します】

再び投影画面が展開すると同時に《禁止領域》の能力が霧谷の元へ移動し、俺の安全地帯を一気に複数封じてくる。直後にパリンッ、と《硝子障壁》による防御が突き破られるのを視界の端で認識しながら、俺は今度こそ確信した。

……《全能》。

霧谷が先ほどコスト《30》を投じて《創造》した能力は、まず間違いなく〝対戦相手が作った能力のキーワードを識別する〟類の効果を持っているのだろう。能力発動から数十秒だか数分の間、対戦相手がキーワードを発声した瞬間に〝アタリ〟だと判定できるようなスーパーチートモードに突入する、というカラクリだ。

「……なるほど。お前らしくないな、霧谷（きりがや）」

少しでも時間を稼ぐべく微（かす）かに口角を釣り上げる。

「もっと直接的に〝勝ち〟を狙えるような能力じゃなくて良かったのかよ」

「あ？　らしくねーことはないだろ。てめーの能力を何もかも剥（は）ぎ取って完膚なきまでに潰す……ひゃはっ、この上なく《絶対君主》らしいやり方だと思わねーか？」

「チッ……」

ニヤリと嗜虐（しぎゃく）的な笑みを浮かべる霧谷に対し、舌打ちと共に下唇を噛（か）み締める俺。

何というか――序盤で勝ち切れなかった高速戦術（ハイスピード）の末路、とでもいうべき最悪の戦況だった。仮に俺が現状を打破できるような能力を思い付いたとしても、それは《全能》によってあっさり《強奪》されてしまう。キーワードを発声した瞬間に見透かされて奪われるんだから、俺はもう新たな能力を発動することなんか二度とできないんだ。完全に、完膚なきまでに、全力で頭の上から押さえ付けられているような状況。

「ふぅ……」

……けれど。

それでも俺は、冷静さを取り戻すためにもう一度深く息を吐き出すことにする。

もしかしたら。これが数ヶ月（か）前の俺だったら、もっと動揺していたかもしれない。《カンパニー》によるイカサマ支援がなくて、色付き星（ユニークスター）のアビリティも使えなくて、霧谷に完璧な優位（マウント）を取られた状態。端的に言うなら〝絶望的〟だが、けれどこの程度で絶望するには、俺は色々な修羅場を潜り過ぎた。どう考えても、諦めるにはまだ早すぎる。

「――〝オレサマ〟」

「あ？」

「《硝子（がらす）障壁》発動。……悪いけど粘らせてもらうぞ、霧谷。まだ勝負は終わってない」

先ほど砕け散った防御系能力を張り直しつつ、再び思考を巡らせる。……そう。俺は霧谷から三種の《硝子障壁》を奪っているため、仮に全ての攻撃手段が《強奪》されたとしても一瞬でやられてしまうようなことはない。高速戦術（ハイスピード）の隠れた利点（メリット）というやつだ。

（ただ……一撃戦術（ワンショット）を選んだ相手が最大コストの能力を《創造》しちまった場合、基本的には当の必殺技を《強奪》するくらいしか勝ち筋がないんだよな）

周囲への警戒を続けながらも、俺の脳裏に浮かぶのはそんな作戦だ。

まあ、だってそうだろう。霧谷の《全能》が俺の能力のキーワードを自動的に識別できるものなのだとすれば、俺は今後どんな能力を《創造》しても意味がないということになる。どうにかして《全能》を奪わなきゃいけない――そして、これ自体はそこまで無茶な筋でもない。コスト《30》の能力ならキーワードは最低十文字以上。必殺技級の能力は絶大な効果を持つ反面、とにかくキーワードが見抜かれやすいという弱点もある。

（というか……意味が通った単語か文章じゃなきゃいけないんだから、今の段階でもかなり絞れるんじゃないか？　〝負け方を選べない〟とか〝てめーに勝ち筋はもうねーよ〟とか。これなら、もう一回使ってくれりゃすぐに分かりそうなもんだけど……）

「ひゃはっ。どうやら《全能》のキーワードが知りたくて仕方ねーらしいな、７ツ星？」

「……当たり前だろ、そんなこと。またお喋りを始めたってことはそろそろ効果時間が切れるんじゃないのか？　さっさと言っちまえよ、霧谷」

「ま、そうだな。だが、その前に一つだけやっておかなきゃならねーことがある」

　そう言って、霧谷は余裕の所作で罠を避けながら自身の端末を顔の辺りへ近付けた。もはや見慣れた《創造》のモーション。直後、俺の眼前に投影画面が展開される。

【霧谷凍夜：《爆音》創造／発動キーワード：[redacted]】

【所持コスト：《5》→《3》】

「……《爆音》？」

「ああそうだ。こいつは説明してやってもいいぜ、７ツ星——ま、単純な話だ。この《爆音》はその名の通り、オレ様の耳元でやかましい音声をかき鳴らす」

「お前の耳元で、って……」

　意味が分からず眉を顰める俺。けれど、直後に全てを理解して目を見開いた——霧谷の耳元で《爆音》が鳴るということは、ほんの一瞬だけ霧谷に声が届かない瞬間が発生するということだ。そして《クリエイト&ロバー》において、能力使用時のキーワード発声や ら《強奪》の宣言はいずれも〝相手に声が届くこと〟が必須条件とされている。

「じゃあ、まさか……《強奪》宣言が、無効化されるのか、か、か？」

「ひゃはっ……そうだよ、よく気付いたな学園島(アカデミー)最強。てめーが仮に《全能》のキーワードを見抜いたとしても、その《強奪》宣言は《爆音》にかき消されてオレ様の耳には聞こえねー。んで、一度《強奪》に失敗したら五分間は再宣言も不可能だ」

「…………」

「チェックメイト——だろ、篠原(しのはら)？　残念ながら『てめーに勝ち筋はもうねーよ』」

あえて強調するような言い方で《全能》のキーワードらしきものを口にする霧谷。これは余裕を見せているというより、むしろ誘っているのだろう。仮に〝てめーに勝ち筋はもうねーよ〟が正しいキーワードなのだとしても、俺が《強奪》を宣言しようとした瞬間に例の《爆音》がかき鳴らされることになる。それで霧谷の勝利はほぼ確定だ。

（分かってるんだよ、そんなことは……！）

下唇を痛いくらいに噛(か)み締めながら、俺はさらに思考を加速させる。

——それでも。

分かっている——もちろん、最初から分かっていた。何しろ俺が戦っている相手はその辺の雑魚(ざこ)じゃなく、6ツ星の《絶対君主》霧谷凍夜その人だ。コストを《30》も費やして作り上げた能力を奪われるなんて、そんな無様な真似(まね)を許すはずがないだろう。

（高速戦術(ハイスピード)で押し切る策は凌(しの)がれて、あいつが作った必殺技級の能力は奪えなくて……だったら、もう勝ち筋なんて一つしかない。一瞬だけあいつを〝騙す〟しかない）

内心でポツリと呟(つぶや)いて、ゆっくりと視線を持ち上げる俺。……頭の中でぼんやりとだけ見えているのは、勝ち筋は勝ち筋でもとんでもなく薄くて脆(もろ)い道のりだ。それでも他に方法を思い付くことができなかったから、迷わずに突き進むしかない。

と、いうわけで。

「……あ？」

対面の霧谷(きりがや)が怪訝(けげん)な顔をする中、俺は静かに端末を口元へ持っていった——この《区域大捕物(エリアレイド)》において能力の《創造》を意味する動作。荒れ狂うトラップに殺されないよう常に三重の《硝子障壁(がらすしょうへき)》を張り巡らせながら、俺は一つの能力を作り出す。

【篠原緋呂斗(しのはらひろと)：《大掃除》創造／発動キーワード：[redacted]】

【所持コスト：《11》→《9》】

「ほぉ……まだ抗(あらが)う気力があったのか、てめー」

そんなメッセージが表示されたのを見て、霧谷がニヤリと獰猛(どうもう)な笑みを浮かべる。

「いいねえ。往生際が悪いヤツは嫌いじゃねーよ、7ツ星」

「そりゃどうも。お前に好かれても嬉(うれ)しくないけど、まあ諦(アキラメ)めの悪さには自信がある」

「ま、そうだろうな。さすがのオレ様も、春虎の〝シナリオ〟にここまで食い下がってくる命知らずは他に知らねー。……が、一矢報いるにしちゃあまりに雑過ぎるんじゃねーのか篠原？　《強奪》宣言、今の〝アキラメ〟がキーワードだ」

【――《強奪》成功】

【《大掃除》能力が篠原緋呂斗から霧谷凍夜へ移動します】

「……防御系能力か。ま、悪かねーな」

霧谷の宣言と同時に《創造》したばかりの能力が彼の指揮下で発動し、ごうっと勢いよく周囲数マスのトラップを弾き飛ばす。……《大掃除》の効果は見ての通りだ。あらゆるトラップを一時的に無効化できる、それなりに便利な防御系能力。

もちろん既に《強奪》されているため、俺が使うことは決してない――が、

（やっぱりだ……さっきもそうだったけど、あいつの《全能》はキーワードを自動で判別してるから、まだ使われてない能力でも無理やり《強奪》できる。というか、あいつは最初からそのつもりで――俺を文字通り〝完封〟するつもりで動いてる）

要は横取り、インターセプトというやつだ。さすがにコスト《30》を費やされているだけあって、問答無用な効果に仕上げられているらしい。

（でも、それなら……そういう仕様なら）

「ひゃはっ……これで分かったか、７ツ星？　いい加減諦めて――」

「――だから。何回言ったら分かるんだよ、霧谷。俺はそこそこ往生際が悪いんだ」

言って、

【篠原緋呂斗：《自動更新》創造／《拘束の糸》創造／《連撃》創造】

【発動キーワード：[redacted]／[redacted]／[redacted]】

【所持コスト：《9》→《7》／《7》→《3》／《3》→《1》】

俺は、所持コストのほぼ全てを消費して立て続けに三つの能力を《創造》する。

「あぁ……？」

対する霧谷はと言えば、いよいよ俺がおかしくなったとでも思ったのだろう。眉を顰めたまま右手で乱暴に頭を掻いて、それから威圧するような声音で問い掛けてくる。

「おい7ッ星、オレ様を舐めてやがんのかてめー……？」

「へえ？　どうしてこれが〝舐めてる〟とかって話になるんだよ」

「チッ……あくまでオレ様に説明させたいってことか。ま、別に構わねーが……」

はぁ、とわざとらしく溜め息を吐いてみせる霧谷。

「確かにまだ諦めてはいないみてーだな、そこだけは評価してやる。が……さっきの《大掃除》あたりから精彩を欠きすぎだろ、学園島最強。三つも能力を作れば一つくらいはオレ様に《強奪》されることなく貫き通せる、とでも思ってやがんのか？」

「どうだろうな。でも、お前も能力を《強奪》するためにはキーワードを宣言しなきゃいけないわけだろ？　早口(ハヤクチ)対決だったら良い勝負(ショウブ)になると思うんだけどな」

「んな勝負にはなりゃしねーよ。《強奪》宣言――キーワードは〝センゲン〟と〝ハヤクチ〟と〝ショウブ〟の三つ。てめーの悪足掻き(わるあが)もさすがにこれでお終い(しま)だ」

先ほど使用した《全能》の効力はまだ切れていなかったようで、霧谷は俺の能力のキーワードを立て続けに看破する。当然、一つ残らず正解だ。《クリエイト&ロバー》における《強奪》の処理が正しく発生し、三つの能力がまとめて俺から霧谷へ移動する。

【――《強奪》成功】

【《自動更新》能力が篠原緋呂斗から霧谷凍夜(とうや)へ移動します】

【《拘束の糸》能力が篠原緋呂斗から霧谷凍夜へ移動します】

【《連撃》能力が篠原緋呂斗から霧谷凍夜へ移動します】

目の前に浮かび上がるシステムメッセージの羅列。

そして《強奪》の仕様上、宣言が成功したこのタイミングで移動した三つの能力が霧谷の指揮下で発動する。対戦相手の足元に敷かれた罠(わな)を強制的に一段階バージョンアップさせる《自動更新》と、防御系能力を一気に破壊する《連撃》と、それから最後に――

「…………は？」

――自身の能力を全て無効化し、行動を制限し、全ての罠を受け入れる《拘束の糸》が。

「なっ……んだ、この能力はッ！」

　自らが使用した〝自爆系能力〟の効果で無理やり足を止めさせられ、声を荒げながら鋭い視線を俺に向ける霧谷（きりがや）。対する俺も《自動更新》及び《連撃》の猛攻に襲われるが、とはいえ〝落雷〟の法則性も全て把握している。そうそう罠（わな）に掛かることはない。

　と、いうわけで――。

　俺は、物凄（ものすご）い形相でこちらを睨（にら）んでいる霧谷に〝種明かし〟をしてやることにした。

「何だこの能力は、か。……見ての通りだよ、霧谷。お前が俺から奪った能力は――《拘束の糸》は〝自爆系〟の能力だ。自分から《区域大捕物（エリアレイド）》を降りるための効果だな」

「な……どういう神経してやがんだ、てめー？」

「真っ当な神経のつもりだよ。お前が作った必殺技の効果が〝俺の能力のキーワードを見破る〟モノだって知った瞬間から、俺の勝ち筋は一つしかないって思ってた。それは、自爆系の能力を作ってお前にわざと《強奪》させることだ――《クリエイト&ロバー》の仕様上〝奪った能力は自動で発動する〟し、あとは《大掃除》で実験も済ませておいた。お前の《全能》に相手の能力の内容まで調べる効果はないってな。お前は、俺の能力が何なのかも分からずただ機械的に奪ってたんだ。それも俺が能力を使うより先に」

「ッ……じゃあ、てめーが土壇場で三つも能力を《創造》しやがったのは――」

「飾り（フェイク）だよ。いくら何でも、あそこで《拘束の糸》だけ作ったら怪しすぎるだろ？」

　言って、ニヤリと口角を持ち上げる。

表面上はこれだけ余裕をかましているが……もちろん、この作戦が成功する可能性は非常に低かった。無視(スルー)されていたらそれでお終(しま)いのハッタリ的な戦略。けれど霧谷は、完勝を狙うあまりに引っ掛かった。俺の能力なんてもう奪わなくても圧倒的優勢は揺らがなかったはずなのに、俺を警戒するあまりに完封を意識してしまったというわけだ。

「ハッ……」

だから俺は、当の霧谷を真(ま)っ直(す)ぐ見据えて不敵に告げる。

「俺を過大評価してくれてありがとな、霧谷。おかげで——今回も、俺の勝ちだ」

「クソ……ち、くしょぉおおおおおおおおおおおおお！！」

断末魔のような雄叫(おたけ)びを残して。

6ツ星の《絶対君主》は、拡張現実(AR)機能で映し出された大穴に呑(の)み込(こ)まれていった。

【七番区《区域大捕物(エリアレイド)》：名称《クリエイト&ロバー》】
【開始から五十四分でトラップ起動——〝怪盗〟篠原緋呂斗(しのはらひろと)の勝利】
【備考①：交戦エリアの規定により、篠原緋呂斗の〝呪い〟が一つ霧谷凍夜(とうや)へ移動】
【備考②：右記〝呪い〟の効果により、霧谷凍夜は第9ラウンド終了時点で脱落】

♯

――期末総力戦サバイバルルール《リミテッド》第9ラウンド終盤。

霧谷(きりがや)との《区域大捕物(エリアレイド)》は無事に終了したものの、本番期間の途中で決着がついてしまったため他のエリアへの移動ができない〝待ち〟のタイミング。

「ふぅ……」

一人になった俺は、七番区の片隅にある広場のベンチに座って溜(た)め息(いき)を吐(つ)いていた。

「……勝った、んだよな」

少し前まで開催されていた《クリエイト&ロバー》の余韻がまだ抜けておらず、ポツリと口に出して呟(つぶや)く俺。……いや、もちろん俺は〝偽りの7ツ星〟なんだから、勝利という結果自体は当然と言えば当然だ。しみじみと噛(か)み締めるようなことじゃない。

けれど、先ほどの《区域大捕物(エリアレイド)》はそういった日常(モノ)とは少し違う。何しろ相手が因縁の霧谷凍夜(とうや)――《アルビオン》所属にして6ツ星の色付き星(ユニークスター)所持者で、その上こちらに《カンパニー》による不正(イカサマ)サポートが一切入っていなかった。アビリティや前提条件だって俺と霧谷の間に何一つ差異はない。ある意味で完全に公平な一対一(タイマン)だ。

だからこそ、思わず首を傾(かし)げてしまう。

「本当に、何で勝てたのか全く分かんないけど……」

「——何でそんなことも分からないのよ、もう」

「へ？」

独り言の隙間へ唐突に割り込んできた聞き覚えのある声に、俺は弾かれるように顔を持ち上げた。するとそこへ——具体的には頬の辺りへ——狙い澄ましたように缶コーヒーが押し当てられる。じんわりと広がる熱が身体の芯まで溶かしていくようだ。

「全く……」

それを実行した少女——変装用のパーカーに身を包んだ彩園寺更紗は、そのままぐるりとベンチの前まで回り込んで俺の左隣に腰掛けた。豪奢な赤の長髪を深く被ったフードで隠しながら、意思の強い紅玉の瞳をちらりと俺に向けてくる彼女。その表情はどことなく不満げというか、もっと言えば呆れているような雰囲気だ。

当の彩園寺は少しだけ身を乗り出すと、俺の顔を覗き込むような形で声を掛けてくる。

「あの霧谷に勝ったのだから、もう少し堂々としていたらいいじゃない。調子に乗れとは言わないけれど、どうして首を捻る必要があるのかしら？」

「……いや、ちょっと待て。その前に、何で彩園寺がここにいるんだよ？」

「決まってるでしょ？　霧谷が使ったアビリティのせいで通信が効かなくなっちゃったから、万が一の時はエリア選択の縛りがない〝彩園寺更紗〟が無理やりサポートしようと思って待機してたの。……まあ、全然必要なかったみたいだけれど？」

「ああ、なるほど……じゃあ、今は？」

「？　そんなの、勝ったはずの篠原がベンチに座って項垂れてるからちょっと心配になって様子を――じゃ、ない！　べ、別にいいじゃない、あたしがどこにいたって！」

言葉の途中で思いきり頬を赤らめてぶんぶんと首を横に振る彩園寺。

そんな彼女に「ありがとな」と小声で返してから、俺は照れ隠しついでに先ほどの質問の答えを探してみることにした。霧谷に勝ったのにどうして釈然としないのか。

「いや、まあ……勝ったのは嬉しいんだけどさ、多分イマイチ実感がないんだよな」

「……実感が？」

「ああ。普段は姫路たち《カンパニー》の不正があったり彩園寺にも裏で協力してもらったり、そうやって〝勝つべくして勝ってる〟から納得できるんだけど……今日はそれがなかっただろ？　本当は7ツ星でも何でもないのによく勝てたな、って思ってさ」

「…………」

俺の話を聞き終えた辺りで、隣に座った彩園寺が（何故か）小さく頬を膨らませながら物言いたげなジト目を向けてきた。呆れたような、あるいは拗ねたような表情。当の彼女は「はぁ……」と一つ溜め息を吐くと、首を横に振りながらこんな言葉を口にする。

「全っ然、ちっとも共感できないわ」

「え」

ばっさりと一言。

彩園寺は俺の目の前にビシッと人差し指を突き付けると、真っ直(まっす)ぐな声音で続ける。

「いい、篠原？　確かにあんたは嘘(うそ)つきだけれど……一年前のあんたとは違うわ。区内選抜戦を勝ち抜いて、五月期交流戦《アストラル》ではチームメイトの信頼も得て、夏期交流戦《SFIA(スフィア)》では強大な黒幕を打ち倒して、二学期学年別交流戦《修学旅行戦(フォルティッシモ)》では三年生の助けも借りずに紫音(しおん)と渡り合って、その後の《習熟戦(リフレイン)》は途中参加だったっていうのに《アルビオン》の攻勢をどうにか凌(しの)いで、地下牢獄の《E×E×E(クロス・イー)》なんてほとんど単身で切り抜けた。……あのね。いくら《決闘(ゲーム)》で序列を決める学園島(アカデミー)だからって、一般的な学生の日常がこんなに波乱万丈なわけないでしょ？　本当は7ツ星じゃない、なんて、とっくに些細な問題だわ。篠原緋呂斗(あんた)はもう充分以上に強いから」

「…………」

「……な、何よ？　黙ってないで何とか言って欲しいのだけど」

「いや……お前、めちゃくちゃ良いやつだよなと思って」

「へぁっ!?　い、良いやつって……別に、あたしはそんなつもりじゃ」

常勝無敗の《女帝》から最高の励ましを受け、思わず素直な感嘆を零(こぼ)す俺。対する彩園寺は今さら照れが回ってきたのか途端に語気を弱め、小声でぶつぶつと言い訳めいた言葉を呟(つぶや)きながら誤魔化(ごまか)すように前髪を弄(いじ)り始める。……まあ、彼女が信じられないくらい良いヤツだということくらい、一年近く前からとっくに知っているのだが。

「ん……」

とにもかくにも——むず痒い空気を誤魔化すために、あるいは話を元に戻すために、俺は自身の端末を取り出すと改めて期末総力戦の現状を確認してみることにする。

【期末総力戦サドンデスルール《リミテッド》——第9ラウンド終了】
【新規消滅エリア：十二番区（十三番区〜二十番区は第8ラウンド終了時点で使用不可）】
【探偵陣営戦力：総計5879名／《リミテッド》開始以降の脱落者：80名】
【桜花：2810名（減45）／森羅：3069名（減35）】
【怪盗陣営戦力：総計5485名／《リミテッド》開始以降の脱落者：9215名】
【英明：1822名（減1570）／茨：1002名（減2196）／音羽：1名……等】

……まあ。まあ何というか、やはり散々な有り様だ。

けれど、それでも——この第9ラウンドが終了した瞬間、霧谷は俺に押し付けられた呪いの効果で期末総力戦から姿を消す。そうなれば、同時に彼が使用していたアビリティの効果も消滅するわけだ。もちろん、その中には彩園寺更紗……もとい〝朱羽莉奈〟の参戦を阻害していたアカウントロックの《調査道具》も含まれている。

「……彩園寺」

だから、俺は。

意思の強い紅玉の瞳を真っ直ぐに覗き込んで、静かに言葉を切り出すことにした。

「確かに俺は、学園島に来たばっかりの頃より少しは強くなったかもしれない。だけど越智の計画を潰すには——あいつの〝シナリオ〟を止めるには、やっぱり俺の力だけじゃ全然足りないんだ。最強の協力者が……共犯者がいてくれないと始まらない」

「ん……」

「だから——俺に力を貸してくれ、彩園寺」

誇張も装飾も何も含んでいないシンプルな言葉。

それを受けて、視線の先の彩園寺はくすっと小さく口元を緩ませる。

「全く。小夜を庇って〝逮捕〟されたあたしに対して、今度は別人として《決闘》に復帰しろだなんて……これ、考えてみれば乱暴な話よね。とんだブラック企業じゃない」

「う……まあ、そうかもしれないけど」

「でしょ？　……ま、でもいいわ」

そう言って、紅玉の瞳で真っ直ぐ俺を見つめながら。

彩園寺更紗は——〝朱羽莉奈〟は、確かな力強さを感じる声音でこんな言葉を口にした。

「嘘でも何でも、あたしは桜花の《女帝》だもの。——任せておきなさい、篠原」

ｂｂ

「……そっか。ちょっとだけ、誤算だったかな」

期末総力戦サドンデスルール《リミテッド》第9ラウンド終了直前——。

霧谷凍夜(きりがやとうや)との通話を終えた越智春虎(おちはるとら)は、手元の端末を見つめながら静かに呟(つぶや)いていた。

篠原緋呂斗(しのはらひろと)に敗北した——詳細はともかく、彼の話の要点だけをまとめるならそういうことになる。つい先ほどまで七番区で行われていた《区域大捕物(エリアレイド)》。霧谷凍夜はそこで篠原緋呂斗に敗れ、即効性の呪いを受け取って期末総力戦(パラドックス)の舞台から消えた。

「うーん……」

予想外だったか、と問われると微妙なところだ。そもそも《シナリオライター》で予言されていた展開に彼らが直接戦うような場面(シーン)はなかった。おそらく《習熟戦(リフレイン)》の時にもあったような〝イレギュラー要素〟が紛(まぎ)れ込んでいるんだろう——そして一度《決闘(ゲーム)》が始まってしまえば、霧谷凍夜と篠原緋呂斗のどちらが勝つかなんて全く分からない。

片や越智が最も信頼している《アルビオン》最強のプレイヤーで。

片や越智の前に何度となく立ち塞がる学園島(アカデミー)最強の刺客だ。

事前の仕込みをしていたならともかく、完全に対等な状況でぶつかり合ったのなら実力の差など些細(ささい)なものだろう。ちょっとした違いで結末は変わっていたはずだ。

……けれど、それでも。

「いいんだ、別に。たとえ凍夜(とうや)がいなくても、僕の〝シナリオ〟はもう揺らがない」

自分に言い聞かせるようにそう呟(つぶや)いて、越智春虎(おちはるとら)は端末の画面を投影展開する。

白の星に付随する専用アビリティ《シナリオライター》——それは、望む未来を設定することでそこへ至るまでの〝条件(クエスト)〟を提示してくれるアビリティだ。未来視のように都合のいいモノでは決してなく、だからこそ〝霧谷(きりがや)凍夜の敗北〟といった事態を見逃すことも稀(まれ)にある。けれど、必ずしも全てのイベントを網羅する必要はそもそもない。

たとえば《習熟戦(リフレイン)》で英明(えいめい)学園を追い詰めたように。

たとえば《E×E×E(クロス・イー)》に阿久津雅(あくつみやび)を送り込んで泉夜空(ラスボス)の情報を手に入れたように。

たとえば《FM&S》を通じて当の泉夜空(いずみよぞら)を暴走させたように——シナリオ上の分岐点になり得る重要な箇所(シーン)さえきちんと押さえておけば、細部はいくらでも修正が効く。

「……もうすぐだ。この〝シナリオ〟も、やっと終わりが見えてきたんだ」

自身の設定した〝未来〟が間近に迫っているのを改めて確認しつつ、越智は静かに言葉を繰り返す。……何ヶ(か)月も前から、いや何年も前からずっと追い掛け続けている理想の未来。壮大なシナリオは今、ようやく終わりに近付きつつある。

「待っててね、衣織(いおり)。きっと——もう少しで、助けてあげられるから」

感情を押し殺しながらポツリと零(こぼ)す越智春虎。

彼の視線はじっと端末の画面に注がれていて……だから、気付いていなかった。

先ほどまで隣にいた少女が、いつの間にか姿を消していることに——。

＃

「——へ？　衣織って、まさか《アルビオン》の……？」

期末総力戦サドンデスルール《リミテッド》第10ラウンド準備期間。

七番区を離れてとある区画へ移動していた俺の元に、端末から一件の着信があった。

『はい。そうなのです、ご主人様』

回線越しに俺の鼓膜を撫でるのは他でもない姫路白雪の声だ。主な要件は霧谷戦のサポートができなかったことに対する謝罪だったようだが、それが一段落した辺りで飛び出してきたのは完全に予想外な名前だった。

姫路は珍しくどこか困惑気味に、あるいは申し訳なさそうな口調で言葉を紡いでいる。

『わたしは先ほどの第9ラウンドで六番区の通常エリアを選択していたのですが、その際にたまたま衣織様と鉢合わせまして……何故か、服に縋り付かれてしまい』

「縋り付かれて……って、何のために？」

『それが分からないのです。何を訊いても首を横に振るばかりで……念のため、盗聴器や発信機の類が取り付けられていないことは《カンパニー》の方で確認済みですが』

「……なるほど」

姫路(ひめじ)と同様にイマイチ意図が汲(く)み取(と)れず、思わず指先で頬(ほお)を掻(か)いてしまう。何も喋(しゃべ)らないということは、越智(おち)から口止めか何かをされているのだろうか？　それにしては、わざわざ衣織(いおり)の方から訪ねてきたというのが気になるところだが……と、

『すみません。篠原(しのはら)さん、ちょっといいですか？』

そこで、端末から聞こえてくる声が唐突に切り替わった。透明で涼しげな声から鈴を転がしたような可憐(かれん)な声へ。バトンタッチの相手は紛(まぎ)れもなく羽衣紫音(はごろもしおん)その人だ。

「って……いや、何で羽衣が姫路と一緒にいるんだよ？　家にいたはずじゃ……」

『ふふっ、ご安心ください篠原さん。わたし、常に指名手配されているようなものですから、変装は大得意なんですよ？　全く気付かれずに篠原さんの隣を通り抜けることだってちっとも難しくありません。将来の夢はルパン四世です』

「……まあ、その辺はもう全面的に信じるけどさ」

『ありがとうございます。それと……わたしがここにいるのは、雪から、衣織さん、を引き取るためです。雪(ゆき)は期末総力戦(パラドックス)における【怪盗】側の貴重な生存プレイヤーですし、まさか衣織さんを連れたまま《区域大捕物(エリアレイド)》に挑むわけにはいきませんから』

「！　それは、そうだけど……だからお前が、ってことか？」

『はい、わたしの役目は既に終わっていますから。それにわたし、以前の《習熟戦(リフレイン)》でも衣織さんとはお話ししているんですよ？　つまりは大事なお友達です。ですから……』

「……ですから？」

『お家に連れて帰ってもいいでしょうか？』

「や、そんな野良猫みたいな……」

呆れた声でそんな言葉を返す俺。迷い猫、もとい衣織が何のつもりでいるのかはよく分からない――が、姫路の見立てでは怪しいところはないとのことだし、何よりこう言っている羽衣を説得するのは骨が折れるなんてものじゃない。

（越智の作戦って可能性もないわけじゃないけど、衣織は〝プレイヤーになれない〟冥星を持ってるんだから妨害も干渉もできない。ま、無害ってことにしておくか……）

そんな風に結論を出した俺は、好きにしてくれ、と伝えつつ通話を終えることにする。

と――そこへ、

「メイドさんとの甘々イチャイチャごっこはお終いっすか、よわよわ先輩？」

からかうような声が横合いから投げ掛けられる。

釣られて視線を向けてみれば、そこに立っていたのは他でもない泉小夜だ。三番区桜花学園所属の【探偵】陣営プレイヤー。一挙手一投足が常にあざとさに溢れていて、彼女がくるりとこちらを向くだけで薄紫のツインテールがひょこひょこと揺れたり、極端に短いスカートの端がはらりと蠱惑的に捲れ上がったりしている。

「って……何じっと見てるんすか、よわよわ先輩」

無言で視線を送っていると、やがてそれに気付いた泉小夜はわざとらしくスカートの裾を抑えながら俺からととっと距離を取った。そうして半分ジト目、もう半分は煽るような笑みを湛えつつ、ニヤニヤと挑発的な言葉を繰り出す。

「ひょっとしてアレっすか？　泉が協力を申し出たから〝心も身体も差し出した〟なんて勘違いしてる感じっすか？　あはっ、寝言は寝てから言って欲しいっす☆」

「……寝言も何も、まだ喋ってすらいなかったんだけどな」

相変わらずのテンションで突っ掛かってくる泉に対し、そっと肩を竦めてみせる俺。

が、まあそれはともかく——《リミテッド》第10ラウンド。全体の折り返しとなるこのタイミングで俺たちが選んだのは、三番区の《充電エリア》だった。数少ない特殊エリアの一つであるため、泉小夜との《区域大捕物》が始まるような心配はない。そして実を言えば、ここは〝ラスボス化〟した泉夜空が第1ラウンドからずっと選択し続けているエリアでもあった。夜空曰く、通常の《区域大捕物》に参加してしまうとあっという間に【怪盗】陣営が滅んでしまうため、仕方なくここに引き籠もっているのだという。

俺たちがわざわざそんな場所へ押し掛けようとしているのは、もちろん例の計画を実行するため——すなわち〝ラスボス化〟した泉夜空を元に戻すためだ。彩園寺の脱落によって〝ラスボス化〟の起動条件が満たされてしまった泉夜空。自動稼働するシステムを黙らせるには、主が復活したことの確かな〝証明〟が必要……具体的には、期末総力戦の実施期間中に〝彩園寺が泉夜空の端末に直接触れる〟ことが解除条件になるらしい。

と、いうわけで。

「そっちも、準備はいいか？」

「……（こく）」

俺の言葉に隣の少女が小さく首を縦に振る。

そう——姫路から電話が掛かってくるよりずっと前から、もっと言えば泉小夜と合流するよりもずっと前から俺の左隣に立っていた少女こそ、三番区桜花学園のエースランカーにして常勝無敗の《女帝》こと彩園寺更紗その人だった。泉姉妹が守ろうとしている彩園寺家のお嬢様であり、この学園島におけるＶＩＰ中のＶＩＰである。

彼女が先ほどから言葉を発していなかったのは、出来る限り正体を伏せるためだ。それもそのはず、彼女が〝彩園寺更紗〟だと知っているのはこの場で俺と泉小夜の二人しかいない。何故なら今の彼女は英明の制服の上からオーバーサイズのパーカーを羽織り、豪奢な赤の長髪も全てフードで覆い隠した〝謎の少女〟に過ぎないからだ。

……もちろん、誰かが端末で検索を掛けたところで〝彩園寺更紗〟とは表示されない。そこに映し出されるのは〝朱羽莉奈〟という、誰も知らない少女の名だけだ。

「よし……」

何度背中を預けてきたか分からない唯一無二の共犯者とほんの一瞬だけ視線を交錯させ

てから、俺は再び泉小夜（いずみさよ）に向き直った。そうして状況を軽く復習（おさらい）しておくことにする。

「俺たちは今から、このエリアにいる泉夜空（よぞら）に会いに行く。……っていうのも、あいつをラスボス状態から引き戻すためには〝《決闘（ゲーム）》の実施期間中に彩園寺（さいおんじ）が直接あいつの端末に触る〟必要があるからだ。何事もなければこれでラスボス化を解除できる」

「よわよわ先輩なんかに言われなくても分かってるっす。《リミテッド》の仕様的に更紗（さらさ）さんが期末総力戦（パラドックス）に復帰するのは絶望的だったっすけど、本物の更紗さん……紫音（しおん）さんのおかげで助かったっす。やっと夜空姉を元に戻してあげられるっす！」

「ああ。《習熟戦（リフレイン）》の時もそうだったけど、越智（おち）のシナリオに〝羽衣紫音（はごろもしおん）〟なんて登場人物は出てこないからな。あいつが絡む作戦は全部シナリオ外のイレギュラーだ」

「……当たり前っす。泉、びっくりしすぎて昨日は眠れなかったっすから」

微（かす）かに唇を尖（とが）らせながら昨日の〝ドッキリ〟について文句を言ってくる泉。まあ、それに関しては羽衣の方から直々に謝ってもらいたいものだが。

（ただ……いくらイレギュラーとは言っても、用意周到な越智のことだから何かしら妨害が入る可能性はあるんだよな。だから、わざわざ三人で来てるんだけど……）

そんなことを考えながら小さく肩を竦（すく）める。と、

「――……ん？」

その時、不意に後ろからちょんちょんと背中を指で突（つつ）かれた。一瞬遅れて振り返ってみ

れば、フードを被った彩園寺が何やら不満げに俺を手招きしているのが見て取れる。

言われるがままに顔を近付けてみると、彼女は小声で囁くように切り出した。

「ねえ篠原。あんた、やけに小夜と仲良くなってないかしら？　《FM&S》の時はもっと険悪な雰囲気っていうか、バチバチにやり合っていたと思うのだけど……」

「え？　……いや、変わってないだろ？　さっきもめちゃくちゃ煽られてただろうが」

「どこがよ。あんなの、信頼してる相手へのちょっとした軽口みたいなものじゃない？」

「信頼って……お前には何が見えてるんだ、彩園寺？」

拗ねたように頰を膨らませている彩園寺と全く意味が分からず困惑の声を上げる俺。

「……？」

そんな俺たちを見て、傍らの泉小夜は不思議そうにこてりと首を傾げていた。


──ひた、と冷たい音が辺りに響く。

この三番区は〝特殊エリア〟なので座標情報が《決闘》的な意味を持つことはない。そんな事情もあって、泉夜空は通い慣れた桜花の校舎内に身を潜めているとのことだ。本人と打ち合わせをしているため、当然ながら詳しい場所まで把握済み。英明のそれとはまるで造りが違う廊下を抜けて、俺たちは目的地である部屋に足を踏み入れる。

何の変哲もない教室……とは言わない。拡張現実機能で何かしらの演出が施されているのか、どことなく神秘的な雰囲気のある空間だ。肌を撫(な)でる冷ややかな空気。まさにラスボスの居城と呼ぶに相応(ふさわ)しい、長編ＲＰＧの最終盤にも似た独特な緊張感がある。

そして、

「夜空(よぞら)姉！」

目的の人物は、つまり泉(いずみ)夜空は教室前方の机に座っていた。三番区桜花(おうか)学園の制服をきっちり着こなした三年生。目を奪う艶(つや)やかな紫紺の長髪。理想的な身体(からだ)のラインと、それとは対照的に自信なさげな猫背。妹である泉小夜(さよ)とは完全にジャンルが異なるが、どちらもとんでもない美少女であるという点だけは共通している。

（ん……？）

けれど、そんな彼女の様子がどこかおかしいことに気付いて俺は小さく眉を顰(ひそ)めた。

何というか——泉夜空の性格と現在の境遇から考えて、彼女は俺たちが到着した瞬間にこちらへ駆け寄ってくると思っていたんだ。けれどそんな予想に反して、夜空は椅子に座ったまま動かない。その代わり、滑らかな長髪を微(かす)かに揺らしながら口を開く。

「うぅ……小夜ちゃん、篠原(しのはら)さん。それに、さ——……な、謎のパーカーの人」

「……ええ。確かに、あたしは謎のパーカーの人だけれど……」

うっかり〝更紗(さらさ)さん〟と口走りそうになる泉夜空だが、公共の場ということを思い出してくれたのかどうにか踏(ふ)み止(とど)まった。対するパーカーの人——もとい彩園寺(さいおんじ)の方はと言えば、俺と似たような違和感を抱いたのか怪訝な表情を浮かべて首を傾げる。

「どうしたの、夜空？　様子がおかしいようだけれど」

「！　うう、その、ええと……ご、ごめんなさい！　わたし、わたし……見つかっちゃって。わたしがドジだから、みんなが来るまで隠れてることもできなくて……」

「見つかって……？　待って夜空、それってどういう――」

「――もちろん、こういうことだよ」

瞬間。

泉夜空の隣の空間がぐにゃりと歪む――咄嗟には意味が分からなかったが、おそらく教室の風景を模した投影画面を展開することで大胆にも隠れていたのだろう。つまりその人物は、俺たちよりも先にこの部屋へ辿り着いていたということになる。けれどそれは、今この場においては明らかに異常だ。期末総力戦サドンデスルール《リミテッド》……三番区《充電エリア》というのは《区域大捕物》が行われない特殊エリアであり、学区の中を歩き回る必要なんて欠片もない。この場を訪れる理由なんて一つもない。

……けれど、それでも。

あえて〃理由〃のある人間がいると仮定すれば、そんなやつは一人しか思い当たらない。

「ああ……本当に。君とはよく会うね、緋呂斗」

そんな俺の推測を裏付けるように。

泉夜空の隣に姿を現した男は、越智春虎は、噛み締めるような口調でこう言った。

「やっぱり君は――僕のシナリオ達成を阻む、最大最強の〝障害〟みたいだ」

＃＃

――一つ、学園島七番区森羅高等学校代表。

――一つ、学園島非公認組織《アルビオン》リーダー。

――一つ、色付き星を二つ所持する6ツ星ランカー。

いくつもの肩書きに恥じない風格を感じさせる彼――越智春虎は、吸い込まれるような漆黒の瞳で真っ直ぐ俺を見つめながら静かに切り出す。

「少し癪だけど、今回ばかりは素直に称賛しておこうかな。まさか、緋呂斗がこの局面まで辿り着けるとは思わなかった。泉夜空さんの〝ラスボス化〟を解除しようってところまで到達するとは思わなかった。君には予定を狂わされてばっかりだよ、緋呂斗」

「……悪かったな」

だからその文句は羽衣のやつに言ってくれ、という軽口を呑み込みつつ首を振る俺。

「というか……それを言うなら、俺だってお前がここに来るとは思ってなかったんだけどな。《リミテッド》の仕様上、本番期間中にエリアを変更することはできない。ってことはつまり、第10ラウンドの開始時点で俺たちの動きを読んでたってことだろ？」

「ああ、それは違うよ。僕は前回のラウンドから……何なら昨日も三番区にいたから」

「ええ!?　き、昨日から……それなのに、わたしは何も気付かず皆さんを……ご、ごごごめんなさいごめんなさい！　わたしは、わたしは本当に使えない子です……!!」

「……いや、別にそんなことはねえよ。単純に、そっちのやつが何枚か上手なだけだ」

「どうだろうね。【探偵】陣営には〝ラスボス〟がいるから、僕らが頑張って《区域大捕物》をこなす必要もないってだけのことだよ。……だから、君が来るとは思わなかったっていうのは紛れもなく本心だ。また少し〝シナリオ〟を修正しなきゃいけない」

やれやれ、とでも言いたげに肩を竦めてみせる越智。

そうして彼は、いつも通り淡々とした静かな声音で言葉を継いだ。

「ねえ、緋呂斗――せっかくだから、答え合わせをしようか？」

「……答え合わせ？」

俺が鸚鵡返しに呟くと、越智は特に気負った風でもなく「そうだよ」と返してくる。

「緋呂斗はきっと、こう考えたんだよね。この子――ラスボスを真っ向から倒すのは不可能だ。どうにかして〝解除〟……つまり、元に戻さなきゃいけないって」

「まあ、そうだな。仮に【怪盗】陣営が優勢になってもラスボスの形態変化が進んじまうだけなんだから、正面からぶつかったって意味がない」

「そうだね。だから君は、僕の知らない何かしらの方法を見つけてここに来た。……見た感じ、そっちの子が関わっているのかな」

ちら、と俺の後ろに隠れた少女に視線を向ける越智春虎だが、当然ながら彩園寺はより深くフードを被るだけで返事を口にするようなことはない。あからさまな塩対応を受けた越智はおどけるように肩を竦めて、それから気を取り直したような口調で続けた。

「緋呂斗の考えは正しいよ。何しろ僕は、ラスボスの力を使って森羅以外の全学区を壊滅させるつもりだった。真正面から対抗した場合、待っているのは〝徹底的な敗北〟か〝ラスボス最終形態への移行〟のどちらかだ。【怪盗】陣営からすればどっちも救いがないから、一番の正攻法は〝ラスボス化を解除すること〟になる。それは間違ってない」

「……へえ？　まるで別の何かが間違ってる、みたいな言い方だな」

「ごめんごめん、そんなつもりじゃないんだ。間違っているわけじゃない。ただ——見落としている、というべきかな」

言って、越智が取り出したのは自身の端末だった。少なくとも見た目上は何の変哲もないそれを顔の近くに掲げてみせながら、彼は突き放すような口調で言葉を継ぐ。

「君はもう少し、違和感を抱くべきだった。少しくらい疑問を感じるべきだった。……ねえ緋呂斗、君は僕の等級を知っているかな？」

「等級って……知ってるに決まってるだろ。お前は二色持ちの6ツ星だ、越智」

「うん、そうだね。６ツ星――なのは良いとして、二色持ちなんだよ僕は。君はこの情報をきちんと精査したことがあるかな？　《シナリオライター》を有する僕が後生大事に抱えているもう一つの色付き星……これを、ちゃんと警戒していたの？」

「ッ……！」

煽り立てるような越智の発言に思わず目を見開く俺。

そうだ――確かに、その通りだ。《アルビオン》首魁の越智春虎は二色持ちの６ツ星ランカー。知っていたはずなのに、認識できていたはずなのに、彼の持つ《シナリオライター》というアビリティがあまりにも凶悪過ぎていつの間にか視界から外れていた。

「まあ、もちろん意図的なんだけどね」

そんな俺の反応を嘲笑うかのように、越智春虎は淡々と続ける。

「《習熟戦》の時にも言ったけど……《アルビオン》のメイン戦力は凍夜の方で、僕は基本的に〝裏方〟だ。だから《シナリオライター》だって可能な限りもったいぶってから開示した。……そんな経緯があったんだから、もう一つの色付き星にまで警戒が向くなんてことはなかなかないよ。実際、僕だってこっちを使うつもりはあんまりなかった」

「……どんな効果なんだよ、そいつは？」

「うん。それじゃ、せっかくだから実演してあげるよ」

何の気なしにそんな言葉を口にして。

越智春虎は、トンッ……と傍らに座っていた泉夜空の肩に手を置いた。

「!? お、前……何をしやがった!?」

唐突かつ意味深なその行動に嫌な想像しかすることができず、弾かれるような勢いで泉夜空の元へと駆け寄る俺。色付き星とは言っても所詮は端末上のデータでしかないんだから人体に悪影響があるとは思えないが、とはいえ越智が意味もなく夜空に触れるというのも考えられない。彼は間違いなく、紛れもなく、明確に泉夜空へ〝何か〟をした。

「だ、大丈夫か……!?」

「わわわっ!? し、篠原さん、近いです……! あのあの、篠原さんのことは良い人だなあと思っていますが、でも抜け駆けすると小夜ちゃんに怒られちゃうので……っ!」

「何の話だよ。……異常ないのか、夜空? 本当に、何も……?」

「う。そ、そう言われると不安になってしまいますが、別に…………あ、れ?」

と――その時、念のためといった様子で自身の端末に視線を落としていた夜空が不意に目を丸くした。続けて彼女は、紫紺の長髪を揺らしながら傍らの俺を振り仰ぐ。

そうして一言、

「た、大変です篠原さん! わたし、8ツ星昇格戦の〝ラスボス〟じゃなくなってます!」

「――……は?」

「ほら! ええと、いつの間に解除されたんでしょうか……?」

困惑と共に俺の目の前に突き付けられる泉夜空の端末。昨日見た際には確かに【ラスボス：モードC〈不滅(Continue)〉】なる記載があったはずだが、それが綺麗(きれい)さっぱり消えている。

「…………」

そんな状況(モノ)を確認したところで、俺は静かに顔を持ち上げた。

続けて睨(にら)み付けたのは、当然ながら越智春虎だ――今さっき、彼が二つ目の色付き星とやらで〝何か〟したのは明らかだろう。その結果として泉夜空の端末からラスボス関連の表記が消えた。だとすれば……考えられる可能性なんて、もはや一つしかない。

「……奪った、のか？」

低い声でポツリと問い掛ける。

「答え合わせとやらの続きだ、越智春虎――お前は、万が一の事態に備えてこの《充電エリア》にいたんだよな。だけど、万が一の事態ってのはどういう意味だ？　ここじゃ《区域大捕物(エリアレイド)》は開催されないし、仮に何かの手違いで《区域大捕物(エリアレイド)》的な何かが起こったところで問題にはならないはずだ。泉夜空(ラスボス)と渡り合えるようなプレイヤーなんて【怪盗】陣営にいるわけがないし、万が一苦戦するような事態になったとしても結局はラスボス側の形態変化(レベルアップ)が起こるだけなんだからな。お前が警戒する理由は一つもない」

「うん、そうだね。僕らからしてみれば、月曜日の陣営選択会議が終わった段階でラスボスの動向は掌握したも同然だった。あとは間接的な干渉だけで充分だよ」

「ああ。だから、お前が懸念してたのは泉夜空の〝脱落〟なんかじゃない」

ちら、と彩園寺に視線を向けて。

「今の俺たちみたいな……何かしらの方法で泉夜空の〝ラスボス化〟を解除されることだけが、お前にとって避けなきゃいけない決定的なトラブルだったんだよ。森羅の勝利に繋がる今の〝シナリオ〟には載ってない最悪の事態。シナリオ崩壊のルート分岐だ」

「まあ、そう言っても間違いじゃないかな。……それで？」

涼しい表情で首を傾げてみせる越智。

「そんな〝最悪の事態〟を避けるために、僕は一体何をしたんだろう？」

「ハッ……惚けんなよ越智。その答えがさっきのアビリティだろ」

苛立たないよう意識的に冷静さを保ちつつ、俺はふぅと息を吐き出して続ける。

「二色持ちのお前が持ってる〝白の星じゃない方〟の特殊アビリティ……何色の星なのかは知らないけど、そいつの効果ってのが〝他人の端末を乗っ取る〟みたいな内容なんじゃないか？　それでお前は、泉夜空の端末――泉家当主の特殊仕様を奪い取った。だとしたら、越智春虎……今の〝ラスボス〟はお前だってことになるんだけどな」

「っ!?　よ、夜空姉の端末を……そんな、ことが」

俺の推測を聞いて、しばらく黙っていた泉小夜が思わず驚愕の声を漏らす。

信じられないのも無理はないが――それでも、有り得ない話ではないはずなんだ。ここはファンタジー世界でも何でもない現実世界だから、泉夜空の〝ラスボス化〟というのは端末に仕込まれた〝設定〟でしかない。ＲＰＧの魔王が代替わりしたら興醒めだが、端末上のデータを奪うだけならアビリティでも充分に実行可能、なのかもしれない。

「……ふぅん？」

そして。

越智春虎は、俺の断言を否定することなく可笑しそうに頬を歪めてこう言った。

「やっぱり、緋呂斗はいつも鋭いね」

「！　……じゃあ」

「うん、そうだよ。その答えなら満点をあげる——僕が持っているもう一つの色付き星は空色の星、付随する特殊アビリティは《征服》だ。緋呂斗の言う通り、対象プレイヤーの端末を丸ごと僕自身の支配下に置く効果を持っている。端末の所有権を上書きしてアビリティをまとめて横取りするような性能だから、当然〝ラスボス〟だって奪い取れる」

「《征服》……本当に、そんなとんでもない色付き星があるのかよ」

「もちろん、面倒な条件があるから誰にでも使えるってわけじゃないけどね。これで衣織を救えていれば苦労はしなかったんだけど、残念ながらあの冥星だけはちょっと別格みたいだ。凍夜の《改造》で強化しても全く届かなかったよ。……そんな役立たずのアビリティに〝使い道〟ができたんだから、夜空さんには感謝しないとね」

そう言って、静かに首を振ってから。

漆黒の瞳をこちらへ向けた越智は、確かな信念を秘めた口調で続けた。

「シナリオを修正した。……改めて言うよ、緋呂斗。ここから先は、この僕――越智春虎が〝ラスボス〟だ。本当ならその子の〝暴走〟に乗じて楽に勝っちゃうつもりだったんだけど、緋呂斗が予想外に食らいついてくるものだからね。それなら僕も本気を出そう。言っておくけど、僕自身は最終形態になって冥星の秘密が学園島中に晒されたところで痛くも痒くもない……だから、やっぱり君に勝ち目はない。僕に勝てる道理がない」

「っ……何だよ、それ。お前は、どこまで――」

「どこまでも、だよ。……緋呂斗には悪いけど、僕は必ず〝8ツ星〟にならなきゃいけないんだ。あの子を――衣織を助けるために、必ず、」

淡々とした声音の中に潜む静かな闘志を真正面から俺に叩き付けてくる越智。

「っ……」

対する俺は、微かに下唇を噛み締めながらぎゅっと右の拳を握るしかない。……越智春虎による作戦変更、もといシナリオ修正。羽衣の持ってきた〝秘策〟は間違いなく彼の意表を突いたようだが、それでも越智は用意周到に〝予防策〟を準備していた。

それこそが、色付き星の特殊アビリティ《征服》を介した〝ラスボス〟の変更だ。

想定外の大技により、泉夜空の端末に仕込まれていた〝ラスボス化〟の機能は丸ごと越智に移ってしまった。この土壇場でラスボス自体が交代してしまった。

（くそ……だとしたら、俺たちの作戦は失敗だ。だって、ラスボス化した泉夜空は絶対に倒せないからどうにかして解除しろ、って話だったんだぞ？　それなのに、当のラスボス自体が越智に移っちまったら……もう、その手段は使えない）

ゆっくりと、冷たい絶望感に全身を蝕まれていくような感覚だった。けれど勘違いなんかじゃない、俺たちは〝ラスボス化〟の解除に失敗した。彩園寺と羽衣の〝替え玉〟トリックを利用したイレギュラーな解決策は、これで完全に消え去った。

（じゃあ、どうしろっていうんだ……？　真っ向からラスボスを倒す手段はない。越智を脱落させても【モードE】への移行が起こるだけで、迂回ルートも潰された。なら俺たちは、どうやってこいつを攻略すればいい……!?）

表情には出さないまでも胸の内で悲鳴のような声を上げる俺。

そんな俺の内心を知ってか知らずか――越智春虎は、微かに口元を緩めてみせた。

「良かったね、緋呂斗。……ここからが、本当の最終章だよ」

♭♭――遠い日の記憶③――

甘く見ていた。

〝張替奈々子に関わるな〟――そんな忠告をまともに聞いておくべきだった。

春虎と凍夜が森羅学園グループの高等学校に進級する頃の話だ。時を同じくして、三つ上の学年だった張替先輩も高等学校を卒業しようとしていた。……いや、卒業というのは少し違うか。というのも、張替先輩はとびきり凶悪な〝冥星〟を持っていたからだ。プレイヤーとして認められなくなって、あらゆるサポートが受けられなくなって、そもそも学籍を持つことすらできない。だから張替先輩は、正確に言えば森羅高等学校の生徒なんかじゃなかった。だから《アルビオン》は、いつまで経っても部員の増えない同好会……張替先輩がたった一人で運営している〝革命予備軍〟でしかなかった。

『――わたし？　わたしは、卒業したら本土に戻るよ』

張替先輩は言っていた。

『そうなったら、この冥星は誰かに移っちゃうんだけど……っていうか、もしかしたら凍夜に渡るかもね？　これ、所持者と深く関わってた人に転移するって噂だから』

だから〝関わっちゃいけない〟んだよね、と寂しそうに言う先輩。……それは、凍夜が初めて先輩を負かした頃からとっくに承知していたことで、だからどうでもよかった。春虎も凍夜も、冥星を受け取ったからといって文句を言うつもりなどない。そんなことは気にせず張替先輩の卒業記念パーティーを盛大にやって。多分先輩のことを憎からず思っていた凍夜は、お別れの時が近付くにつれて段々と不貞腐れていったりして。

——次の日のことだった。

まだ中学三年生だった衣織の端末に、先輩の冥星が転移したのは。

あの時の絶望的な感情を、春虎は鮮明に覚えている——どうして衣織(いおり)なんだ。どうして僕じゃないんだ。どうして凍夜じゃないんだ。どうして、よりにもよって衣織なんだ。呑気(のんき)に先輩と関わっていた春虎や凍夜を絶望の淵(ふち)に突き落とすかのように、悪魔みたいな冥星は太陽みたいな衣織を選んだ。……いや、衣織が〝太陽みたい〟だったのはそれまでだ。

例の忠告が〝衣織に関わるな〟に変わったのは、わずか数日後のことだから。

「…………」

それから衣織は、日に日にやつれていった。まあ当然だ。学校中が友達だったのに、その全員から——春虎と凍夜を除いた全員から——目を逸(そ)らされるようになって平気なわけがない。太陽みたいだった衣織から笑顔が消えて、徐々に言葉も減っていって。

だから春虎は決心した。

いつか救ってもらった恩を返すために——今度は、自分が衣織を助ける番だと。

「……ねえ凍夜、僕は《アルビオン》を復活させようと思う」

そうして春虎は、かつて張替先輩が使っていた部室に居を構えることにした。

「先輩は正しかったんだよ。冥星なんて、星獲(と)り《決闘(ゲーム)》なんてあっちゃいけない。衣織から笑顔を奪うようなシステムが正しいはずない。だから、足りなかったのは〝力〟の方なんだ。《アルビオン》は学園島（アカデミー）そのものに歯向かわなきゃいけない……そのためには戦力が要る。大人が要る。メンバーが要る。まずはそれを集めるところからだね」

「……ま、概（おおむ）ね賛成だ」

春虎（はるとら）の熱弁を受け、凍夜（とうや）は静かに頷（うなず）く。

「いいんじゃねーか？　せっかく部室もあることだしな」

「うん。……凍夜は、来てくれないの？」

「あ？　チッ……何言ってんだよ、春虎。てめー、中等部の疑似《決闘（ゲーム）》だって大した戦績じゃなかっただろうが。オレ様がいないでどうやって色付き星（ユニークスター）を集めんだ？　どうやって冥星の秘密を探るんだ？　ひゃはっ……衣織（いおり）にも張替奈々子（はりがえななこ）にも思い入れなんざ欠片（かけら）もねーが、オレ様から〝何か〟を奪ったことだけは死ぬ気で後悔させてやるつもりだ」

「……ありがとう」

「別に、感謝される謂（いわ）れはねーよ」

ふいっとそっぽを向いてしまう親友に対し、春虎は静かに口元を緩ませる。

――学園島（アカデミー）非公認組織《アルビオン》。

それは、かつて〝最悪の冥星〟を所持していた張替奈々子の意思を継ぎ、現在の冥星所持者である衣織の太陽みたいな笑顔を取り戻すための組織――否、革命軍だ。

shion

篠原さん、篠原さん！

hiroto

羽衣？

hiroto

もしかして、何か進展があったのか？

shion

それはもう！

shion

実はですね？ 4番区の隅に、昔から小さな空き地があったのですが……

shion

そこに、なんとケーキ屋さんができています！　大当たりです！

hiroto

……そうか、そいつは良かったな

hiroto

ったく……本当に気を付けてくれよ、羽衣

hiroto

お前が誰かに見つかったりしたら一瞬でお終いなんだから

shion

ふふっ

shion

心配してくれてありがとうございます、篠原さん

shion

わたしの用事は順調に進んでいますから、ろくろ首さんのように首をなが～くして楽しみにお待ちください

hiroto

はいはい。……って、ろくろ首？

hiroto

いつまで帰ってこないつもりだ、お前……？

＃

『――終わりだよ、緋呂斗（ひろと）。これで全部終わりだ』

　痛いくらいの静寂に包まれた空間。

　その中心部に立つ制服姿の男が、事務的かつ平坦（へいたん）な口調で告げる。

『確かに君は強かったけど、それでも僕には届かなかった。……でもね、そんなことは意外でも何でもないんだ。だってこれは、初めから分かっていた結末だから』

　彼――七番区森羅（しんら）高等学校のリーダー・越智春虎（おちはるとら）が提示するのは色付き星の白（ユニークスター・ホワイト）こと《シナリオライター》の効果画面だ。そこには期末総力戦（パラドックス）と篠原（しのはら）緋呂斗を指して**【そこで貴方（あなた）は《アルビオン》の前に膝を突くことになるだろう】**なる〝予言〟が刻まれている。

　つまりこの展開は必然で。

　だからこそ、越智春虎にとっては何の感慨もない。

『君と僕は違うんだ、緋呂斗。何の目的もなくただ《決闘（ゲーム）》に挑んでいる君と違って、僕は必ず勝たなきゃいけない。君の敗因を一つ挙げるとすればそこかもね。僕には、何でもする覚悟があった。何もかもを利用する意思があった。どちらも君にはないものだ』

『………』

『反論もできないってところかな。……まあいいや』

つまらなそうに首を振って静かに距離を詰めてくる越智。その表情に浮かんでいるのはどこか凄みすら感じる決意と、あるいは微かな憐憫に似た色で。

『僕だって君との会話を楽しむためにこんなところまで来たわけじゃない。……これで幕引きだよ、緋呂斗。君というプレイヤーは、僕にとって――』

――……ぶつり、と、投影画面に展開されていた映像が唐突に途絶える。

「むむ、む……」

それを実行したのは俺の隣に立つ専属メイド、もとい姫路白雪だ。少し前から不満げに碧の瞳を細めていた彼女は、白手袋に包まれた右手をそっと耳元へ持っていって。

「もう充分です、加賀谷さん。……ご主人様が不当な扱いを受けている場面を見続けるのは、わたしの精神衛生上とても良くありませんので」

『あ～、ごめんごめんってば白雪ちゃん！』

むすっとした声で言い放った姫路に対し、イヤホン越しに平謝りを返してきたのは《カンパニー》の電子機器担当こと加賀谷さんだ。彼女は俺たちの眼前に展開していた投影画面を遠隔操作で消去すると、何やら申し訳なさそうな声音で続ける。

『今のが現状のシミュレーション結果、なんだけど……ま、おねーさんだっていい気分はしないよん？　我らがヒロきゅんが黒幕に手も足も出ない未来、なんてさ』

——そう、そうだ。

状況を整理しておくと、現在は二月十六日木曜日の昼頃。《リミテッド》の時間軸で言うならつい先ほど第12ラウンドが終了し、次の準備期間に突入したタイミングだ。

そこで俺たちが眺めていたのは、加賀谷さん曰く〝未来のシミュレーション〟——もっと細かく言えば、期末総力戦の現状を様々な変数として入力した場合に最も発生する確率が高いと思われる結末、のようなモノだそうだ。それによれば、残念ながら俺は《シナリオライター》の予言に従って《アルビオン》の前に膝を突いてしまうらしい。

「ま、無理もないんですけどね……せっかく彩園寺を期末総力戦に復帰させて泉夜空のラスボス化を解除しようとしてたのに、それをあっさり覆されちまったんだから」

嘆息と共にそう言って力なく首を横に振る俺。

昨日の夕方——《リミテッド》第10ラウンド。朱羽莉奈のアカウントで期末総力戦に舞い戻ってきた彩園寺と協力者である泉小夜を連れて、俺は三番区《充電エリア》に身を潜めていた泉夜空に会いに行った。そこで彩園寺が彼女の端末に触れさえすれば〝ラスボス化〟は解けるはずだった……のだが、その直前に《アルビオン》の越智春虎が色付き星の特殊アビリティを使い、泉夜空の端末を丸ごと彼の支配下に置いてしまった。

まあ端的に言えば、越智が〝ラスボス〟の座を奪い取ったということだ。

「…………」

ちなみに、全体的な戦況としてはこんな感じになっている。

【期末総力戦サドンデスルール《リミテッド》――第12ラウンド終了時点】
【新規消滅エリア：九番区（十番区〜二十番区は第11ラウンド終了時点で使用不可）】
【探偵陣営戦力：総計5699名／《リミテッド》開始以降の脱落者：260名】
【桜花：2711名（減144）／森羅：2988名（減116）】
【怪盗陣営戦力：総計3567名／《リミテッド》開始以降の脱落者：11033名】
【英明：1477名（減1915）／茨：874名（減2324）／音羽：1名……など】

状況は日に日に、ラウンドを追うごとに悪くなっていると言っていい。

が、まあそれもそのはずだ――俺たちが霧谷凍夜と対峙してまで彩園寺を期末総力戦へ復帰させようとしていたのは、それで泉夜空の〝ラスボス化〟を解除できる見込みがあったから。もっと言えば、それ以外の方法で〝ラスボス〟に対処するのは不可能だと考えていたからだ。けれど、そんな作戦は既に破綻してしまっている。越智が自覚的にラスボスを乗っ取ってしまった以上、もはや〝解除する〟も何もない。

「……いかがいたしましょうか、ご主人様？」

と――そこで控えめな声を上げたのは俺の傍らに立つ姫路白雪だ。彼女は白銀の髪をさらりと揺らしながら、澄んだ碧の瞳で真っ直ぐ俺を見つめて言葉を紡ぐ。

「先ほどの映像を真に受けるわけではありませんが……現状、わたしたち【怪盗】陣営に勝ち目がないというのも事実です。越智様の端末には高度なプロテクトが掛かっていますので、ハッキング等の干渉も不可能……恥ずかしながら何の策もありません。一か八かの手段でも何でも、可能性がある戦略ならいくらでも実行いたしますが」

縋るような言葉と共に純度百パーセントの信頼を向けてきてくれる姫路。

一か八かの手段――いや、もちろんこのまま《決闘》を進めた場合も、越智を倒せる可能性が完全に0というわけじゃないだろう。ちょっとした手違いで起死回生の一手が生まれる展開だって皆無とは言えない。けれどそれは、本当に小さい確率だ。これが映画か何かならご都合主義だと罵られてしまいそうなくらいの安っぽい結末でしかない。

最後の最後にはそんな〝奇跡〟に縋るしかないのかもしれないが、

（……いや、それじゃダメだ。俺は〝偽りの7ツ星〟なんだから――違う、そうじゃなくたってここは勝たなきゃいけない場面だろ。勝負を捨てるのはまだ早い。だって……）

――何の策もない、なんてことはないんだ。

絶対に倒せないラスボス。越智春虎のシナリオ。期末総力戦。色付き星と冥星。未来のシミュレーション……泉夜空から〝ラスボス〟を奪った越智春虎に対する策について、思い当たる節が全くないということは決してなかった。確証はないが、とはいえ一か八かというほど破れかぶれの賭けでもない。しっかり準備さえすれば形になりそうな案。

（何が起こったのか知らないけど、都合よくステータスを上げてくれてるやつがいるんだよな。これなら、例の《区域大捕物（エリアレイド）》にさえ勝てればもしかするかもしれない……だけどそのためには結構な無茶が要る。色々と確認しなきゃいけないこともある）

ちらり、と端末上の時刻表示に視線を落とす。……木曜日の午後一時前。もうすぐ第13ラウンドが始まる頃合いなのだから、期末総力戦サドンデスルール《リミテッド》はとっくに後半戦へ突入している。迷っている暇なんかどこにもない。

というわけで、俺は。

思考を一通り整理してから目の前の姫路を真っ直ぐ見つめると、決意と共にこう言った。

「2ラウンドだ。……今日中に考えをまとめる、だから少しだけ俺に時間をくれ」

♭

『——はい。もしもし、篠原（しのはら）先輩ですか？』

「ああ。《リミテッド》の真っ最中だってのにいきなり連絡しちまって悪いな、水上（みなかみ）」

『いえいえ。まだ準備期間ですし、先輩のお役に立てるなら何でもありません』

「そう言ってもらえると助かる。……それで、あのさ。実は、お前の【怪盗ランク】を見たんだけど……あれって、何かの冗談か？」

『じょ、冗談なんかじゃありません……！　ちゃんと端末にも表示されていますから。私の【怪盗ランク】は正真正銘、この通りですよ？』

「だよな……いや、疑ったわけじゃないんだけど。あまりにも衝撃的だったから」

『もう、篠原先輩は意地悪なんですから……私、ちゃんと先輩のアドバイスを守っていたんですよ？　日曜日に言われた通り、一つのことに——【怪盗ランク】の上昇に特化してみたんです。ちゃんと戦力になれるかどうかはまだ分かりませんが……』

「…………」

『……先輩？　ええと、その……私、やっぱり何か間違っていたでしょうか？』

「いや……」

『？』

「完璧だよ、水上。……お前のおかげで、首の皮一枚繋がったかもしれない」

「「…………」」

＃＃

期末総力戦サドンデスルール《リミテッド》——第14ラウンド終了後。

つまりは追加ルール導入から四日目、木曜日の夜のこと。

俺の家のリビングには、両陣営から数名のプレイヤーが集まっていた。

顔触れとしては姫路に彩園寺、それから泉姉妹。もちろん羽衣も同席しているが、例の迷子少女——衣織を膝に乗せているため、俺たちのいるテーブルから少し離れたソファに座っている。当の衣織については〝扱いに迷う〟というのが正直なところなのだが、しばらく前から熟睡しているようなのでとりあえず無視することにした。

「それで……どうしたっすか、よわよわ先輩？」

そんな中でまず口火を切ったのは泉小夜だ。俺の正面に座った彼女はいつも通りの萌え袖で頬杖を突きながら、少しばかりむすっとした表情で続ける。

「更紗さんに呼ばれたから仕方なく来てあげたっすけど……また可愛い女の子が増えてるっすね。ただのよわよわ先輩じゃなくて鬼畜エロ先輩だった、ってことっすか？」

「何でそうなるんだよ。彩園寺の事情を知ってる連中がたまたま偏ってただけだし、衣織のことを言ってるつもりならあいつはただの迷子だぞ」

拗ねたように文句を言ってくる泉小夜に対して呆れた表情で返答を告げる俺。

「そ、そうだよ、小夜ちゃん」

それを受けてやや控えめに同調の声を上げたのは泉夜空だ。鮮やかな紫紺の長髪。前髪の隙間から覗く整った顔立ち。ここ一週間ほど常に話題の中心にいる少女である。

当の彼女は、微かに頬を赤らめながらちらちらとこちらへ視線を向けている。

「そんな意地悪なこと言ったら、本当に手籠めにされちゃうんだよ？　篠原さんも……その、わたしの小夜ちゃんがごめんなさい。怒るなら小夜ちゃんじゃなくて、わたしに向かって発散してくださいね？　こう……は、激しく！　思うがままに！」

「いや、だから別に怒ってないっての……」

恍惚の表情でやたらと過激な要求をしてくるドM少女、もとい泉夜空にジト目を返しながら俺は静かに嘆息を零す。方向性が丸っきり違うというだけで、結局この姉妹にはいずれも振り回されまくっているような気がするのだが……まあ、それはともかく。

俺は全員の顔をぐるりと順に見渡すと、改めて話を切り出すことにした。

「今日集まってもらったのは、他でもない。あとたったの7ラウンドで終わっちまう期末総力戦サドンデスルール《リミテッド》……その中で、越智春虎の〝シナリオ〟をどうにか食い止めるための作戦会議をしようと思ってな」

「……ええ」

俺が放り投げたストレートな議題に頷きを返してきたのは彩園寺だ。豪奢な赤の長髪と意思の強い紅玉の瞳。胸元で腕を組んだ彼女は、真っ直ぐ俺を見つめて口を開く。

「まあ、当然よね。昨日の霧谷戦を通して朱羽莉奈が期末総力戦に復帰できたのはいいけれど、越智にラスボスを奪われたから解決はお預け……どころか、唯一の迂回ルートがなくなっちゃったんだもの。起死回生の一手でもなければ普通に詰みよ、これ」

「！　ご、ごごご、ごめんなさい更紗さん！　わたしがしっかりしたラスボスじゃなかったばっかりに……！　ここは思いきり詰ってください、びしっと！」

「……詰らないわよ、もう。別に夜空のことを責めているわけじゃないの。単に、あたしたちの作戦より越智春虎の〝シナリオ〟の方が一枚上手だった、ってだけ」

嘆息と共に赤の長髪を揺らす彩園寺。……まあ、言ってしまえばそういうことだ。朱羽莉奈の存在こそ知られていなかったものの、越智は俺たちが〝泉夜空のラスボス化を解除することで事態を収拾しようとしている〟ことを最初から読んでいた。だとしたら、確かに越智春虎は俺たちの作戦よりも一歩先を行っていたということになる。

「で、改めて確認しておきたいんだけど……〝ラスボス〟ってのは、そもそも倒しちゃダメな存在ってことでいいんだよな？」

「……そうっすね」

渋々ながら、といった表情で泉小夜がこくりと頷く。

「８ツ星昇格戦の〝ラスボス〟……夜空姉の端末に仕掛けられてたシステムは、自分が危機に陥れば陥るほど形態変化する仕様っすから。もし〝脱落〟するようなことがあれば代わりに【モードＥ】への移行が発生して、そうなったらもうお終いっす。冥星の〝認識阻害〟が効かなくなって、彩園寺家と冥星の繋がりが全部バレて、学園島は一瞬で崩壊っすね。だから、泉たちがよわよわ先輩と《アルビオン》の邪魔をしてたっすけど……」

「結果は見ての通り、ってわけね。……でも、だったらどうするのよ篠原？」

　そこで、対面の彩園寺が紅玉の瞳を真っ直ぐ俺に向けながらそんな疑問を投げ掛けてきた。微かに不満げなその表情は、彼女の内心を鮮明に表しているかのようだ。

「越智はどうにかしなきゃいけない。でも〝ラスボス化〟した越智は倒せない……というより、そこまで追い詰めたら逆に大惨事になる。ならどうすればいいっていうの？　どう せ倒せないんだからむざむざ負けろ、とでも言うつもりかしら」

「そうじゃねえよ。というか、俺たちが負けたら負けたで越智が8ツ星になって、ルール変更の特権とやらで学園島の星獲り《決闘》はお終いだ」

　言いながら小さく首を振る俺。……ここまでは誰もが理解している〝前提〟だ。ラスボスは倒せないし、倒してはいけない。けれど、当然ながら負けるわけにもいかない。

　──だからこそ、

「勝っても負けてもダメなんだ。倒す以外の方法で、脱落させる以外の方法で越智をどうにかしなきゃいけない。で、そのための手段なんて一つしかない……越智春虎から、期末総力戦の参加権利を剥奪する。《決闘》への参加権利そのものを奪い取る」

「《決闘》の、参加権利を……？」

　俺の話を最後まで聞き終えた辺りで、彩園寺は静かに思考を回し始めたようだった。桜花の《女帝》が誇る常勝無敗の思考回路。それは瞬く間に俺が想定していた正解へ辿り着いたらしく、彩園寺は「……もしかして」と呟きながら紅玉の瞳を〝彼女〟へ向ける。その仕草に釣られるような形で、姫路と泉姉妹も揃ってそちらの方向を見遣る。

そこにいるのは一人の少女だ。

羽衣の膝に座って愛おしげに長い髪を梳かされながら、うつらうつらと心地よさそうに船を漕いでいる少女。七番区森羅高等学校の制服に身を包んだ謎の迷子――衣織。

「ま、さか……〝非プレイヤー化〟の冥星を使う、ってこと!?」

紅玉の瞳を大きく見開きながら両手をテーブルに突いて立ち上がる彩園寺。突如として全員から視線を向けられる形になった羽衣が衣織の代わりにこてりと首を傾げる中、俺は彩園寺の質問に「ああ」と短く肯定を返すことにする。

そう――彼女の言う通りだった。《アルビオン》所属の迷子こと衣織は、所持者を〝非プレイヤー化〟する……つまり〝プレイヤーとしてみなされない状態〟にするという最悪の冥星を抱えている。プレイヤー扱いにならないためあらゆる《決闘》に参加できず、あらゆるアビリティを使えないため解決する手立てが全くない。故にこそ越智は、そんなシステムを丸ごとぶち壊すべく〝8ツ星〟の座を狙っている。

……けれど、

「皮肉なことに、ぴったりなんだよ。プレイヤーとして認識されないから当然どんな《決闘》にも参加できなくなる〝冥星〟……コイツをどうにかして越智に渡せれば、期末総力戦から無理やりラスボスを叩き出せると思わないか？」

「っ……」

「ぼ……暴論っす、よわよわ先輩！」

動揺しながらも真剣に検討を始めた彩園寺の隣で、次に反論の声を上げたのは泉小夜だった。彼女は混乱に声を裏返しつつ薄紫のツインテールをぶんぶんと横に振る。

「確かに奇跡的な配置にはなってるっすけど……でも、所詮は都合のいい妄想に過ぎないっす。８ツ星昇格戦のラスボスをどうにかできる冥星なんて、そんなの――」

「いや……悪い、泉。その辺はもう確認済みだ」

「……へ？」

虚を突かれたのかポカンと口を半開きにする泉小夜。

そんな彼女に対し、俺は小さく首を振りながら自身の記憶を遡ることにする。

「実は、ついさっきの話なんだけど――」

♭♭

『――くくっ。なるほど、良い着眼点だね篠原』

遡ること数時間、サドンデスルール《リミテッド》第13ラウンドの真っ只中。

今回もまた《区域大捕物》の発生しない三番区《充電エリア》を選択した俺は、本番期間が始まるなり、英明学園の一ノ瀬棗学長に電話を掛けていた。俺を〝偽りの7ツ星〟に仕立て上げる提案をしてきた張本人であり、数ヶ月（か）前の《ＬＯＣ》を通じて俺に冥星の秘密を少しだけ開示してくれた狡猾（こうかつ）にして貪欲な女性。

そんな彼女に——もちろん〝ラスボス〟やら〝替え玉〟関連の話は伏せたまま——衣織（いおり）の持つ冥星の話を振ってみたところ、返ってきたのは称賛の言葉だった。

『やれやれ。君をスカウトした時、私が注目していたのはポーカーフェイスの部分だけだったんだけど……なかなかどうして、この一年で目覚ましく成長したみたいだね？』

「……そうなんですかね？　あんまり実感ないですけど」

『この私が素直に他人を褒めることなど滅多（めった）にないのだから額面通りに受け取っておくといい。……というか、君の境遇で成長度合いが0だったらそれはそれで逸材だと思うけどね。7ツ星が狙われるのはこの島の常とはいえ、篠原緋呂斗（キミ）ほど困難にぶつかり続けている学園島（アカデミー）最強は未（いま）だかつて見たことがない。誇っていいよ、篠原？』

くくっ、と喉を鳴らしながら愉（たの）しげにからかってくる一ノ瀬（いちのせ）学長。

そうして彼女は、やがて改まった様子で話を戻した。

『まあ、時間もないだろうし手早く進めようか——8ツ星昇格戦の〝ラスボス〟に当たる強敵。あまりに強すぎるこの存在をどうにかするための鍵が〝衣織〟という少女なのではないか、という考察だけど……実はね、篠原。私も全く同じ意見に至っていた』

「え……や、あの、ちょっと待ってください」

心強い太鼓判をもらったような気もしたが、もっと気になるところが無数にある。

「俺、あいつが持ってる冥星の効果について軽く訊いただけなんですけど……8ツ星昇格戦とかラスボスだとか、何でそこまで詳しく知ってるんですか？」

『うん？　ああ、それは私が鬼のように賢いからだ』

「冗談は要らないんで」

『冗談というわけではないんだけど……まあいい。つい先日、私と柚葉のところに島外からの訪問者が来てね。ちょっとしたワガママを聞いてやった代わりに、対価として色々と情報をもらった。眉唾物な部分も多いけど、それでも大概は私の認識と一致する』

（！　は、羽衣のやつ……朱羽莉奈の編入を認めさせた対価ってこれのことかよ⁉）

裏で行われていた驚愕の取引に小さく頬を引き攣らせる俺。

当然と言えば当然だが、一ノ瀬学長は何も彩園寺家と繋がりがあるわけじゃない。言ってしまえば今の《アルビオン》と似たような立場の人間だ。かつての仲間に〝冥星〟所持者がいて、当時から冥星の謎を追っていた。学園島管理部の中心人物にして俺の姉でもある——そしてかつての〝英明の悪魔〟でもある——篠原柚葉と一緒に、だ。

そんな彼女に、羽衣紫音というイレギュラーが極秘の〝情報〟を持ち込んだらしい。

『くくっ……』

俺の動揺を見透かしたように、端末の向こうの学長は愉しげに笑っている。

『考えてみたまえ、篠原——本来なら8ツ星昇格戦のラスボスは泉家、つまり彩園寺家の身内が担当する仕様。そして意図していないものとはいえ、ラスボスの最終形態が冥星による〝不正〟を際限なく行う破滅のモードであることは彩園寺家も当然知っている』

「……はい」

『ここまで来れば想像できるだろう、篠原？　彩園寺家の立場からすれば、そんな爆弾を放置するわけがないんだ。何しろそれは、8ツ星昇格戦の発生イコール彩園寺家の崩壊だと言っているようなものだからね。もちろん〝七色持ちの7ツ星を誕生させない〟のが理想だろうけど、万が一の場合の〝対策〟が何もないというのは腑に落ちない。それが同じく偶発的に発生してしまった冥星なのだとしても、使えるものは使うだろうさ』

「な、なるほど……じゃあ、それが衣織ってことですか？」

『ああそうだ。あの子の持つ冥星……便宜上《識別不能》とでも名付けておこうか。《識別不能》は所持者からプレイヤーとしての権限を全て奪うという、爆弾解除にはうってつけの代物だ。ついでにあらゆる保障も学籍も人権も一緒に消えるけどね。……そういう意味では、かつて私の友人が持っていた【黒い絵の具】より遥かに凶悪だよ。アレは、せいぜい味方のアビリティを弱体化させてチームを勝たせなくする程度の効果だったから』

「程度、ってことはないと思いますけど。……でも」

そこで俺は微かに言い淀んだ。一ノ瀬学長の言葉には不思議と説得力があるのだが、今回ばかりは〝推測〟だけで動くわけにもいかない。

「今の話も、基本的には学長の調査結果と考察ってだけで……確証があるわけじゃないんですよね？　いやまあ、機密事項なんだから当たり前かもしれませんけど……」

『ほう？　くくっ、貪欲になったな篠原。私の太鼓判だけでは不満だと？』

「や、不満とは言いませんけど……残り時間的に、もし空振りだったらマズいんですよ」

茶化すように言ってくる学長に対し、俺は正直な心境を吐露することにする。

そう、俺には時間がない――《リミテッド》は既に折り返し地点を過ぎている。衣織は確かにラスボスを食い止めるための鍵に思えるが、それを言うなら〝彩園寺更紗の戦線復帰〟だってそうだったんだ。これ以上の失敗はどう考えても致命傷になってしまう。

だから、藁にも縋る思いで学長に連絡してみたのだが。

（……まあ、いくら学長でも〝冥星〟絡みのことで確定的な情報なんて持ってるわけないよな。ちょっと怖い部分はあるけど、結局は目を瞑って突き進むしか――）

『まあ待て、篠原』

と――俺がそんな決意を固めかけていたところ、学長が不意に声を掛けてきた。強引に思考を止めさせられた俺に対し、端末の向こうの学長は何やら愉しげな口調で続ける。

『篠原に一つ良いことを教えてやろう。私は、この英明学園の学長だ』

「……？　はい、それは知ってますけど」

『くくっ、そうか。なら分かるだろう？　私が学長である以上、君は私の生徒だ。そして教師とは生徒を教え導くために存在する。……ついさっき、だったかな？　私が彩園寺家の現当主とコンタクトを取り、今の情報に揺るぎない〝確証〟を付与したのは』

「え――――、はぁ!?」

回線を通して流れ込んできた衝撃的な発言に思わず声を裏返らせる俺。……羽衣だけじゃなく、彩園寺家の現当主とコンタクトを取った？　一ノ瀬学長が!?

「や、でも……彩園寺家が〝冥星〟との繋がりを認めるわけないですよね？」

『無論、それはその通りだ。だけどね篠原、大人の世界には色々な交渉の手段というモノがあるんだよ。たとえば、そう――

〈……これは私の妄想だと思ってくれていいんだけど〉

〈泉夜空は〝冥星〟を使っている。彩園寺家は〝冥星〟によって成り立っている〉

〈これまで無辜の被害者を出し続けてきたのは他でもない彩園寺家というわけだ〉

〈だが、それは本意じゃないんだろう？　だとしたら救いようはある〉

〈貴様らの〝揉み消し〟に英明が手を貸してやろう――〉

〈くくっ、別に何かを認める必要はないよ。独り言でいい。何か重要な情報を呟いてくれれば、耳聡い私が勝手に行動してあげるかもしれない〉

〈何しろ英明には、尋常じゃない〝戦力〟があるからね〉

――と、こんな具合で攻めれば大抵の相手は陥落するよ。君も覚えておくといい』

「あ、あまりにもストレートな脅迫すぎる……」

『脅迫だなんて人聞きの悪いことを言うじゃないか、篠原。これはあくまで交渉だよ、それも向こうには何の損失も生じない素晴らしい提案だ』

くくっ、と獰猛な笑みを湛えながらそんな言葉を口にする一ノ瀬学長。

『そして――彩園寺家との交渉の結果、最低限だけど重要な情報を得ることができた。衣織が鍵だ、その認識で間違いない。彼女こそが8ツ星昇格戦のラスボスを最終形態へ移行させずに退場させることができる、唯一にして絶対の存在だよ』

「――――」

学長の言葉を頭の中で整理しながら俺はそっと右手を口元へ遣る。……まさか、ここまではっきりとした確証を得られるとは思ってもいなかった――のだが、

「……良かったんですか、一ノ瀬学長？」

真っ先に俺の口から零れたのはそんな疑問だった。

「それって、要は彩園寺家が抱える〝冥星〟絡みの問題に学長も首を突っ込んだ、ってことになりますよね？　もしラスボスがどうにもならなかったら……」

『面白いことを言うね、篠原。君は初めから負けるつもりで《決闘》に挑むのかな？』

「……いや、そんなことはないですけど」

『なら何も問題ないだろう』

俺の懸念を切り捨てるようにはっきりと断言する学長。

そうして彼女は、相変わらず愉しげな口調で諭すように続ける。

『いいかい篠原。知っているとは思うけど、私は君を高く評価しているんだ。何しろ、君が来てから英明は――学園島は楽しくて仕方がない。私自身は8ツ星になんて興味はないけど、この島が崩壊するのは本意じゃないんだ。もし篠原がそれを止める可能性を持っているなら、これくらいの投資は安いものだよ。だから……』

「っ……」

『――思いっきり暴れてくるといい。後始末は大人がしてやる』

飾らずに突き付けられた頼り甲斐のある言葉。

そんなものを受け取った俺は、自分でも気付かないうちに「――はい」と答えていた。

……ちなみに。

直後に学長の後ろで『ねえ棗ちゃん、今うちの緋呂斗に色目使ったよね……？』みたいな声が聞こえていたが、せっかくの空気が台無しなのでスルーすることにした。

♯

「な、なんと……」

――今から数時間前に繰り広げられていた俺と一ノ瀬学長との会話。

それをダイジェストで共有したところ、最初に感嘆の声を上げたのは羽衣だった。渦中の衣織を膝に乗せた彼女は、その頭を撫でながらやや呆然とした様子で口を開く。

「衣織さんが、ラスボスを止める重要な鍵だったのですね……わたし、運命を感じてしまいます。もしかして、神様が引き合わせてくれたのでしょうか？」

「神様かどうかは知らないけど、前半に関しては十中八九そういうことだな」

「はい、お爺様が証言したのであれば間違いないと思います。……というかわたし、衝撃です。確かに情報はお伝えしましたが、それを武器にあのお爺様と交渉するなんて……英明学園の学長さんは某国の大統領か何かなのですか？　もしくは凄腕スパイとか」

「……いえ、違います紫音様。実際にそのくらい尊大な方ではありますが、女狐様はちょっと口が達者で頭の回転が速くて有能で天才なだけの一般人です」

白銀の髪をふるふると横に振ってやたらツンデレな否定の言葉を口にする姫路。

「とにかく……一応、方針は固まったってことよね」

直後、誰よりも早く衝撃から抜け出してそんな言葉を呟いたのは彩園寺更紗だった。豪奢な赤の長髪を軽く揺らした彼女は、紅玉の瞳を真っ直ぐ俺に向けつつ続ける。

「その子が持ってる《識別不能》の冥星をどうにかして越智春虎に渡す……そうすれば越

智は自動的に期末総力戦(パラドックス)から排除されることになるから、結果的にこの《決闘(ゲーム)》は〝勝てる〟状態になる。まあ、一旦そこまではいいわ。でも……」

そこまで言った辺りで微(かす)かに眉を顰(ひそ)め、ふわりと首を傾(かし)げてみせる彩園寺。

「どうやって？　……その方法が一番の問題じゃない」

「ん……確かに、そうですね」

彩園寺の発言を受け、姫路がこくりと首を縦に振る。白銀の髪がさらりと揺れる中、彼女は白手袋に包まれた右手を唇に触れさせながら思案するような声音で続けた。

「衣織様の持つ《識別不能(ネームレス)》の冥星を越智様へ明け渡す手段……冷静に考えてみると、そのような方法が実在しているとは思えません」

「ええ。だって、そんなものがあるなら越智自身がとっくにやっているはずだもの」

胸の下辺りで腕を組みながら核心に触れる彩園寺。

そう――二人の言う通りだ。《識別不能(ネームレス)》の冥星を越智に渡す、と意気込むだけなら簡単だが、そんな都合のいい方法が存在するなら彼が実践していないはずがない。

「というか……実際、あいつも言ってたしな。衣織から〝冥星〟を取(と)り除(のぞ)けるとしたら例の《征服》アビリティだけど、試してみても無理だったって。霧谷(きりがや)の《改造》アビリティで強化してみても全く呑(の)み込(こ)めなかったって」

「……まあ、それはそうっすよ。あの冥星の所持者はそもそもプレイヤーとして認識されないんで、どんなアビリティの対象にも取れないっすから」

俺の言葉に消極的ながら同意する泉小夜。……冥星の発行元である泉家の彼女が言うのだから、その点は間違いないだろう。《征服》は確かに強力だが、その効果は〝指定した対象プレイヤー〟の端末を乗っ取るというものだ。対する《識別不能》の所持者は〝プレイヤーとして認識されない〟ため、そもそも《征服》の効果対象になり得ない。

――けれど、

「なら……色付き星よりもっと強力な〝冥星〟でバフを掛けて、越智の《征服》をとんでもない化け物アビリティに変えちまえばどうだ？　対象プレイヤーを指定せず、触れた相手の端末を一瞬で呑み込める……そんな〝ラスボス〟に相応しい超大技に、さ」

「「……へ？」」

対面の泉と彩園寺が揃って妙な声を零す。

が、まあそれも当然の反応だろう――何せ、そもそも冥星というのは〝所持者に強烈な弱体化を付与する特殊星〟の総称であり、強化という概念からは対極にある。霧谷の《改造》と同列に語るのは普通なら意味が分からない。

ただ、もちろん適当なことを言っているわけじゃなかった。

「越智は夜空の端末を《征服》して〝ラスボス化〟してるんだろ？　だったら今は【モードC】だ。んで、8ツ星昇格戦のラスボスは危機に陥ると形態変化する……先週、羽衣から話を聞いた時点でちょっと気になってたんだけどさ。ラスボス化の【モードD】で解禁される冥星は、確か【黒い絵の具】だったよな？」

「ぁ——そうです、篠原さん！　……って、ご、ごごめんなさい、急に大声を出してしまって！　ちゃんと反省しますからもっともっと蔑むような目で見てくださいっ!!」

「……や、だから蔑まねえっての」

俺の言葉に追随しながらも何故か頬を上気させて恍惚の表情でこちらを見つめてきたドMこと泉夜空に対し、俺は呆れたようにそう言って小さく肩を竦めてみせる。

まあ、とにもかくにも。

【黒い絵の具】——それは、学長との通話の中でも名前が挙がっていた冥星だ。持っているだけでチームメンバー全体の〝弱体化〟を行うという厄介な代物だが、それはもちろん体調不良とかそういう意味じゃなく、アビリティの弱体化という形で実行される。

あとはもう【敗北の女神】と同様の論理だ。そんな効果が【割れた鏡】によって正の効果へと〝反転〟すれば、越智の持つ《征服》は大幅に強化されることになる。

『……にひひ。ま、実際はそれだけじゃ《識別不能》の冥星を乗っ取れる保証なんてどこにもないんだけどねん』

と、そこで右耳のイヤホンから漏れ聞こえてきたのは加賀谷さんの声だ。

『その辺はおねーさんたちにお任せ！　冥星への干渉なんて普通は無理だけど、泉ちゃんたちがいるなら元データにも触り放題だもん。ツムツムと一緒に【黒い絵の具】を最高に都合のいい冥星にアップグレード……もとい、ダウングレードしちゃうよん』

（……ありがとうございます、加賀谷さん）

頼もしすぎる支援に内心でこっそりと感謝を告げておく。……実際のところ、干渉を行うためには《征服》で上書きされている泉夜空の端末所有権をどうにかしなきゃいけないのだが、これはありがたいことに他の問題と一緒に解決できる。

そんなことを考えながら、俺は改めて視線を持ち上げることにした。

「ま、とにかくそういうことだ。越智のラスボス化【モードD】……ここに到達して【黒い絵の具】が解禁されれば、あいつの《征服》は超強化されて衣織の《識別不能》を呑み込めるようになる。これで越智を〝非プレイヤー化〟する、って寸法だな」

「ん……確かに、そこまではギリギリ成立してそうね。ただ――」

「――ですが、篠原さん」

対面の彩園寺が反論を口にしようとしたのとほぼ同時、テーブルから少し離れた位置にあるソファに座っている羽衣が静かに声を上げた。人形みたいな金糸を揺らしながらこちらを向いた彼女は、相変わらず鈴を転がしたように可憐な声音で続ける。

「だとしても、大きな問題が二つほどあります。一つでも大変なのに、なんと二つもあるんですよ？　これはとっても由々しき問題です」

「……へえ？　じゃあ、その問題ってのは？」

「はい。では、まず一つ——といっても、実はこちらが〝本命〟なのですが」

　衣織を膝に乗せたまま上品な仕草でピンと人差し指を立ててみせる羽衣。

「仮に、仮にです。越智さんがこのまま【モードD】に移行したとして、衣織さんの《識別不能》を《征服》なんてするでしょうか？　確かにそれで衣織さんの苦境は救えるかもしれませんが、このまま《決闘(ゲーム)》を進めていけば完全勝利は目前ですよ？」

「そうだな。ま、普通に考えたらそんな真似(まね)はしないだろ」

「なんと……びっくりです、あっさり諦められてしまいました」

「いや、諦めたわけじゃねえよ。……確かに、今の越智が衣織の《識別不能(ネームレス)》を呑み込むなんて有り得ない。だけど、この《リミテッド》には〝呪い〟と〝祝福〟っていう追加ルールがある——なら、たとえば【第21ラウンド終了時点で衣織に《征服》を使う】みたいな呪いがあってもいいだろ？　要は〝強制執行〟の足枷(あしかせ)だ」

「！　……わたしを騙(だま)そうとしていませんか、篠原さん？　《リミテッド》内の呪いは全て【〇〇したら脱落】という形式です。そんな都合のいい呪いなんて、あるわけ——」

「——ねえ篠原。それって、もしかして四番区の祝福を経由するって言ってるの？」

　瞬間、思案交じりの声で俺と羽衣の会話に割り込んできたのは彩園寺だった。豪奢(ごうしゃ)な赤の髪を揺らした彼女は、意思の強い紅玉(ルビー)の瞳をこちらへ向けつつ慎重に言葉を継ぐ。

「《区域大捕物》は開催区画が島の中心に近いほど、その上で【怪盗ランク】が高いほど強力な祝福がもらえる仕様だけれど……確か、四番区の最大報酬が【任意のエリアの呪いを自由に改変】だったはず。自由ってルールに明記されているんだもの、他の呪いの文脈に合わせる必要は確かにないわね」

「ああ、それを越智が根城にしてる零番区に適用してやればいい。《リミテッド》の仕様的に、どっちにしろ第21ラウンドには零番区しか選べなくなってるわけだからな。これなら〝脱落〟は絡まない——最終形態になる前に越智を完全に無力化できる」

「ん。でも……それ、要するに【怪盗ランク15】が必須ってことじゃない」

その条件の厳しさを知っているためか、対面の彩園寺が小さく肩を竦めてみせる。

「期末総力戦サドンデスルール《リミテッド》はあとたったの7ラウンドで終了……この中で一番【怪盗ランク】が高い篠原でも【ランク9】でしょ？　序盤よりはさすがに《区域大捕物》の勝率も改善されているけれど、それでも間に合わないんじゃないかしら」

「ま、俺が成り上がろうと思ったら無理だろうな。だけど、その必要はない」

言いながら微かに口角を持ち上げて、俺は再び自身の端末を取り出すことにする。

そうして目の前に展開してみせたのは英明の生徒情報一覧だ——《リミテッド》開始時と比べて総数はかなり削られてしまっているが、その中に一際目立つ数字がある。

【英明学園所属／水上摩理／5ツ星——AP：1／怪盗ランク：15】

「っ……か、怪盗ランク15!?」

その異常な数値に大きく目を見開く彩園寺。

対する俺は、そんな反応に内心誇らしい気持ちを抱きながら記憶を辿ることにする。

「ああ。実は水上のやつ、この《リミテッド》が始まった瞬間から【怪盗ランク】の上昇だけを狙って動いてたみたいなんだ。あれもこれもやろうとしたら英明の先輩たちに置いていかれるから、どこか一ヶ所だけでも自分の強みを作っておこうってさ。だから祝福もアビリティも何もかも、全部【怪盗ランク】上昇のためにしか使ってないらしい」

「……とんでもない話ね。置いていかれるも何も、この戦況で【怪盗ランク】を最大値まで上げられるプレイヤーが〝英雄〟じゃないわけないじゃない。全く、さすがは四番区英明学園の次期エース候補ってところかしら」

胸元で腕を組んだまま呆れたようにふるふると首を振ってみせる彩園寺。水上が聞いたら卒倒しそうなくらい喜ぶだろうから、あとでこっそり教えておくことにしよう。

が――まあ、とにもかくにも。

「【怪盗】陣営にはちゃんと【怪盗ランク15】のプレイヤーがいる……ってことは、四番区の《区域大捕物》に勝ちさえすれば、いくらでも都合のいい呪いを用意できるってことだ。そうすれば、越智を引き摺り下ろすための準備が整えられる」

「………」

「もちろん簡単な話じゃない。ただでさえ勝率は低いってのに、エリアの選択肢が減ってきてるからどうしたって【探偵】側の厄介な連中が勢揃いすることになる」

……ただ。ただ、それでも。

「純粋な戦力って意味じゃ【怪盗】陣営だって負けてない。これが最後だ――〝ラスボス化〟した越智を食い止めるための、正真正銘の総力戦だ」

ぐるりと室内を見渡しながらはっきりと告げる。

総力戦――そう、紛れもなくその通りだ。四番区の《区域大捕物》に勝利して零番区の呪いを書き換えられれば、例の【黒い絵の具】と《征服》と《識別不能》のトリプルコンボで越智春虎を無力化することができる。絶対に攻略不可能だったはずのラスボスを排除することができる。これが勝ち筋でなければ何なんだ、という話だろう。

「……なるほど。ですが、篠原さん？」

そこで、羽衣が再び声を上げた。透き通るような視線でこちらを見つめた彼女は、絹のような金糸をふわりと揺らしながら楽しげな笑みと共に尋ねてくる。

「わたしは先ほど、大きな問題点が二つあると言いました。今のお話で一つ目は解決可能となりましたが……残念ながら一つ増えてしまったので、あと二つ残っています」

「ああ、そうだろうな」

特に深刻な表情を浮かべるでもなく軽く頷いてみせる俺。何せ羽衣の言う〝問題点〟とやらにはとっくに見当が付いている。

「その二つってのは、四番区の《区域大捕物(エリアレイド)》にどうやって勝つのか……あとは越智が持ってる《シナリオライター》をどう黙らせるか、じゃないか？」

「なんと……もしかして、篠原さんはわたしの心の中が読めるのですか？　とても困りました。それでは、わたしが実は篠原さんのことを憎からず想(おも)っていることがあっという間に伝わってしまいます。絶対に明かしてはいけない乙女の秘密だったのですが……」

「……そんな能力はないし、思いっきり自分でバラしてるだろ」

「！　何たる策士……女の子の気持ちを弄ぶ天才ですね、篠原さん」

くすくすと笑いながらそんな言葉を口にする羽衣。相変わらずマイペースで掴(つか)みどころのないお嬢様だが、彼女が指摘する問題点というのは〝本物〟だ。

「ま、そうなんだよな。四番区の《区域大捕物》——《バックドラフト》。これまでのルール分析を見る限り、今のままじゃ勝つのは難しそうだ。それに越智の《シナリオライター》が厄介なのは今さら言うまでもない。俺が何をやったところで越智には見透かされてる可能性があるし、シナリオから外れそうなら速攻で〝修正〟されちまう」

「はい、恐ろしい話です。先ほどの作戦はとても素敵で予想外なものでしたが、相手はラスボスさんですから。それすらも先回りして潰されてしまうかもしれません」

「そうかもな。けど……」

羽衣の懸念を受けて、俺は小さく口元を緩めつつ首を横に振ってみせた。続けて静かに視線をスライドさせ、二人の少女を順に見遣る——相手は他でもない。俺の隣に座る専属メイドこと姫路白雪と、対面の席で腕を組んでいる共犯者こと彩園寺更紗だ。俺の視線に気付いたのだろう彼女たちは、二人揃って「「……？」」と小首を傾げている。

「——それに関しては、アテがある」

そんな反応を受け止めながら、俺は迷うことなく言い切った。……そう、そうだ。確かに四番区の《区域大捕物》は高難度だし《シナリオライター》を有する越智を欺くのはさらに難しい。とはいえ手がないわけじゃない。舞台は既に整っていると言っていい。

「それも含めての〝最終決戦〟だ。四番区の《区域大捕物》と越智の持つ《シナリオライター》への対処……どっちも半端じゃなく難題だけど、両方クリアできなきゃ越智は無力化できない。学園島は守れない。だから……頼むみんな、力を貸してくれ」

「……バカね」

真っ直ぐ絞り出した俺の言葉に対し、代表して声を上げたのは彩園寺だった。意思の強い紅玉の瞳で俺を見つめた彼女は、微かに唇を尖らせながら一言。

「力を貸すつもりがないなら、そもそもここに集まってないわ。……あんたこそ気合い入れなさいよ、篠原？　最後の最後で無様に負けたりしたら承知しないんだから」

「——……はいはい」

彼女らしい激励の言葉にそっと肩を竦めながら。

俺は、小さく口元を緩めてそんな言葉を返すことにした。

＃＃

【期末総力戦サドンデスルール《リミテッド》——第16ラウンド】

【四番区《区域大捕物》：名称《バックドラフト》】

【〝探偵〟陣営参加プレイヤー：10名】

【〝怪盗〟陣営参加プレイヤー：10名】

《区域大捕物》開始】

……そこに、悪魔がいた。

比喩でも何でもなく、文字通りの〝悪魔〟だ——黒い角と翼を持つ人型の生命体。そんなモノが、四番区の一角に集った俺たち【怪盗】陣営の前に音もなく現れた。ただし、見た目の印象としてはさほど凶悪なイメージでもない。RPGで言えば序盤から中盤にかけて登場しそうな、固有の名称を持たないモブキャラといった風情の〝悪魔〟である。

そして同時、俺たちの眼前に複数行からなるシステムメッセージが投影展開された。

【——ターン1】

【〝怪盗〟陣営VSレベル1悪魔】

【レベル1悪魔――体力(HP)：5／特殊行動：なし】

【陣営リーダーはターン1で使用するカードの順番を指定してください】

「……ふむ」

そんな文面(テキスト)を見て、早くも意味を理解したのか小さく頷(うなず)いてみせたのは英明(えいめい)学園の生徒会長・榎本進司(えのもとしんじ)だ。……いや、ここでは〝陣営リーダー〟の榎本進司、と呼んだ方がいいのかもしれない。この《区域大捕物(エリアレイド)》へ参戦するにあたり、第16ラウンドの準備期間を使って決めさせられた【怪盗】陣営のまとめ役。そんな大役を任された彼は、いつも通りの仏頂面(ぶっちょうづら)ながらすっと右手を持ち上げて新たな投影画面を展開する。

【〝怪盗〟デッキ展開】

【☆1篝火(カガリビ)／☆1篝火／☆1篝火／☆1篝火……】

――同じカード10枚で構成された、見るからに初期設定といった様相のデッキ。

微(かす)かに目を細めた榎本が空中に指を這(は)わせると、ただ整然と並んでいるだけだったそれらのカードに①やら②といった〝番号〟が振られていく。

そうやって全てのカードに数字が設定された刹那、俺たちの目の前に展開されていたカード一覧の画面が光の粒子となって霧散した。次いで、分かりやすい〝交戦開始〟のエフェクトと共に火の粉のような攻撃が対面の悪魔に襲い掛かる――【☆1篝火(カガリビ)】。弾(はじ)け散った火の粉が悪魔の身体(からだ)にぶち当たると、同時に赤い数字で《1》なるダメージ量が表示される。続けざまに《1》、《1》、《1》、さらに《1》……合計五回の攻撃が通った瞬間にレベル1悪魔の体力(HP)は尽きたようで、彼は物言わぬ霧となって消滅した。

　すると刹那、

【――〝怪盗〟陣営がレベル1の〝悪魔〟を撃退しました】

【レベル2の襲撃まで、残り九分十九秒です――】

……そんなメッセージが、新たに俺たちの眼前へとポップアップ展開される。

「ふっ……なるほど、ね」

　それを見て余裕の笑みと共にふわりと前髪を払ってみせたのは、十五番区茨(いばら)学園のリーダーこと結川奏(ゆいかわかなで)だ。整った顔立ちながら《茨のゾンビ》の異名を取る6ツ星。気障(きざ)ったらしく片手をポケットに突っ込んだ彼は、そのまま誰にともなく言葉を継ぐ。

「やあやあ、今のが〝悪魔〟だって？　あまりにも他愛(たあい)ないね。普通のプレイヤーなら腰を抜かしてしまっているかもしれないけど、この僕――結川奏のいる【怪盗】陣営に喧嘩(けんか)を売るなんて、さすがに勇気と無謀を履き違えているよ。そう思わないかい？」

「わ、私ですか!?　ええと、その…………は、はい、そうですね」

　そんな結川に（親切にも）反応してくれたのは、図らずも彼の近くに立っていた我らが後輩・水上摩理(みなかみまり)だ。この作戦の立役者でもある【怪盗ランク15】の5ツ星。真面目(まじめ)な彼女

は真剣に言葉を選んでから、ぎゅっと両手の拳を握って精一杯の同意を返す。

「実際に撃退して下さったのは進司先輩ですが、その裏にはもしかしたら結川先輩の活躍も隠されていた……のかも、しれません！」

「ふふっ、そうだろうそうだろう！　君はなかなか見る目があるね！」

水上がどうにか絞り出したお世辞に気を良くして口元を緩ませる結川。

「…………」

呆れ半分、感心半分でそれを見ていると、結川ではなく水上の方が俺の視線に気付いたようだ。ととっとこちらへ駆け寄ってきた彼女は、はにかむような笑顔で口を開く。

「レベル1悪魔の撃退成功……ですね、篠原先輩。まだ何となくですが、この《区域大捕物》の雰囲気が掴めてきたような気がします」

「……ま、確かにな」

水上の言葉を受けて、静かに一つ頷く俺。……彼女の言う通りだ。四番区の《区域大捕物》が始まってからまだ二分も経っていないが、洗礼と言わんばかりの襲撃のおかげもあって、ざっくりとしたイメージくらいは知ることができたと言っていい。

そんなことを考えながら、俺は改めてルール文章を振り返ってみることにする。


【期末総力戦サドンデスルール《リミテッド》――四番区《バックドラフト》】

【本エリアでは、本番期間の開始から十分おきに〝悪魔〟と呼ばれる第三の勢力が各陣営を襲撃する。《バックドラフト》は、そんな悪魔の侵攻を凌(しの)ぎ切るべく陣営ごとの〝デッキ〟を構築・強化する多人数制のカードゲームである】

【重要ルール①――〝悪魔〟の侵攻】

【各陣営を襲撃する〝悪魔〟は侵攻の度に〝レベル〟が上がり、それに伴って体力(HP)が増加する。また、レベルによっては通常攻撃以外の特殊行動を有する場合もある。
ここで〝悪魔〟との交戦は各陣営サイドが先攻となるターン制で行われ、
・陣営ターン中に〝悪魔〟の体力(HP)が0になればその時点で撃退成功。
・デッキ内のカードを全て使っても撃退できていない場合は〝悪魔〟側にターンが移行。
・全ての〝悪魔〟は、通常攻撃として陣営メンバー全員に一つ以上の〝呪い〟を付与。
・〝悪魔〟が撃退されるか陣営メンバー全員が〝呪い〟により脱落するまで続行。
――という仕様になる。ただし《バックドラフト》で付与される〝呪い〟の内容は全て同《区域大捕物(エリアレイド)》内で解決され得(う)るものであり、以降のラウンドには継続しない】

【重要ルール②——カード／デッキ】

【《バックドラフト》において、プレイヤーには一人一枚の〝カード〟が与えられる。そして〝悪魔〟の侵攻が発生すると、その時点で陣営内のプレイヤーが所持しているカード全体を〝陣営デッキ〟として保存し、陣営リーダーの前に提示する。陣営リーダーはこれらのカードを任意の順番で使用し、前述の〝悪魔〟を撃退する】

【重要ルール③——探索／パーティー】

【前述の通り、本《区域大捕物》にて〝悪魔〟の侵攻が発生した場合、プレイヤーが所持しているカードは自動的に陣営リーダーの前に表示される。そのため同陣営のプレイヤーであっても、必ずしも行動を共にする必要はない。陣営リーダーは、所属プレイヤー全員を任意の〝パーティー〟という単位に分割することができる】

【〝探索／パーティー〟ルール補足——NPCについて】

【《バックドラフト》には〝NPC〟という概念が存在する。これは本《区域大捕物》における外部協力者(サポーター)の総称であり、具体的には期末総力戦から〝脱落〟した状態のプレイヤーが四番区内にいる場合、本《区域大捕物(エリアレイド)》上では一様にNPCとして扱われる】

【エリア内を探索中にパーティーがNPCと接触（5メートル以内の接近を判定基準とする）した場合、強制的に〝挑戦(トライ)〟が発生する。流れとしては、

・パーティー内のカードを全て使用し、対象NPCの〝勧誘条件(スカウト)〟を満たせば挑戦(トライ)成功。

・右記の条件を満たせなければ挑戦(トライ)失敗。

――となる。悪魔との交戦とは異なり、いかなる場合も2ターン目には移行しない。ここで1ツ星(☆1)から5ツ星(☆5)相当のNPCは〝一定量のダメージ〟を共通の勧誘条件(スカウト)として持つが、6ツ星(☆6)相当のNPCにはそれぞれ固有の勧誘条件(スカウト)が設定されている】

【NPCへの挑戦(トライ)に成功（＝撃破）すると、使用した全てのカードが強化される。強化の割合はプレイヤーの〝探偵／怪盗ランク〟及び該当NPCの等級――本《区域大捕物》内ではレアリティ――に依存する。また全てのNPCは〝専用カード〟を有しており、挑戦に成功することで〝サポートメンバー〟として各陣営に引き込むことができる。

ただし、サポートメンバーの上限は各陣営で五名までとする（入れ替え可）】

【〝探索／パーティー〟ルール補足──陣営間交戦について】

【他陣営のパーティー同士が接触した場合、直ちに交戦が発生する。流れとしては、
・お互いにパーティー内のカード全てを使用。
・そこで〝より高いダメージ〟を生み出したパーティーが陣営間交戦の勝者。
──となる。陣営間交戦に勝利した場合、相手パーティーが持つカード一枚を奪い、代わりに自パーティーが持つカード一枚を相手に押し付けることができる】

【全体ルール補足：アビリティはＡＰが残っている限り自由に使用可とする。また両陣営ともに〝悪魔〟の侵攻を耐え抜いた場合は両者勝利（ドロー）とし、平等に〝祝福〟を与える】

……とまあ、これくらい押さえておけば充分だろう。

四番区《区域大捕物（エリアレイド）》──《バックドラフト》。これは、一言で表すなら〝デッキ構築型のカードゲーム〟というやつだ。本番期間の開始時、各プレイヤーには一枚のカードが与えられる。内容は全員共通で【☆１篝火（カガリビ）：相手に１ダメージを与える】だ。

そして《バックドラフト》では、両陣営とも十分に一度のペースで〝悪魔〟による襲撃を受けることになる。侵攻の度に一つずつレベルが上がっていく厄介な強敵。彼らは各陣

営リーダーの前に現れて、毎ターン〝呪い〟を振り撒いてくる。

それを防ぐためには、とにもかくにも悪魔を撃退するしかない。各レベルの悪魔には固有の体力が設定されており、そいつを削り切ることで呪いの拡散を防ぐことができる。そこで活躍するのが陣営プレイヤーの持つカードを一纏めにした〝デッキ〟だ。各陣営リーダーはこのデッキを携えて悪魔たちと対峙することになる。

けれど——前述の通り、初期段階のデッキには【☆1篝火】しか入っていない。

「……だから、どんどんデッキを強くしなきゃいけないんだよな」

思考を整理するためにもポツリと声に出して呟く俺。

それを受けて、目の前の水上が「はい！」と元気よく頷いてくれる。

「ボードゲームなどでもよく見かけるシステムですね。襲ってくる〝悪魔〟の方々がどんどん強くなっていくので、こちらも戦力を高めなければならないという……レベル1の悪魔は【体力5】だったので、私たちのデッキでも簡単に撃退できましたが」

「ああ。1ダメージの【☆1篝火】が十枚だからな、初期デッキでも【体力10】以下の悪魔なら相手にターンを回さずに勝てる。……けど」

「はい……既に〝襲撃予告〟として表示されていますが、次に襲ってくるレベル2の悪魔さんは【体力15】だそうです。つまり、今のままでは呪いを受けていしまうと……」

「……ま、そういうことだよな」

ごくり、と唾を呑み込む水上に釣られるようにしてそっと右手を口元へ遣る俺。

彼女が懸念している通りだろう。今さっき撃退したレベル1の悪魔は開幕と同時に襲い掛かってくる〝チュートリアル要員〟でしかなく、故に初期デッキでも簡単に勝てて当然だった。ただし、次からはそういうわけにもいかない。適切にデッキが強化できていなければ悪魔側にターンが回り、彼らからの攻撃を受けてしまうことになる。

もちろん一度攻撃を受けただけで詰んでしまうわけではないが、しかし悪魔の攻撃によって与えられる呪いは〝ランダム〟だ。であれば当然【割れた鏡】と【敗北の女神】の影響で最悪な内容を引かされる可能性が非常に高いということになる。

故に、基本的には先攻1ターン目で悪魔の体力を確実に削り切る——もとい、そういうデッキを構築するというのが、俺たち【怪盗】陣営全体の方針になるだろう。

ちなみに《区域大捕物》の参加プレイヤーとしてはこんなところだ。

【怪盗陣営／全10名（カッコ内の数字は現在のAP）】

【榎本進司（1）／篠原緋呂斗（1）／水上摩理（1）／久我崎晴嵐（0）……など】

【探偵陣営／全10名（カッコ内の数字は現在のAP）】

【阿久津雅（5）／不破深弦（4）／不破すみれ（4）／泉小夜（1）……など】

（……ま、当然《アルビオン》の連中は入ってくるよな）

思わず内心で溜め息を吐いてしまう——が、これぱっかりは仕方のないことだろう。俺たちがここで攻勢を掛けることは越智(おち)の《シナリオライター》によって完璧に読まれていたはずで、だとしたら彼らが止めに来ない理由がない。

(でも、霧谷(きりがや)戦の時とは違う。……こっちだって、めちゃくちゃ準備してきてるんだ)

右耳に装着したイヤホンの感触を確かめつつ、俺は静かに息を吐き出しておく。……加賀谷(かがや)さんと椎名(しいな)によるサポート体制は万全、さらにこの場にいない姫路(ひめじ)と彩園寺(さいおんじ)も実はそれぞれ奮闘中だ。加えて【探偵】陣営のメンバーとしてその名を連ねている泉小夜(いずみさよ)――あっという間に仲違(なかたが)いしたわけではなく、彼女はいわゆる妨害要員である。【探偵】側の進捗を少しでも遅らせてくれれば、俺たち【怪盗】陣営としては随分と気が楽になる。

と――俺がそこまで思考を巡らせた辺りで、

「……篠原(しのはら)、少しいいか」

静かに声を掛けてきたのは榎本進司(えのもとしんじ)だった。立場的に陣営メンバー全員の視線を一身に集めながら、胸元で軽く腕組みをした彼はいつも通りの仏頂面(ぶっちょうづら)で告げる。

「チュートリアル代わりのレベル1悪魔戦が無事に終わり、次のレベル2悪魔が襲撃してくるのはおよそ九分後。その後も十分おきに侵攻してくる悪魔に備え続けなければならないわけだが……待たせたな。ようやく、具体的な行動方針が固まった」

「お……さすが生徒会長、早いな」

「さすがだと思うなら敬語を使え、篠原。それに、ルール自体はとっくに分析できていたからな。先ほど参加プレイヤーが決まって不確定要素がなくなった、というだけだ」

呆れたように零す榎本。……要は〝元々方針はいくつか考えていてその中の一つを選択しただけ〟と主張しているのだろう。相変わらず頼れるリーダーだ。

「それで、作戦ってのは？」

「ああ。四番区《バックドラフト》の情報はそれなりに溜まっているが……まずは、侵攻してくる悪魔について。奴らはレベルが上がるごとに体力が増えて撃退しづらくなる。また、攻撃以外の特殊行動を取ってくる個体もいるそうだ。そして――僕が調べた限り、最後の敵であるレベル9の悪魔が倒されたことは一度もない。これまで一度も、だ」

「……知ってるよ。【探偵】陣営の連中ですら誰も生き残れてないんだったよな」

「そのようだ。……が、それも理解できない話ではない。記録によれば、レベル9の悪魔は【体力10000】――特殊行動などの搦め手を一切持たない、シンプルな強さを売りにしているタイプらしい。直前のレベル8が【体力1000】であることを考えれば、順当な強化ではとても間に合わないことがよく分かる。おそらく、基本的にはアビリティの使用を前提とした高難易度の《区域大捕物》なのだろうな」

「だからAPがほとんどない俺たちは正攻法じゃ勝てない、か。……ってなると」

「！　もしかして、6ツ星の……☆6のNPCさんですか!?」

刹那、ずいっと身を乗り出すような形で俺と榎本の会話に割り込んできたのは他でもない水上摩理(みなかみまり)だ。彼女は滑らかな黒髪を揺らしながら興奮気味に言葉を紡ぐ。

「この《バックドラフト》には、条件を満たすことで仲間になってくれる〝NPC〟という方々がいます。NPCの皆さんは〝専用カード〟を持っているので、仲間にすると陣営デッキを強化できます！　そして、専用カードのレアリティは等級に依存……6ツ星(☆6)のNPCさんともなれば、きっととんでもない力を秘めているはずです！」

「ふむ、水上の言う通りだ。僕たちの所持カードも強化はできるが、それで辿(たど)り着ける最終形態は50ダメージの【☆5陽炎之硝煙(カゲロウノシヨウエン)】……無論弱いカードではないが、レベル9悪魔の【体力(HP)10000】を削り切るのは不可能だ。5ツ星(☆5)NPCや6ツ星(☆6)NPCの力を借りない限り、僕たち【怪盗】陣営が生き残る術(すべ)はないと断言してもいい」

そこで一旦言葉を止める榎本(えのもと)。レベル2襲来までの時間を確認するためかちらりと端末に視線を落としてから、彼は難しい顔で「ただ……」と続ける。

「ルール文章(テキスト)にも書かれている通り、この《バックドラフト》では現在〝脱落〟状態にあるプレイヤーなら誰でもNPCの資格を持つことになる。故に七瀬(ななせ)や秋月(あきづき)にも当然ながらこの四番区に留(とど)まってもらっている……のだが。残念なことに、同じ学区の仲間だからと言って気軽に力を貸してもらえるようなルールではないらしい」

「まあ、そうだよな。NPCは〝挑戦(トライ)〟に成功しなきゃ仲間に入れられない。5ツ星(☆5)までなら〝一定のダメージ〟で、6ツ星(☆6)は〝固有の特殊条件〟を満たしてやる必要がある」

「その通りだ、篠原(しのはら)。そして、この〝特殊条件〟という仕様がなかなかに厄介だ」

「厄介？　それは……単に〝難しい〟ってこと以上に、か？」

「ああ。……5ツ星(☆5)までは問題ない。順当にデッキを強化していけばその先に悪魔もNPCもいるのだから、特に工夫をする必要もない。だが特殊条件となれば話は別だ。順当なデッキ強化とは別軸で、6ツ星(☆6)NPCを仲間にするためだけに動かなければならない。では、それはいつ行うんだ？　レベル8の悪魔を撃退したら、次のレベル9が襲ってくるのは十分後だ。たった十分で、6ツ星(☆6)NPCの勧誘条件(スカウト)を満たせるか？」

「……ま、それはさすがに無茶(むちゃ)だろうな」

小さく肩を竦(すく)めて答える。この《バックドラフト》は四番区全体を〝探索〟する必要のある《区域大捕物(エリアレイド)》だ。NPCはエリア中に散り散りになっていて、俺たちプレイヤーは常に〝時間〟と戦っていなきゃいけない。十分ではろくに移動もできないだろう。

（レベル9の悪魔を倒すには6ツ星(☆6)NPCの協力が必須……だけど6ツ星(☆6)NPCを仲間にするには専用の対策をしなきゃいけなくて、それは十分だけじゃ絶対に足りない）

そこまではきっと間違いない。……だからこそ、

「今から八十分突っ込めば足りるかもしれない――ってとこか？」

「ククッ、あーっはっはっは！　さすがだな篠原、僕もちょうどそう思ったところだ」

俺がそんな結論に達した瞬間、聞き慣れた高笑いと共に俺の視界へカットインしてきた

のは【怪盗】陣営の一員・久我崎晴嵐その人だった。八番区音羽学園および学園島非公認組織《我流聖騎士団》のリーダーを共に務める6ツ星ランカー。襟付きの黒マントをばさりと大きく靡かせた彼は、ニィッと露骨に口端を歪めながら言葉を継ぐ。

「専用の対策が必要ならばそうすればいい――ククッ、せっかくプレイヤーが十人もいるのだからな。一人や二人、6ツ星NPCの攻略に割いても罰は当たらないだろう」

「……って、ところでどうだ榎本？」

「ふん……正解だ」

久我崎の推測とそれを転送した俺の言葉を受け、榎本は満足そうに鼻を鳴らしながら頷いてみせた。陣営メンバーをぐるりと見渡した彼は、そのまま静かに言葉を紡ぐ。

「状況を考えた結果、僕たち【怪盗】陣営は担当を二つに分けることにした――一つ、僕を中心とした大多数のメンバーは順当にデッキを強化して、レベル8までの悪魔を撃退することだけに心血を注ぐ。そしてもう一つ、それとは別に篠原を軸にする少数精鋭のパーティーを組み、こちらはレベル9の悪魔を攻略すべく〝6ツ星NPCの勧誘〟のみを目標にして動いてもらう。この際、レベル8までの悪魔については一切考えなくていい」

「……なるほど。つまり、目の前の敵に集中するチームと来るべき脅威に備えるチームに分ける……ってことか。ちなみに、組み分けはどう考えてるんだ？」

「詳細は特にこだわらない。……が、そちらに篠原と水上までは必須だと思っている」

「！　わ、私……ですか？」

　驚いたようにびくっと肩を跳ねさせながらおずおずと尋ねる水上。そんな質問を受けた榎本の方はと言えば、あくまで当然といった顔で「ああ」と頷く。

「篠原と行動を共にすることになるため、ある程度のチームワークは必須……加えて、もう一つのポイントは【怪盗ランク】だ。6ツ星(☆6)NPCの中には【怪盗ランク15】を勧誘(スカウト)条件に持つ者もいる。これは僕でも篠原でも満たせない、水上摩理だけの特権だ」

「っ……はい。ありがとうございます、進司(しんじ)先輩！」

　大先輩である榎本に大役を任され、ぱぁっと嬉(うれ)しそうに表情を輝かせる水上。

　そんな様子を（内心では実に微笑(ほほえ)ましく）眺めながら、俺も静かに頷いてみせる。

「ま、妥当なところだな。水上が【怪盗ランク15】に到達してることは【探偵】連中も知ってるだろうから、何かしら妨害はされそうだけど……とりあえず、組み分けとしてはそれで問題ない。レベル9悪魔の対策班は俺と水上の二人で充分だ」

「ふむ。……いいのか？」

「ただでさえ例の〝女神〟が効いててキツいんだから、こっちに人数を割き過ぎたらレベル9まで辿(たど)り着けなくなるだろ？　ちょっとは信用してくれよ、榎本」

「ふん……相変わらず敬語が足りないようだが、まあいいだろう」

　微(かす)かに口端を持ち上げながら首を縦に振る榎本。

まあ、とにもかくにも――これで、俺たちの方針は確定した。十分おきに襲ってくる悪魔を撃退すべくカードを強化したりNPCを仲間に引き入れたりしてデッキを強くしていく《バックドラフト》。レベル8までの悪魔は〝順当な攻略〟を進める榎本たちが、そしてレベル9の悪魔については〝飛び道具〟を狙う俺と水上が担当する。どちらが失敗しても生存は叶わない、互いに相手を信じるしかない背中合わせの策略。

「では――任せたぞ、後輩」

「それはこっちの台詞だよ、先輩」

最後にそんな言葉を残して、俺はチームメイトである水上と共にその場を後にした。

♭――姫路白雪①――

同時刻、学園島五番区。

《区域大捕物》――名称：《ダブルシーカー》。

「…………」

本番期間の開始と共に、姫路白雪はそっと息を吐き出してから静かに歩き始めました。

＃

「さて……」

四番区《区域大捕物》――《バックドラフト》開始から五分弱。

榎本たち【怪盗】陣営の本隊から離れた独立部隊として動くことになった俺と水上の二人は、四番区の駅周辺を歩きながら作戦会議に勤しんでいた。

改めて整理してみるが、俺たちの役割は単純明快だ。この《バックドラフト》の開始からぴったり八十分後に両陣営を襲ってくるレベル9の悪魔――《リミテッド》が始まって以来まだ一度も倒されていないという〝最大級の脅威〟に対抗すること。もっと言えばそれに特化すること。他の悪魔への対処は全て榎本たちに任せてしまっていい。

――つまり、

「俺たちは、とにかく6ツ星NPCを仲間にすることだけ考えてればいい……ってわけだ」

「はい！　そうですね、篠原先輩！」

俺の隣を歩く水上摩理が、わざわざこちらへ身体を向けながら黒髪を揺らしてこくりと頷いた。そうして彼女は、自身の記憶を整理するように言葉を紡ぐ。

「ええと……ルールによれば、この《区域大捕物》のNPCは期末総力戦で〝脱落〟状態にあるプレイヤーの皆さんが担当されているんですよね？」

「ああ、聞いた話だと《ライブラ》から協力要請が出てるらしいな。バイトみたいな感じで軽い報酬なんかも貰えるみたいだ。要は外部協力者、ってやつだな」

「はい。とても画期的なシステムだと思いますが……通常のプレイヤーではなく〝外部協力のNPC〟なので、言ってしまえば学区も陣営も関係ないんですよね。七瀬（ななせ）先輩も乃愛（のあ）先輩も、勧誘（スカウト）条件さえ満たされれば【探偵】陣営の仲間になってしまいます」

「……ま、そういうわけだ」

　思い詰めたような水上（みなかみ）の声に同意を返す。……彼女の言う通りだ。この《バックドラフト》における〝NPC〟はあくまで外部協力者。英明（えいめい）の仲間が【探偵】陣営に吸収されることも、逆に森羅（しんら）の誰かが【怪盗】側に来るような事態も充分に考えられる。

「で、NPCは最大五人まで仲間にすることができる……《バックドラフト》の参加プレイヤーはどっちの陣営も十人だから、デッキの枚数は最大十五枚ってことだな」

「はい、そうなりますね。悪魔の方々を撃退する際は、この十五枚を好きな順番で使った場合の〝合計ダメージ〟が計算されます。ですが、探索の際は個別の〝パーティー〟を組むことになるので……NPCの方々に挑戦する時は、パーティー内のカードしか使えません。今なら篠原（しのはら）先輩と私が持っている二枚の【☆1篝火（カガリビ）】だけ、ですね」

　言いながら水上が投影画面を展開する。表示されるのは二枚のカードと説明文だ。

【篠原緋呂斗（ひろと）――☆1篝火／相手に1ダメージを与える（NPC3人撃破で☆2へ）】

【水上摩理（まり）――☆1篝火／相手に1ダメージを与える（NPC1人撃破で☆2へ）】

「ん……俺と水上でカード強化の条件が違うのは【怪盗ランク】の差ってやつか。もしかしたら強化先も違ったりするのかもしれないな」

「確かに……そうなったらちょっとお得かもですね、篠原先輩」

「ああ。とにかくこの二枚をひたすら強化していって、設定されてるダメージを叩（たた）き出せるようになれば勧誘（スカウト）条件達成……ただそれは5ツ星（☆5）までの話で、6ツ星（☆6）に関しては〝固有の勧誘（スカウト）条件を満たすことで仲間にできる〟だったな」

そんな言葉を口にしながら、俺は端末を操作して眼前に投影画面を展開する。と――そこに映し出されたのは、現在《バックドラフト》に参加しているＮＰＣの一覧だ。

【飛鳥萌々（あすかもも）――勧誘条件：１００ダメージを与える。
専用カード：☆5深淵封印術（ブレイカー）（〝★〟カードを1回だけ無効化して消滅）】
【夢野美咲（ゆめのみさき）――勧誘条件：１００ダメージを与える。
専用カード：☆5幻想的鏡像（ミラージュ）（直前に使ったカードを複製して使用）】
【秋月（あきづき）乃愛――勧誘条件：カードを連続で１００枚以上使用する。
専用カード：☆6一撃極大烈火（フルパワー）（デッキ内☆合計×20点の大ダメージ）】
【浅宮（あさみや）七瀬――勧誘条件：カード1枚のみで１００ダメージを与える。
専用カード：☆6万能再利用術（リサイクル）（特定のアビリティを20連続で使用）】
【藤代慶也（ふじしろけいや）――勧誘条件：〝探偵／怪盗ランク15〟かつ〝ＮＰＣに無敗で10勝〟する。
専用カード：☆6掃討烈火連撃（サブマシンガン）（10点×50回の超連射ダメージ）】
【竜胆戒（りんどうかい）――勧誘条件：コイントスで１００連勝する。

専用カード：☆6狂騒賭博劇場（コイントスで勝つ度に30点ダメージ）】

【皆実雫――勧誘条件：アビリティまたは《調査道具／略奪品》を10回以上使う。
専用カード：☆6大天使之聖盾（悪魔の攻撃と特殊行動を3回無効化）】

……などなど。

もちろんこれは一部の例でしかないが、特に6ツ星については相当に無茶な条件が並んでいる。その代わり、本人の評判やら戦績やらを参考に強力な専用カードが設定されているようだ。たとえば無名の5ツ星よりは夢野の方が遥かに便利そうに思える。

（だから、やっぱりあいつの協力が必要なんだけど……）

そんなことを考えながら小さく首を横に振って、俺は改めて口を開くことにする。

「とりあえず……榎本も言ってたけど、俺たちがまず目指すべきは水上の【怪盗ランク15】を活かしたルート。つまり【☆6藤代】を仲間にするのが当面の目標だ。もちろん藤代を仲間に入れただけじゃレベル9の悪魔を倒すのは難しいけど、他の6ツ星NPCにはかなりアクセスしやすくなる。ま、どう考えても一番の狙い目だな」

「はい！　つまり、NPCさんへの挑戦を十連続で成功させてから藤代先輩のところへ乗り込めばいいんですね。【☆1篝火】が二枚しかない私たちのパーティーでも、1ツ星のNPCさんには勝つことができます。探索がちょっとだけ大変そうですが……」

「まあな。けど、その辺はどうにかなるだろ」

軽い口調でそう言って、密かにトンっと右耳のイヤホンを叩く俺。すると直後、耳元から『任せてお兄ちゃん！』なる頼もしい声が返ってくる。……昨日の霧谷戦で何もさせてもらえなかった分、椎名もバッチリ気合いが入っているようだ。カードの強化が進めば1ツ星にこだわる理由もなくなるわけで、探索に関してはさほど心配していない。

ただ、それでも懸念点はいくつかある。

（まず一つ……榎本も気付いてたんだろうけど、このまま藤代ルートが安易に通るとは思えない。だって、どっちの陣営を見ても【ランク15】まで辿り着いてるのは水上だけなんだ。俺たち【怪盗】陣営には使えて【探偵】陣営には使えないルートなんて全力で潰したいに決まってる。だから、本命は別のルート……なんだけど）

そこまで思考を巡らせてから、再び例の〝NPC一覧〟に視線を落とす俺。するとそんな俺の行動に疑問を抱いたのか、隣の水上が小さく首を傾げて問い掛けてくる。

「……？　どうしたんですか、篠原先輩？　難しい顔をされていますが……」

「ん？　ああ、いや……」

そんな質問を受けて、俺はそっと指先で頬を掻くことにする。そうして一言、

「【☆6竜胆】の勧誘条件、見てくれよ。コイントスで100連勝……普通なら絶対に無理なんだけど、例の〝女神〟があったら簡単にクリアできちまうと思うんだよな」

「あ……た、確かに！」

「そうなると【探偵】陣営は序盤から最強クラスのカードをデッキに入れられるってことになる。それで悪魔を撃退してくれるだけならいいけど、この《区域大捕物》には陣営間交戦なんて仕様もあるだろ。向こうに【☆6竜胆】なんかが入ってたらまず勝てない」

「ですよね……交戦に負けたら、カードを取られてしまいます」

「ああ。それに、向こうのカードを押し付けられるってのも厄介だ。この《バックドラフト》では端末から〝売店〟にアクセスできて、合計レアリティを変えない範囲でカードの交換ができるらしいんだけど……なんと【★】の付いたマイナス効果のカードも手に入るんだよな。要は【☆1篝火】二枚を【☆5】と【★7】に変えられるって寸法だ」

「！　そんなカードを押し付けられたら大変です。急ぎましょう、篠原先輩……！」

ぎゅ、と胸元で両手を握り締めて真っ直ぐな視線を向けてくる水上。

そんな彼女に頷きを返しながら、俺は密かに【怪盗】陣営の本隊に想いを馳せた――。

♭　――【探偵】陣営――

……《バックドラフト》開始から約十五分。

四番区開催の《区域大捕物》は、概ね【探偵】陣営の狙い通りに推移していた。

「――やったわ、やったわミツル！　ついに【怪盗】陣営を倒したわ！」

「あはは……まだ倒してないよ、すみれ。陣営間交戦で一勝しただけだってば」

無邪気にはしゃぐ妹に苦笑を浮かべつつ、不破深弦(ふわみつる)は小さく首を横に振る。……ほんの五分ほど前にレベル2の悪魔が襲来し、次なるレベル3の侵攻を待つ段になった頃。深弦たち【探偵】陣営は【割れた鏡】及び【敗北の女神】なる冥星の恩恵で早々に6ツ星(☆6)NPCを仲間に引き入れ、敵対勢力である【怪盗】陣営を集中砲火し始めていた。

彼ら【怪盗】陣営は四つのパーティーに分かれてエリア内を探索しているらしい。《バックドラフト》のパーティー構築に関しては色々な考え方があるだろうが、あまり固まってしまうと速度的な意味で効率が悪く、散らばり過ぎるとNPCへの挑戦(トライ)が難しくなるため、その辺りのバランスを意識したパーティー編成になっているのだろう。

ただ——理想的だからこそ、深弦からすれば格好の〝的〟だった。

今の【探偵】陣営には、序盤なら壊滅級の戦力に等しい【☆6竜胆】がある。向こうが全員で固まっているならともかく、個別に撃破するだけなら全くもって難しくない。

（まあ、すぐに何かしらの対策はされると思うけど……）

静かに思考を巡らせる。……【怪盗】陣営はどう躱(かわ)してくるだろうか？　どんな方法で逃げ惑うつもりだろうか？　ＡＰの数値から考えても圧倒的に【探偵】陣営の方が優勢だが、向こうには学園島(アカデミー)最強の篠原緋呂斗(ひろと)がいる。油断するわけにはいかなかった。

——けれど、それでも。

「どう逃げてくれても関係ないよ。……どこまでも追い掛けて、潰すから」

「ふん……どうやら【探偵】側は、僕たちが無様に逃げ惑うとでも思っているらしいな」

b ――【怪盗】陣営――

――同時刻。

対戦相手による攻勢を知った榎本進司は、いつも通りの仏頂面で首を振っていた。

彼にとって、この状況は想定外――などということは全くない。【探偵】陣営が確率操作のアビリティを有している以上、例の【☆6竜胆】は向こうの仲間にされて当然だ。そして【☆6竜胆】がいれば序盤の悪魔は簡単に蹴散らせるのだから、彼らが〝NPCの攻略〟より〝陣営間交戦〟を優先させるのも当然の心理と言えるだろう。

「え。……に、逃げないのかい？」

とはいえ、早くも地図で逃走経路を確認していた結川奏の目はひどく泳いでいる。

「や、えっとその、もちろん普段の僕なら果敢に立ち向かうんだけどね？　この《バックドラフト》には僕以外の一般人も参加しているわけで――」

「一般人だろうと手練れだろうと、ここで逃げる意味など一切ない。……いいか？　【探偵】側が陣営間交戦を望むのは、僕たちにマイナス効果の【★】を押し付けるためだ。ただし陣営間交戦の勝利で相手に渡せるのは〝パーティーメンバーの所持カード〟だけだから、これを成立させるためには足枷である【★】のカードを所持した上で陣営間交戦に勝たなければならない。それは、いくら【☆6竜胆】があるとは言っても簡単なことではないだろう。ある程度の人数でパーティーを組んでいることが大前提になる」

「うん、そうだね。茨の英傑と呼ばれた僕の頭脳ならそれくらいは分かっていたとも」

「そうか。ならばもう分かるはずだ――彼ら【探偵】陣営は【☆6竜胆】を含む大所帯のパーティーと、それ以外の少人数パーティーとに分かれている。故に、僕たちが叩くのは後者の方だ。一つのパーティーで【☆6竜胆】を引き付けつつ、別動隊を使ってサブ戦力から優秀なカードを回収する。僕たち【怪盗】陣営がパーティーを細かく分けているのは探索の効率を上げるためではなく、彼ら【探偵】陣営を挟撃するためだ」

「！……でも、そう上手くいくものかい？　僕のサポートがあるならともか――」

「僕の元には《リミテッド》初日から《区域大捕物》の情報が集まっていたんだぞ？　おかげで戦略のシミュレートは完全に終わっている。それに篠原の話では、向こうに紛れた泉小夜が〝密偵〟として情報を流してくれるらしいからな。戦力的には充分だ」

序盤で6ツ星のNPCを確保し無双の体勢に入ったはずの【探偵】陣営に対し、それらを全て利用して優位に立つと豪語する【怪盗】陣営リーダー・榎本進司。

そんな次元の違う攻防を見せつけられた結川奏は「ふっ……」と小さく肩を竦めて、

「なるほどね。……うん、僕ほどじゃないけど及第点くらいはあげられるかな」

微かに視線を逸らしながら精一杯の強がりを口にした。

＃

四番区の《区域大捕物（エリアレイド）》——《バックドラフト》開始から三十分と少し。

俺と水上（みなかみ）のパーティーは、比較的順調にNPCの攻略を進めていた。

今もどこかの学区の3ツ星（☆3）NPCに挑戦（トライ）を行い、あっさり成功したところだ。《区域大捕物》の冒頭は【☆1篝火（カガリビ）】という最弱のカード二枚だけで構成されていた俺たちの手札も、NPCへの挑戦（トライ）を繰り返す中で徐々に強化されている。ちなみに現状は、

【篠原緋呂斗（しのはらひろと）——☆3焔業火（ホムラゴウカ）／相手に10ダメージを与える】

【水上摩理（まり）——☆4烈火延焼（レッカエンショウ）／相手全体に15ダメージを与える】

……といった感じだ。NPCの専用カードを除いた最高のレアリティが【☆5】であることを考えれば、なかなか強くなったと言っていいだろう。

実際、NPCの攻略ペースとしてもさほど悪いわけじゃなく——

「これで九人目……あと一人NPCさんを倒せれば、藤代（ふじしろ）先輩を仲間に入れられます！」

「……ああ、そうだな」

上目遣いにこちらを見つめながらそんなことを言ってくる水上に頷（うなず）きを返す。

そう、そうだ——《カンパニー》に先導されながら〝倒せる〟NPCを求めて探索すること二十数分、俺たちは九人のNPCを撃破することに成功していた。【☆6藤代】の勧（スカ）

誘条件は【怪盗ランク15】および【無敗のまま十人のNPCを撃破すること】なので、あと一人倒せれば自動的に条件が満たされるということになる。

『ん～、えっと……ちょっと待ってねん、ヒロきゅん。いま爆速で探してるから……』

『あ、こっち！　こっちの方にいる気がする！　お姉ちゃん、早く早く～！』

右耳のイヤホンからは相変わらず頼もしい加賀谷さんの声と、何かしらの共同作業をしているのか急かすような椎名の声が聞こえてくる。……このルートは一度でも〝倒せないNPC〟に接触してしまうと潰されてしまうため、二人の協力がなければ絶対に上手く行かなかった。そういう意味でも狙いやすかったルートだと言えるだろう。

（ただ、俺の予想だとそろそろ……）

と――そんな思考が脳裏を過ぎった直後、ぞっと背筋に冷たいモノを感じた。……背後に人の気配がする。そう思った刹那、イヤホンにもざざっと大きなノイズが走って。

『！　ごめん、ヒロきゅん大ピンチ！　今すぐその場を離れ――』

「――よぉ、7ツ星」

【NPCと接触しました】

……加賀谷さんの指示を掻き消すように。

俺の背中に投げ掛けられた声は、非常に聞き覚えのあるものだった。つい最近――どころか昨日の《区域大捕物》を通じて散々聞かされた声。どうにか倒したはずだが、脱落したからこそ《バックドラフト》の外部協力者として蘇ったのだろう厄介な男の声。

息を呑みながら無言で振り返ってみれば、そこには。

「オレ様に〝挑戦〟させてやるよ。……ま、成功する見込みは欠片もねーんだけどな」

――6ツ星NPCの一人、霧谷凍夜が不遜な表情で佇んでいた。

NPCに挑戦を行う際の流れは、具体的に以下の通りだ。

一つ、パーティーとNPCが接触（5メートル以内に接近）すると自動的に挑戦開始。

二つ、パーティー内のカードが全て〝使用可能〟な状態に回復。

三つ、右記のカードを任意の順番で全て使用。

四つ、この段階でNPCの〝勧誘条件〟が満たせていれば挑戦成功（＝撃破）。

「っ……」

1ツ星から5ツ星までのNPCは単純な〝ダメージ総量〟を勧誘条件に持っており、現在の俺と水上では最大でも3ツ星くらいまでしか倒せない。ただし6ツ星NPCだけは全員が固有の勧誘条件を有しているため、場合によっては対処できる可能性もある。

そんな仕様を思い返しながら霧谷の情報を覗いてみれば、

【霧谷凍夜――勧誘条件：パーティー内の〝呪い〟総数が100を超えている。
専用カード：☆6瀕死呪詛付与（相手の体力を《1》に変更）】

（いや、無理無理無理無理無理……!!）

あまりにも絶望的な難易度に思わず頬を引き攣らせてしまう。……6ツ星NPCの勧誘条件はどうやって満たせばいいか分からないモノも多々あるが、霧谷のそれは中でも〝不可能〟に近いと言っていいだろう。撃破よりも脱落の方がよっぽど早そうだ。

そんなことを考えながら、俺は嘆息交じりに悪態を吐くことにする。

「ったく……最悪のタイミングで出てきやがったな。まるで狙ってたみたいじゃねえか」

「ま、狙ってないとは言わねーよ」

俺の第一声に対し、右手で乱暴に髪を掻き上げながら獰猛な声音で答える霧谷。

「外部協力者に課されるのはざっくりとした持ち場の指定だけだからな。それを守ってる限りは別に何をやってもいい。オレ様が偶然てめーと接触して、たまたま【☆6藤代】へのルートを潰しちまったとしても何らルール違反じゃねーってわけだ」

「……そこまで分かってるなら偶然でも何でもないだろうが」

「あぁ、こいつは紛れもなくオレ様の意思だからな。昨日はしてやられたが、てめーをここで負かせば引き分けみてーなモンだ。オレ様は負けるのが死ぬほど嫌いなんだよ」

ニヤニヤと口元を歪めながらそんなことを言ってくる霧谷。……彼が負けず嫌いなことはもちろん知っていたが、まさか負けてまで足を引っ張ってくるとは思わなかった。要するに

「とにかく……てめーらが抱えてる呪いは当然100未満、勧誘条件は未達成。

この挑戦は失敗だ。いや、てめーらの連勝記録はここで途絶えたって言った方が分かりやすいか？　てめーらにとっては【怪盗ランク15】を活かせる【☆6藤代】のルートが一番狙いやすかったはずだが、NPCに負けちまった以上はもう使えねー」

「……………」

「ひゃはっ。……ま、せいぜい最後まで足掻いてみるんだな学園島最強。てめーの顔が絶望に染まる光景を楽しみにしといてやるよ」

吐き捨てるようにそう言って、霧谷はくるりとこちらへ背を向ける——瞬間、俺たちの目の前に表示されたのは【NPCへの挑戦に失敗しました】なる文面だ。《バックドラフト》ではNPCに負けたところで特別なペナルティはないが、唯一【☆6藤代】の勧誘条件だけはここで絶たれてしまう。それは、俺たちが縋ろうとしていた蜘蛛の糸だ。

「ど、どうしましょう、篠原先輩……！」

ややあって霧谷の背が見えなくなった辺りで、滑らかな黒髪を宙に舞わせた水上がこちらへ身体を向けてきた。おそらく、下手に舐められないよう彼が去るまでは動揺を抑えていてくれたのだろう。純粋な黒の瞳は不安で大きく揺れている。

「せっかく、せっかくここまで来たのに……もう、藤代先輩の力をお借りすることは絶対にできないのでしょうか!?」

「ん……まあ、そうだな。避けられないエンカウントだったけど、一度でも挑戦に失敗しちまったのは事実だ。【☆6藤代】の勧誘条件はもう満たせないってことになる」

「そ、そんな……」

ぎゅ、と下唇を噛み締めて俯く水上。その拍子に長い前髪がさらりと揺れる。

「……悪いな、水上。お前の【怪盗ランク】を活かした手になるはずだったんだけど」

「い、いえ！　そんなことは何でもありません。ただ……このルートが潰されてしまったら、どう動けばいいのでしょうか？　私には、ちっとも思い付かなくて……」

そう言って、水上は縋るように俺の目を覗き込んでくる。

まあ、基本的には彼女の言う通りだ。俺たちの持つ手札からすれば、最も仲間に引き込みやすかった6ツ星NPCが藤代慶也であることは疑いようもない。そして、彼を逃してしまった以上、そう簡単に攻略できる相手がいないことも確かだ。

（けど……）

そこまで考えた辺りで、俺は改めてNPCの情報一覧を眺めてみることにする。

【夢野美咲――勧誘条件：100ダメージを与える。

専用カード：☆5幻想的鏡像（直前に使ったカードを複製して使用）】

【秋月乃愛――勧誘条件：カードを連続で100枚以上使用する。

専用カード：☆6一撃極大烈火（デッキ内☆合計×20点の大ダメージ）】

【浅宮七瀬――勧誘条件：カード1枚のみで100ダメージを与える。

専用カード：☆6万能再利用術（特定のアビリティを20連続で使用）】
~~【藤代慶也】――勧誘条件：〝探偵／怪盗ランク15〟かつ〝NPCに無敗で10勝〟する。~~
~~専用カード：☆6掃討烈火連撃（10点×50回の超連射ダメージ）】~~
【皆実雫】――勧誘条件：アビリティまたは《調査道具／略奪品》を10回以上使う。
専用カード：☆6大天使之聖盾（悪魔の攻撃と特殊行動を3回無効化）】

（……一応、ちゃんと仕込んではあるんだよな）

そう、そうだ。

6ツ星NPCの中で最も勧誘条件を満たしやすいのは確かに【☆6藤代】だが、それは相手からも一目瞭然。最も妨害されやすいルートであることくらい分かっていた。

（ってわけだから……むしろ、藤代ルートは囮だよ。俺たち【怪盗】が無策で《バックドラフト》に挑んでたらさすがに異常だから、分かりやすい狙いとして残してただけだ。本命の方策は最初からこっち……まだバレてないし、分かったとしても止めようがない）

――頭の中で例の〝作戦〟を一通り振り返ってから。

俺は小さく息を吐き出して、隣の後輩に向けて新たに言葉を紡ぐことにした。

「手ならあるぞ、水上」

「！　……ほ、本当ですか、篠原先輩!?」

素直に目を丸くして尋ねてきてくれる水上に対し、俺は「ああ」と頷きを返す。

そうして、微(かす)かに口角を持ち上げながら不敵な声音で一言。

「しかも——なんと、こっちはお前の【怪盗ランク】を活かした策だ」

「……ふえ？」

俺のトンチじみた物言いに、目の前の水上はやけに可愛(かわい)らしい声を零(こぼ)してみせた。

♭——姫路白雪(ひめじしらゆき)②——

——《リミテッド》第16ラウンドの開幕から約四十分。

本番期間の残り時間が刻一刻と少なくなってきているのを感じながら、姫路白雪(わたし)は懸命に〝とある少女〟を探していました。

この五番区で開催されている《ダブルシーカー》という《区域大捕物(エリアレイド)》は、一風変わったルールを有しています。わたしたちプレイヤーが目指すのは【同一陣営プレイヤー全員の合流】……つまり、バラバラの位置にいる仲間が全員揃(そろ)えばその時点で勝利。ただしエリア内には、目に見えない〝壁〟による大きな大きな迷路が鎮座しています。エリア全土を埋め尽くす大迷宮、それも全ての壁が〝透明〟な造りですから、たとえすぐ近くに見えているプレイヤーであったとしても簡単に合流できるとは限りません。

そしてもう一つの特徴が、自身の所持するアビリティや《略奪品》を使えないこと。

《ダブルシーカー》において、プレイヤーはどれだけ強いアビリティを持っていてもそれを使うことができません。逆に、使えるのは至近距離――これは〝壁に沿った距離で10メートル以内〟を指す言葉です――にいる敵陣営プレイヤーの持つアビリティや《調査道具》のみ、という仕様(ルール)です。相当に特殊な部類だと言っていいでしょう。

ちなみに参加者は【探偵】陣営から十六名、こちらの【怪盗】陣営からは十五名。

戦力的には拮抗(きっこう)している場面ですが……しかし実を言えば、わたしは勝つために《ダブ、い、い、いルシーカー》に参加しているわけではありませんでした。

(おそらく、こちらのはず……)

全力疾走で駆け抜ける――とさすがに保(も)たないので、なるべく足早に進みます。

端末上に示された残り時間は四十七分。……〝彼女〟を見つけただけでは目的が達成できないことを考えると、そろそろ際どい時間になってきました。ここ五番区は第16ラウンドの終了と共に《リミテッド》の選択可能範囲から外れてしまいます。そしてご主人様の考案した作戦を実行するためには、この《区域大捕物(エリアレイド)》――《ダブ、い、い、いルシーカー》だけで採用されている例の〝特殊仕様〟が、どうしても必要なのでした。

おそらくご主人様は《バックドラフト》に勝利して最終決戦の舞台を整えるでしょう。であれば、わたしが――補佐組織《カンパニー》のリーダーにして学園島(アカデミー)最強の専属メイドであるわたしが、役目を果たさないわけにはいきません。

……だからこそ。

（こっち……！）

わたしは足を止めることなく、ただひたすらに〝彼女〟を探すのでした。

♭　――彩園寺更紗／朱羽莉奈――

「な……何がどうなってやがんだ、あのパーカー女⁉」

期末総力戦サドンデスルール《リミテッド》――一番区：名称《タスクスイッチ》。

あたし、彩園寺更紗は……否、朱羽莉奈は順調に《区域大捕物》を攻略していた。

ルールなんて今さら振り返るまでもない。昨日のうちに全部予習したし、勝ち方も詰め方も何もかも頭に入っている。たとえ正体バレを避けるために【怪盗】側からの参加者が朱羽莉奈一人しかいなくても、たとえ選択可能エリアが減っているせいで【探偵】側からの参加者が軽く千人を超えていても、あたしが負ける道理はない。

（ってところまで仕上げてきたつもりだけれど……無茶言ってくれるわよね、ほんと）

昨日の夜、篠原から頼まれたことを思い出して心の中で苦笑する。

四番区の《区域大捕物》――《バックドラフト》では、非プレイヤーであるNPCがかなり重要な戦力になる。そしてNPCが持つ専用カードは等級と戦績に依存するため、理論上は〝彩園寺更紗〟が最強カードの担い手になる可能性が高いそうだ。でも今のあたしは〝朱羽莉奈〟だから、四番区にいたらNPCではなくプレイヤーになってしまう。

（だからって、まずは朱羽莉奈として一番区の《区域大捕物》を片付けて、それから彩園寺更紗として四番区に来てくれ、だなんて……あたしじゃなかったら怒ってるわ）

要するに、二重のアカウントを利用した無茶な戦略。朱羽莉奈の端末を使って最難関と名高い一番区の《区域大捕物》を速攻で片付けて、それから端末を入れ替えて――つまりはロッカーかどこかに置き去りにして――四番区に駆け付けてこいという、形振り構わない横暴な指令だ。……ただ、せっかく復帰したのに越智から下手な横槍を入れられて、ちょっとした消化不良になっているのも確かだった。それに篠原は、きっと他の子にこんな無理強いはしない。あたしにだけと思えば、まあ悪い気もしないから。

（今ごろユキも頑張っているはずだし……あと、舐められたままっていうのも癪だもの）

フードの端を少しだけ下げながらくすりと笑う。……戦力差1000倍以上の《区域大捕物》。対する【探偵】陣営のプレイヤーは、無名の〝朱羽莉奈〟を舐め切っていた。その油断こそがこちらの戦略なのだとも知らずに、だ。

（――ま、たまには全力で暴れさせてもらおうかしら）

だからあたしは、口元を緩めたまま微かに視線を持ち上げた。

＃＃

《リミテッド》第16ラウンドの開始から約四十五分――。

四番区《区域大捕物（エリアレイド）》こと《バックドラフト》も折り返し地点を過ぎた頃。

悪魔の対処を榎本（えのもと）たち【怪盗】陣営の本隊に任せている俺と水上（みなかみ）は、学園島（アカデミー）四番区の中でも特に通い慣れた場所——すなわち英明（えいめい）学園の校庭に立っていた。英明の広い敷地内には〝校庭〟と呼び得るエリアが何ヶ（か）所かあるのだが、中でも主に陸上部が使っている楕円（だえん）形（けい）のグラウンドだ。わずかな弾力を感じる地面が丁寧に足元を支えてくれている。

「あ、あの……篠原（しのはら）先輩」

そんな場所で俺が端末を確認していると、隣からおずおずと遠慮がちな声が投げ掛けられた。釣られて「ん？」と顔を持ち上げてみれば、声の主は他でもない水上摩理（まり）だ。滑らかな黒髪を揺らした彼女は、ちらちらと辺りに視線を向けながら尋ねてくる。

「6ツ星（☆6）NPCを仲間に入れるための策、というお話でしたが……いいのでしょうか？」

「いいって……何が？」

「いえ、その、だって……私たち、囲まれているんですが」

潜めた声音でそっと耳打ちするように囁（ささや）いてくる水上。

そう——彼女の言う通りだった。現在、俺と水上は囲まれている。グラウンドの外周部分に数十人からなるNPCが集まってきているような形だ。ルール的にまだ接触扱いになるような距離ではないが、傍（はた）から見れば〝包囲網〟という雰囲気ですらある。

「ああ、そのことか」

けれど俺は、そんな光景に視線を遣った上で平然と頷いてみせた。それから不安そうな後輩の目を真正面から覗き込み、安心させるように言葉を継ぐことにする。

「さっき霧谷のやつも言ってただろ？　《バックドラフト》の外部協力者は行動に制限なんか掛かってない……最低限の持ち場はあるみたいだけど、要は近くにいるやつなら〝呼べる〟んだ。英明の連中も多かったから、ちょっと声を掛けて集まってもらった」

「！　……た、確かに、言われてみると英明学園の制服が多いような……」

俺の言葉に小さく目を見開いて、それから得心したような声を零す水上。実際、ここに集まっている生徒のうち半数以上は英明学園の先輩やら同級生やらだ。ただし全員がそういうわけじゃなく、学区の種類で言えばかなりの数が揃っている。中には既に期末総力戦から姿を消している天音坂学園の５ツ星・夢野美咲の姿なんかも見て取れた。

……が、まあそれはともかく。

水上は再び俺に視線を戻すと、仕切り直すような口調で〝本題〟を切り出した。

「それで、篠原先輩。あちらの皆さんも関わっているんだと思いますが……私の【怪盗ランク】を活かした手というのは、一体どういったものなのでしょうか？」

「ああ。……って言っても、ランクの方はとっくに活かされてるんだけどな」

言いながら俺は、端末を操作して目の前に投影画面を展開してみせることにした。内容は他でもない、この《バックドラフト》におけるプレイヤー情報というやつだ。

【篠原緋呂斗――☆3焔業火／相手に10ダメージを与える】
【水上摩理――☆4烈火延焼／相手全体に15ダメージを与える】

「……これが？」

何が言いたいのか分からない、という顔でさらりと髪を揺らして問い掛けてくる水上。

自分では気付いていないようだが――実は、これはかなりの功績だ。

「いいか？　俺と水上は《バックドラフト》が始まってからずっと同じパーティーを組んでた。当然、倒したNPCの数も同じだ。だけど見ての通り、水上の持ってるカードだけ単体攻撃から全体攻撃に変わってる……多分、これも【怪盗ランク】の差だろうな」

「は、はい。確かにそうかもしれませんが……ええと？」

「まあ、これだけじゃ何のことか分からないよな。だから……」

そこまで言った辺りで微かに口角を吊り上げると、俺はさっさと投影画面を閉じてしまうことにした。続けてぐるりと辺りを見渡して、ほんの少しだけ声を張り上げる。

「なあお前ら、今からちょっと面白い実験をしようと思う――絶対に負けたくないって連中にはわざわざ強制しないけど、少しでも興味があるやつは手を貸して欲しい」

「ぁ……じゃ、じゃあ、わたしが……」

俺の呼び掛けを受けて、とことこと歩み寄ってきたのは一人の女子生徒だ。英明学園の制服を着た下級生。見覚えはないが、端末には2ツ星と表示されている。

【NPCと接触しました】
【青木友梨佳(あおきゆりか)――勧誘条件：20ダメージを与える／専用カード：☆3銃撃戦(バースト)】

彼女との距離が5メートルを切った瞬間、俺たちの眼前にもはや見慣れたシステムメッセージが展開された。同時、先ほど確認したばかりの二枚のカードがぼうっと目の前に浮かび上がる。ＮＰＣへの〝挑戦(トライ)〟ではこれらのカードを任意の順で使用し、全ての手札が尽きた段階で〝勧誘条件(スカウト)〟を満たせていれば挑戦(トライ)成功となる。

そんな流れを思い返しながら、俺は目の前のウィンドウにそっと指を這(は)わせていく。

「まずは一枚目。水上(みなかみ)の【☆4烈火延焼(レッカエンショウ)】を使う、これでダメージ15点だ」

「は、はい。そして、篠原(しのはら)先輩の【☆3焔業火(ホムラゴウカ)】を使えば私たちの勝ち……ですよね？」

「まあそうだな。だけど――水上、ＮＰＣ戦の仕様を覚えてるか？」

「仕様……？」

ぱちくりと目を瞬かせる水上。

そんな彼女に「まあ見てろって」とだけ伝えると、俺は――再び声を張り上げた。

「もう一人。……さっきと同じ条件だ、誰でもいいから手伝ってくれ」

「え……」

まだ一人目の少女を倒せていないにも関わらず次のＮＰＣを呼び込む俺に、傍(かたわ)らの水上が呆気(あっけ)に取られたようにポカンと口を半開きにする。そんな彼女を置き去りに一人の男子生徒が立候補してきて、直後に新たなシステムメッセージが浮かび上がった。

【NPCと接触しました】

【相葉瑞貴──勧誘条件：50ダメージを与える／専用カード：☆4飛燕水晶】

【──乱入判定】

【〝挑戦〟の開始処理により、カードの使用状況が全てリセットされます】

「あ……！　し、篠原先輩！　これって、もしかして……そういうことですか!?」

そんな表示を見た瞬間、俺の言いたいことを全て悟ってくれたのだろう。大きく目を見開いた水上が興奮気味にそんな言葉を口にして、何かを訴えかけるようにくいくいっと制服の袖を引いてくる。おそらく無意識なのだろうが、気持ちは分からないでもない。

──そう、そうだ。

NPC戦の基本仕様……NPCと接触した際、全てのカードは使用可能な状態に戻る。

「……おかしいとは思ってたんだよな」

投影画面に【☆4烈火延焼】が復活しているのを眺めながらポツリと呟く俺。

「悪魔の侵攻もNPCへの挑戦も陣営間交戦も、対峙する相手は〝一人〟なんだからわざわざ〝敵全体〟を攻撃しなきゃいけないシチュエーションなんかない。なのに全体攻撃のカードがあるんだから、何か活かせる方法があるんだと思ってた。で……よく考えてみたら、NPC戦の途中に他のNPCと接触できない、なんて縛りはないんだよな」

「は、はい！　しかも乱入が発生した場合、カードの使用状況はリセットされる……つまりもう一度使えるようになる、ということですね!?」

「ああ。倒さなきゃいけない相手が増えるんだから普通なら何か得してるわけじゃないけど、全体攻撃があればそうでもない。今なら二人ともに15ダメージ、三人目と接触すればそこで〝未使用〟の状態に巻き戻って、今度は三人ともに15ダメージ……新しいNPCと接触し続けてる限り〝カードを全て使い切る〟っていう終了条件が満たされることもないから、最初の方に接触したNPCには膨大なダメージが蓄積されることになる」

「っ……凄いです、篠原先輩。この方法なら、どんなに手札が弱くても5ツ星までのNPCを誰でも仲間に入れることができてしまいます！」

「ま、それもこれも水上が【☆4烈火延焼】を手に入れてくれたから成立したルートなんだけどな。んで……実を言えば、目当てのNPCもとっくに決まってる」

そう言って静かに視線を持ち上げる俺。……英明学園のグラウンドに集った、数十人からなる外部協力者。大半は島内SNSやら口コミやらで募集した何の繋がりも法則性もないメンバーなのだが、たった一人だけこちらから直接呼び付けた人物がいる。

それこそが、先ほど所在を確認した少女――。

学園島十七番区天音坂学園所属・5ツ星NPCの夢野美咲だ。

「へ？　……な、何やら邪な視線を感じます！　不純です！　不穏です！　はっ……もしかして、みんなの前でわたしを負かすことで悪役としての株をドドンと上げるつもりですね!?　ふっふっふ、そうはさせません！　何故ならわたしは主人公なのでっ!!」

桃色のショートヘアを揺らして堂々と胸を張る夢野。

そんな彼女をじっと見つめていた水上が、やがてポンっと手を打ってみせた。

「あ。もしかして……専用カード、ですか？」

「……へえ？　覚えてるのか、水上」

「もちろん全員ではないですが……何かと組み合わせられそうな専用カードを持っている方は一通り押さえています。確か、夢野さんの専用カードは【☆5幻想的鏡像】……直前に使ったカードを複製してもう一度使う、という効果だったはずですが」

「何たるリサーチ力！　大正解です！　ぐぬぬ、さすがわたしのライバル……」

「え!?　ら、ライバルなんですか!?」

「もちろんです！　何故ならわたしたちは同じ5ツ星の一年生……そして主人公には、お互いに高め合う一触即発のライバルが必要不可欠なので！　ガルルルル！」

夏期交流戦《SFIA》の辺りからやけに水上をライバル視している夢野が威嚇めいた唸り声（せいぜい小型犬といった風情だが）を上げているが、時間がないので無視させてもらうことにする。……水上の記憶通り、彼女が持っているのは【☆5幻想的鏡像】の専用カードだ。カードゲーム的に言えばコンボの匂いが染み付いた良カードだが、そうは言っても単体で〝何か〟を起こせるような代物（しろもの）じゃない。

それでも水上（みなかみ）は、長い黒髪を靡（なび）かせるようにして再び顔を持ち上げた。

「先輩——私、もしかしたら分かってしまったかもしれません。篠原（しのはら）先輩が持っている紫の星の特殊アビリティ……《劣化コピー》。あのアビリティを使えば、夢野（ゆめの）さんの【☆5幻想的鏡像（ミラージュ）】を二枚に増やすことができます。もちろん一時的に、ですが」

「……？　むむ、確かに〝無限コンボ〟には主人公的なロマンがありますけど……【☆5幻想的鏡像（ミラージュ）】が何枚になっても、ダメージは0点のままですよ？」

「それでもいいんです！　だって、この《バックドラフト》には一度の挑戦でカードを100枚以上使うことが勧誘条件の6ツ星（☆6）NPC……乃愛（のあ）先輩がいるので！」

「——正解だ」

確信と共に紡がれた水上の推測にニヤリと肯定を返す——そう。夢野美咲（みさき）の持つ【☆5幻想的鏡像（ミラージュ）】は単体では意味のないカードだが、俺の《劣化コピー》を組み合わせて〝二枚〟にすれば無限増殖させることができる。もちろん無限に増える〝だけ〟ではこれまた無意味に思えるが、しかしこちらはそんなこともない。

レベル9悪魔を倒すための必須戦力……6ツ星（☆6）NPC・秋月乃愛に手が届くからだ。

——加えて、

「それだけじゃないぞ、水上？　秋月（あきづき）の専用カードは《☆6一撃極大烈火（フルパワー）》……こいつを使えば〝カード1枚で100ダメージ〟っていう浅宮の勧誘条件は簡単に満たせる。ついでに、浅宮の《☆6万能再利用術》が手に入れば皆実の〝アビリティを10個使う〟勧誘条件だって何も難しい話じゃない。APが《1》だけあれば片が付く」

「！　そんな連鎖が……本当に、物凄い幸運です。これは、先輩方の普段の行いが〝勝利の女神〟に打ち克ったということなのかもしれません！」

（いや……まあ、ここが唯一の〝仕込み〟ってだけなんだけどな）

純粋無垢な後輩に対して心の中で苦笑いを浮かべつつ、俺は「かもな」と返すことにする。……本来、6ツ星NPCたちが持つ勧誘条件や専用カードはもっとバラバラで脈絡のないモノだった。それをコンボが繋がるよう都合よく入れ替えた、というのがこの《バックドラフト》における唯一にして最大の〝不正〟というわけだ。

「で、だ……この三人だけでも充分以上に強力なんだけど、レベル9悪魔の【体力10000】を削り切るにはまだ足りない。それくらいとんでもないんだ。でも、6ツ星NPCを三人仲間にすることで、一番難易度の高い6ツ星の勧誘条件が満たされる――」

言いながら、俺は静かに手元の端末へと視線を落とすことにする。

そこに書かれているのは、何なら字面だけで安心感を覚えるくらい見慣れた名前だ。今は一番区にいるはずの――否、一番区の《区域大捕物》を〝無名のパーカー少女〟として爆速で片付け、常勝無敗の端末を引っ提げて駆け付けてくれた最強の共犯者。

【――《バックドラフト》に新たなNPCが参加しました】
【彩園寺更紗――勧誘条件：6ツ星NPCを三人以上勧誘する。
専用カード：《☆6女帝戦略指南》（全カードを超絶強化して再使用）】
「ハッ。……これで倒せない〝悪魔〟なんか、この世界には存在しねぇよ」
微かに口角を持ち上げながら、俺はそんな言葉を口にした。

♭　――姫路白雪③――

「はぁ、はぁ……」

右手を透明な壁に押し当てながら、息せき切って進みます。

目指すべき〝彼女〟の姿は随分前から視界に入っていました。……ですが、まだまだ油断はできません。このエリアを何重にも分割しているのはいくら目を凝らしても見えない透明な壁。これが《ダブルシーカー》という《区域大捕物》の難しいところです。

と――そんな折、

「！」

左手に持っていた端末が振動し、わたしはびくりと肩を跳ねさせました。……合流までの制限時間として自分で設定していたアラームです。第16ラウンドの終了まで残り二十五分、既に理想のペースではありません。このままでは……と暗い思考が押し寄せそうになって、しかしわたしはそこで思いきり首を横に振ることにしました。

――学園島（アカデミー）最強の7ツ星ランカー・篠原緋呂斗（しのはらひろと）様。

ご主人様の凄（すご）いところは色々とありますが、中でも一つを挙げるとするならやはり〝精神力〟でしょうか。拠（よ）り所（どころ）のないこの島へ転校してきてから一年近く、ご主人様は普通の学生であれば一生掛かっても経験し得ない逆境に何度となく叩（たた）き込まれてきました。その度にご主人様を救ってきたのは、確かに《カンパニー》によるイカサマなのかもしれません。あるいは女狐（めぎつね）様による采配かもしれませんし、リナの協力や紫音（しおん）様の助言、そして英明（えいめい）学園メンバーの奮闘によるところも決して小さくはないでしょう。

ですがそれらは全て、ご主人様が立ち止まらなかったから掴めたものです。

わたしの知る限り――ご主人様を最も近くで見てきたわたしが知る限り、ご主人様はただの一度も〝諦める〟という行動を選択していないのです。

「……だから。わたしが諦めるわけには、いきません」

あえて言葉に出して呟（つぶや）きながら、わたしはもう一度顔を持ち上げます。

視線の先には、もうかなり近い位置に〝彼女〟の姿がありました。当然ながら相手もわたしの接近には気付いていて、ぶんぶんと両手を振りながらこちらへ駆けてきては透明な壁にぶつかって泣きそうになりながらおでこを押さえたりしています。とても可愛（かわい）らしく思わず頬（ほお）が緩んでしまいますが、残念ながら今はほっこりしている暇もありません。

進んで、進んで、壁に阻まれて、迂回して、進んで、戻って、また進んで。

——そして、ラウンド終了まで残り十五分を切った頃。

「白雪さん……っ!!」

泣きじゃくった泉夜空様が、むぎゅうとわたしの腰に抱き着いてきていました。

「ご、ごめんなさいごめんなさい、わたしの影が薄いばっかりにこんなに合流が遅れてしまって……！　あの、えっと、遠慮なく蔑む感じの目で睨み付けてください！」

「……ダメです。わたしがそれをやると、その……あまり冗談っぽく見えないので」

相変わらず極端な被虐嗜好が見え隠れする夜空様の要求に小さく首を振りながら、わたしは乱れかけていた呼吸を整えるべく静かに息を吐き出しました。……残り時間は想定よりもずっと短いです。が、それは決して諦める理由にはなりません。

「——では、夜空様」

小さく髪を揺らしながら、わたしは覚悟を決めて切り出しました。

「少し遅くなってしまいましたが、さっそく始めていきましょう」

＃＃

結論から言えば——俺の作戦は上手くいった。
ＮＰＣの乱入判定と全体攻撃である【☆4烈火延焼】を組み合わせた累積ダメージによ

る☆5ツ星NPC・夢野美咲の勧誘と、彼女の持つ【☆5幻想的鏡像】に俺の《劣化コピー》を重ねた〝無限コンボ〟による☆6ツ星NPC・秋月乃愛の勧誘。こうして秋月が仲間に加わってからは本当にトントン拍子というやつで、浅宮も皆実もそれから彩園寺も、最低限の移動時間以外はほとんどロスなく勧誘条件を満たすことができた。

……そんなわけで。

「あ、圧巻ですね……！」

《バックドラフト》開始から七十五分、すなわちレベル9悪魔が襲来する数分前。

遊撃部隊として動いていた俺と水上が榎本たちの本隊と合流し、久方ぶりの全員体制となった【怪盗】陣営の前に、都合四人もの☆6ツ星NPCがずらりと並んでいた。

秋月乃愛、浅宮七瀬、皆実雫、そして彩園寺更紗。

学園島を代表するレベルの6ツ星ランカーたちが――中でも英明の三年生が揃っていることが嬉しくて仕方ないのか、水上は思いきり口元を綻ばせている。

「ここに白雪先輩がいればもっと良かったんですが……それでも、英明学園の先輩方が大集合です。とっても、とっても凄いです……！」

「ま、姫路は隣のエリアで大活躍してるとこだからな。圧巻ってのは確かだけど」

「ん……それは、わたしも同意」

そこへ真っ先に口を挟んできたのは、秋月でも浅宮でもなく皆実雫だった。十四番区聖ロザリアのエースにして《凪(なぎ)の蒼炎(そうえん)》の二つ名を持つ6ツ星ランカー。およそ一週間ぶりに相対した彼女は、ぐるりと辺りを見渡しながら淡々とした声音で告げる。

「これだけの美少女を集めるとは、圧巻……さすがは、ストーカーさん。《決闘(ゲーム)》を攻略するついでに、女の子まで攻略……その手口には、惚(ほ)れ惚(ぼ)れ」

「……いや。別に、見た目基準で選んでるわけじゃないんだけど」

「？　でも……6ツ星ランクの女の子が勢揃(せいぞろ)い、って」

「等級は人気ランキングじゃねえわ」

いつも通り気怠(けだる)げな表情で惚(とぼ)けたことを言う皆実(みなみ)にペースを握られないよう、ジト目と共に嘆息交じりの答えを返す俺。と——瞬間、そんな皆実の隣から一人の少女が身を乗り出した。ふわふわの栗色(くりいろ)ツインテールに下級生と見紛(みまが)う小柄な身体(からだ)、それに相反する凶悪なサイズの胸。英明(えいめい)の小悪魔とも呼ばれるあざと可愛(かわい)い三年生・秋月乃愛(あきづきのあ)その人だ。

「えへへ……でもでも、雫(しずく)ちゃんの言う通りだよ？」

俺の目の前で両手を広げた彼女は、甘えるような声音でそんなことを言う。

「こーんなに可愛い乃愛ちゃんが期末総力戦(パラドックス)の舞台に戻ってきたんだもん♪　緋呂斗(ひろと)くん緋呂斗くん、遠慮しないでぎゅーってしていいよ♡」

「……あのな。こんなところで何言ってるんだよ、秋月」

「ぁ……えへへ♡　それって、人目がないところでこっそりならいいってことだよね♪」

「や、だからそういうわけじゃなくて……」

「むむ……ストーカーさんが、手玉に取られてる。これが、英明の小悪魔……」

「だ、ダメですよ乃愛先輩！　篠原先輩は私――じゃなくて、独り占めは良くないです！」

あざとく俺に迫ってくる秋月を見て感心したような声を零す皆実と、微かに頬を赤らめながらもぎゅっと胸元で両手を握って懸命にそんな主張を繰り出す水上。

「え、と……」

そんな俺たちの傍らでは、もう一人の三年生――鮮やかな金糸と抜群のプロポーションを誇るギャルJKこと浅宮七瀬が、おずおずと榎本の前に歩を進めていた。ちら、と視線を持ち上げた彼女は、右手の指先で髪を弄りながら素っ気なく口を開く。

「ただいま、進司」

「……ふむ。ただいま、というのは少し違うだろう。今の七瀬は《バックドラフト》におけるNPCだ。外部協力者ではあるが、何も正式なプレイヤーというわけではない」

「そ、そうだけど……じゃあ、別にウチじゃなくても良かったってカンジ？」

「…………そうは言っていないが」

ふい、っと視線を逸らしながらそんなことを言う榎本。

それを見るとはなしに眺めながら、俺はちらりと傍らの彩園寺に視線を遣る。すると彼女の方もこちらを向いていて、ついでに少しだけ口元を緩めているのが見て取れる。

悪戯っぽい紅玉の瞳に力をもらいながら——俺は、改めて榎本へ向き直ることにした。

「ってわけで……待たせたな、榎本。レベル9の悪魔が襲来するまであと数分ってところだけど、戦力的にはどうにか足りただろ？」

「……ああ」

いつも通りの仏頂面を浮かべたまま、榎本はストレートな肯定を返してくる。投影画面に現在の〝デッキ〟を一覧表示させながら、彼は淡々とした口調で続けた。

「足りるどころか悪魔が可哀想なくらいだ。戦力を求めたのは僕の方だが、まさか6ツ星のNPCを四人も連れてくるとは思わなかった。さすがは7ツ星、といったところか」

「そりゃどうも。けど、その辺はお互い様だろ？　そっちには【探偵】陣営の妨害もあったはずだし、レベル8までの悪魔だって弱くはなかったはずだ。俺と水上が仲間集めに集中できたのは、榎本たちが面倒事をまとめて引き受けてくれたからだって」

「榎本先輩だ。……言わんとしていることは伝わるが、取り立てて面倒というほどのことでもない。今の【怪盗】陣営は精鋭揃いだからな。これだけ潤沢に人員が揃っていて悪魔や【探偵】に手も足も出ないとなれば、むしろ僕の力量が疑われる」

小さく肩を竦めて嘆息交じりに零す榎本。謙遜というやつなのだろうが、隣で聞き耳を立てていた結川が口元を緩めている辺り、やはり人を動かす天才だと言っていい。

ともかく榎本の言う通り、レベル9の悪魔に関して言えばもはや憂いなど全くない。

（ただ……）

思わず右手を口元へ遣ってしまう。……とはいえ、他に懸念が何もないわけじゃなかった。【☆6竜胆】や【☆6霧谷】を介した妨害こそあったものの、その後の【探偵】陣営は不気味なほどに沈黙している。榎本による的確な対処があったことは事実だが、特に俺と水上が方針を変えて以降、たった一度の陣営間交戦すら発生していない。

（いや……まあ、杞憂だっていうなら別にいいんだ。《バックドラフト》は〝どっちも勝ち〟が起こり得る仕様だから、このまま終わってくれるならそれでもいい。けど……）

——そんなわけがないだろう。

それが嘘偽りない俺の本心だった。両者勝利で《バックドラフト》が終わる？　そんなことになるなら、不破兄妹や阿久津までもが四番区を選んでいる意味が分からない。彼らの目的は十中八九〝妨害〟で、それなら確実に俺たちを負かす必要がある。

「……なあ、彩園寺。それに久我崎も、ちょっといいか？」

だから俺は、頭の中で一通り思考を巡らせると、近くに立っていた彩園寺と久我崎の二人に声を掛けることにした。このまま何事もなければそれでいいが、高確率でそうはならないからこそその保険。二人の端末を介してちょっとした処理を行っておく。

そして、そのまま数分後——

【〝怪盗〟陣営がレベル9の〝悪魔〟を撃退しました】

【《区域大捕物》終了まで、残り九分十一秒です――】

満を持して登場したレベル9の悪魔に関しては、拍子抜けするくらいあっさりと片が付いた。が、まあそれも当然の話だ。悪魔の体力や特殊行動は予め提示されているため、事前の準備さえできていれば波乱など起こるはずもない。6ツ星のNPCを四人も掻き集められた時点で、俺たちがレベル9の悪魔を撃退できることは分かり切っていた。

……故に、波乱が起こるとすれば。

「む……？」

レベル9の悪魔が黒い粒子となって消えた瞬間、榎本の怪訝な声が耳朶を打つ――その要因は、少し視線を上げてみれば一目瞭然だった。先ほどの勝利報告とは雰囲気の違う不穏なシステムメッセージが、俺たち【怪盗】陣営の前に大きく投影展開されている。

曰く、

【不破深弦、および不破すみれが《延長戦》アビリティを使用しました】

【《バックドラフト》にレベル10の〝悪魔〟が追加設定されます】

【レベル10の襲撃まで、残り七分二十三秒です――】

「――なッ!? ど、どういうことかな、これは!? 最後の〝悪魔〟はこの僕――6ツ星ランカー結川奏が華麗なるカード捌きで浄化してやったばかりじゃないか！」

見るからに狼狽する結川だが、今回ばかりはその反応が自然だとすら言えるだろう。

レベル9の悪魔を撃退した俺たちの眼前に浮かび上がってきたのは、それほどまでに意味不明な文言（テキスト）だった。本来の《バックドラフト》には設定されていないレベル10悪魔の追加。それを実現したのは、不破深弦と不破すみれが有する〝二人で一つ〟の特殊な色付き星（ユニークスター）――桃色の星の限定アビリティ《延長戦（エクストラターン）》だ。効果期間が切れてしまうと強烈なデメリット効果があるものの、終了予定の《決闘》を無理やり引き延ばせる唯一無二のアビリティ。そしてそれは、もちろんこの《区域大捕物（エリアレイド）》でも有効となるらしい。

そこまで思考を巡らせた、刹那――コツッ、と軽やかな足音が俺の鼓膜を撫（な）でた。

「っ……！」

相手などとっくに分かり切っていたが、それでも俺は咄嗟（とっさ）に息を呑（の）みながら後ろを振り向くことにする。と……そこにいたのは三人のプレイヤーだ。七番区森羅（しんら）高等学校の制服を纏（まと）った高ランカー。何度となくぶつかり合ってきた正真正銘の強敵たち。

その中心に立つ少年――不破深弦は、ベージュの髪を微（かす）かに揺らしながらこう言った。

「久しぶりだね、篠原（しのはら）くん。せっかくの勝負が引き分けじゃつまらないから、見ての通り延長させてもらったよ。悪いけど……期末総力戦だけは、絶対に勝たせられない」

＃

期末総力戦サドンデスルール《リミテッド》——第16ラウンド、延長戦。

俺たちの前に姿を現したのは【探偵】陣営の面々……もとい《アルビオン》のメンバーだった。少し前まで同じ地下牢獄に閉じ込められて《E×E×E》攻略のためにお互いを利用し合い、さらに《FM&S》では【探偵】陣営のリーダーとして俺の前に立ち塞がった阿久津雅。それから夏期交流戦《SFIA》や二学期学年別対抗戦《修学旅行戦》でバチバチに鎬を削り合った不破深弦、および不破すみれの双子兄妹。

「嬉しいわ、嬉しいわ！」

中でも不破兄妹の〝妹〟の方、つまりすみれは、貴族の令嬢みたいな長い髪をふわふわと広げながら純度100％の笑みを浮かべてパチンと両手を打ち合わせている。

「こんなところでヒロトに会えるなんて！　ヒロト、元気にしていたかしら？」

「……ま、体調的にはな。精神的には、今さっきちょうど嫌な気持ちになったところだ」

「まあ！　大丈夫かしら、大丈夫かしら……？　わたくしで良ければいつでもお話を聞くわ。だって、ヒロトが落ち込んでいるとわたくしも悲しくなってしまうもの！」

「…………」

「……ごめんね、篠原くん。すみれには悪気があるわけじゃないんだ。煽りでもない」

「分かってるよ……ったく」

気の毒そうに謝ってくる深弦に対して嘆息交じりに首を振る俺。不破すみれという少女に敵意やら悪意の類（たぐい）が一切ないことは《ＳＦＩＡ》の頃から充分に知っている。

　ちなみに阿久津雅はと言えば、今回はサポート役に徹するつもりなのか深弦の後ろから冷徹な視線を向けているだけだ。顔を合わせる度に罵声を浴びせられてきたため何も言われないと違和感がある……が、危うい思考な気もするので深掘りは止（や）めておこう。

　ともかく。

「それじゃあ――改めて、説明させてもらおうかな」

　俺がそこまで思考を巡らせた辺りで、穏やかな表情を浮かべた中性的な美少年・不破深弦が、ぐるりと俺たち【怪盗】陣営の顔触れを見渡しながら口を開いた。

「ついさっきシステムメッセージでも流れたと思うけど……ボクとすみれは桃色の星の特殊アビリティ《延長戦（エクストラターン）》を使った。本来なら《バックドラフト》はレベル9の悪魔を倒した時点で終了なんだけど、このままじゃ両陣営が〝勝者〟になっちゃうからね。それはさすがに見過ごせないから、無慈悲な〝レベル10〟を用意することにした」

「なるほどな。……で？　わざわざここに来たってことは、その〝レベル10〟とやらが来る前に俺たちと交戦して凶悪な【★】でも押し付けてやろうって魂胆か？」

「大正解だよ。だって、今の【怪盗】陣営には【☆6女帝戦術指南（リーダーズ）】まであるからね。レベル10の悪魔でも簡単に倒されちゃうかもしれない。それじゃつまらないでしょ」

「……へえ？　レベル10の悪魔にも対抗できる俺たちを、お前らは【★】のカードを抱えたまま倒せるって言いたいのかよ。そう簡単にいくわけ――」

「――いいえ、いいえ！　それくらい簡単なことよ、ヒロト！」

俺が深弦の言葉に反論しようとしていたところ、代わりにぐいっと距離を詰めてきたのはすみれの方だった。彼女は純粋無垢な笑顔のまま誇らしそうに言葉を継ぐ。

「凄いのよ、凄いのよ！　わたくしたち、ここまで順調に悪魔の皆さんを撃退してきたのだけれど……ミヤビの色付き星で、強い悪魔さんたちをみーんな仲間にしているの！　これって、とっても凄いことじゃないかしら？」

「っ!?　悪魔を仲間に……要はカード化した、ってことか？　そりゃ、確かに《支援／傀儡》のアビリティならできるだろうけど……とんでもない雑食だな、おい」

「……あら。貴方のような〝とんでもない雑魚〟よりはいくらかマシだと思うけれど」

動揺と共に零した俺の感想に鋭利な氷のような返事を投げ掛けてくる阿久津。

が、まあそれはともかく――言われてみれば、納得できるものではあった。阿久津の持つ宵の星の特殊アビリティ《支援／傀儡》。思えば《FM&S》でも【防衛獣】たちを軒並み操っていたわけだから、ここで悪魔を従えるくらい簡単にやってのけるだろう。それに、そもそも【探偵】陣営には潤沢なAPがある。戦力差は推して知るべし、だ。

「ふ、ふふっ……あ、あの方を見ていると妙に寒気がするんだけど、君には理由が分かるかい篠原？　いやでも、もっと蔑んだ目で見られたいという気持ちも……」

同じく《FM&S》で傀儡にされていた結川が悶々としているが、ともかく。

切り替えるように深弦がもう一度口を開いた。

「正直な気持ちを言うよ。ボク自身は、別に8ツ星に興味があるわけじゃない——越智さんが救おうとしてる子だって、極端なことを言えばどうでもいい」

「ひどいわミツル、ひどいわ！　わたくし、イオリとっても仲良しなのに！」

「ボクだって嫌いじゃないよ。ただ、それだけならここまでしなかったってだけ」

「……へえ？　じゃあ、お前は一体何のために戦ってるんだよ」

「《アルビオン》のためだ」

短く言い放つ深弦。薄いベージュに染まった髪を風に舞わせた彼は、確かな信念を感じる瞳を真っ直ぐ俺に向けながら一つ一つ丁寧に言葉を紡いでいく。

「ボクとすみれは、越智さんに……《アルビオン》に助けてもらった。それまでずっと居場所がなかったボクたちを《アルビオン》が拾ってくれた。篠原くんにとっては〝敵〟なのかもしれないけど、ボクからすれば家族みたいな組織なんだ」

「そうね、そうね！　ハルトラはとっても大切なわたくしのお兄様よ！」

「うん。そしてこの《決闘》は、そんな越智さんに恩返しができる最後の機会だ——負けられないんだよ、だからこそ。ボク自身は篠原くんに何の恨みもないけど、同年代の7ツ星として尊敬だってしてるけど……それでも、ここだけは徹底的に勝たせてもらう」

そう言って。

深弦(みつる)はポケットから端末を取り出すと、静かに足を踏み出した——一定距離(5メートル)以内への接近。同時、この《バックドラフト》において"接触判定(エンカウント)"を示すノイズが俺たちの視界をざっと掠(かす)める。こうなったらもう逃げることなんてできやしない。

眼前の投影画面に表示されているのは、彼我(ひが)の戦力差を露骨に証明する各種データだ。

【怪盗側総AP：2】
【怪盗デッキ／プレイヤー：《☆4業炎排撃(ゴウエンハイゲキ)》×6《☆5陽炎之硝煙(カゲロウノシヨウエン)》×2……等】
【怪盗デッキ／NPC：《☆6女帝戦術指南(リーダーズ)》《☆6一撃極大烈火(フルパワー)》……等】
【探偵側総AP：29】
【探偵デッキ／プレイヤー：《☆5陽炎之硝煙(カゲロウノシヨウエン)》×4《☆5火炎増幅器(カエンゾウフクキ)》×6】
【探偵デッキ／マイナス：《★8冥界煉獄唯我独尊(ルーザー)》】
【探偵デッキ／NPC：《☆8悪魔》《☆7悪魔》《☆6賭博狂騒劇場(カジノマスター)》……等】

「最初に言っておいてあげるけど……」

映し出された文面をざっと眺める俺に対し、対面の深弦が冷酷に告げる。

「篠原(しのはら)くんがボクたちの知らない秘密兵器でも隠し持ってない限り、この交戦はボクたちの勝ちだよ。こっちには《バックドラフト》内最悪の【★8】カードがあるけど、それをたった一度だけ無効化できる唯一の専用カード……飛鳥萌々(あすかもも)さんの【☆5深淵封印術(ブレイカー)】がある。加えて、悪魔のレベルはそのままレアリティだ。レベル7なら7ツ星相当、レベル8なら8ツ星相当の強さを持っていると思ってくれればいい」

「……なるほどな。妨害が入らなかったのはそういう理由かよ」

「まあね。妨害しなかったんじゃなくて、単に必要がなかったんだ。このタイミングで最悪の一撃を叩き込めば、それで【怪盗】陣営の負けだから」

静かに言葉を紡ぐ深弦。

対する俺は、無言のままそっと右手を口元へ遣る——互いの所持カードを細かく精査したわけじゃないが、おそらく彼の言っていることは正しいのだろう。ここでの襲撃が〝必勝〟だと分かっていたからこそ余計な真似はしなかった、と見るべきだ。

（で……）

そこで、改めて投影画面に視線を向ける俺。注目すべきは阿久津が傀儡にしているという高レベル悪魔のカードではなく、むしろ【★】……この交戦に負けた場合、間違いなく俺たちに押し付けられるのであろうマイナスカードだ。

【《★8冥界煉獄唯我独尊》：あらゆる交戦で最初に使用される／自陣営のデッキに含まれる全カードの効果を消滅させる／アビリティ等の干渉を一切受けない】

——無効化不能、回避不能、干渉不能な災厄レベルの【★8】。

こんなものがデッキに入っていたら、たとえ相手がレベル1の悪魔だろうと撃退するのは不可能だろう。あっという間に呪いが溜まって全員が〝脱落〟してしまう。

「ど、どうしよ、緋呂斗くん……！」

俺がそんなことを考えた辺りで、耳打ちするように声を掛けてきたのはすぐ隣にいた秋月乃愛だった。珍しく微かな焦燥をその表情に滲ませた彼女は、それでもあざとく人差し指を顎の辺りに添えながら、ぐるぐると必死に思考を巡らせている。

「あんなカードをもらっちゃったら、いくら緋呂斗くんと乃愛の最強タッグでもレベル10の悪魔を倒すなんて無理だよね？　何とかしてこの交戦に勝たないと——」

「——いや」

と……刹那、俺は秋月の台詞を遮るような形でそんな言葉を口にしていた。同時に投影画面の片隅に刻まれた〝投降〟のコマンドを選択し、ゆっくり両手を挙げてみせる。

「お前の言う通りだ、深弦。この交戦で俺たち【怪盗】陣営が勝つ手立てはない……カードはともかく、APの方で完敗してるしな。無駄な抵抗はやめとくよ」

「……まあ、そうなんだけど。でもいいの？　【★8冥界】は最悪の〝足枷〟だよ。色付き星のアビリティでも6ツ星NPCでも、絶対に処理できないはずだけど……？」

「そう思うなら自信満々に押し付けとけばいいだろ？　どっちにしても、この《区域大捕物》はもうすぐ終わる。そこではっきり〝答え〟は出るんだから」

「…………」

　不敵な態度を崩さない俺に違和感を抱いたのかその後も怪訝な視線を向けてきていた深弦だったが、レベル10悪魔の襲撃まであまり時間がないこともあり、やがて目の前の投影画面に手を伸ばした。それにより、改めて陣営間交戦の勝敗が確定する——勝者は、見るまでもなく【探偵】陣営だ。《バックドラフト》の交戦規定に従って、勝者側のリーダーである深弦が〝奪うカード〟と〝押し付けるカード〟をそれぞれ選択する。


【交戦終了／勝者：探偵陣営】

【《★8冥界煉獄唯我独尊》が怪盗陣営に《☆6女帝戦略指南》が探偵陣営に移動します】

【レベル10悪魔の襲来まで、残り二分十二秒です——】


　……最強の【☆6女帝戦略指南】と最悪の【★8冥界】の強制交換。

　そんなものが滞りなく行われたことを確認した俺は——傍らの相棒こと彩園寺更紗と密かに視線を合わせてから——勝利を確信した表情で不敵に言い放つことにした。

「ありがとな、深弦。これで……この《区域大捕物》は俺たち【怪盗】陣営の勝ちだ」

「……は？」

　疑問と苛立ちが半々くらいでブレンドされた短い声。

　いきなり脈絡のないことを言い出した俺に対し、深弦が眉を顰めて問い掛けてくる。

「待ってよ篠原くん。……〝勝つ〟って言ったの？　今から、この状況で？」

「ああそうだ。正確には、これから勝つんじゃなくてもう【怪盗】の勝ちが決まってる」

「そんな、わけ……」

俺の態度と発言に不穏なものを感じ取ったのだろう。深弦(みつる)は手元の端末に視線を落として先ほどの交戦履歴(ログ)や【怪盗】の所持カード一覧をじっくり眺め始める。……が、そんなことをしても意味がない。そこに表示されている情報の全てが〝【怪盗】陣営がレベル10悪魔に勝てるわけがない〟と証言していることだろう。

「ま……そりゃそうだよな。いくら【怪盗】側のデッキが強くても、さっきお前らに押し付けられた【★8冥界(ルーザー)】は最悪のカードだ。どんなアビリティでも6ツ星(☆6)NPCの専用カードでも対処できない。だから、普通に考えれば俺たちの負けだ」

「……じゃあ、なんで勝ち誇ってるのさ」

「そうだな、分からないならヒントを教えてやるよ。なあ深弦、俺たちが参加してる《決闘》は何だ？《バックドラフト》は単なる《区域大捕物(エリアレイド)》の一つに過ぎなくて、もっと言えば《リミテッド》だって大規模《決闘(ゲーム)》の終盤戦を盛り上げるためのサドンデスルールでしかない。一番大元の枠組みは、もちろん期末総力戦《パラドックス》だ」

「——————」

……そう。

派手な仕様変更があったためすっかり頭の片隅に追い遣(や)られていたが、現行の《リミテッド》はあくまで泉夜空(いずみよぞら)の【ラスボス：モードC《不滅(Continue)》】によって前倒しにされた期末総力戦の特殊ルールでしかない。細かい設定やら何やらは全て引き継がれている。

そして期末総力戦《パラドックス》には、ある一つの重要な仕様があった。


「ククッ。……【スパイ】コマンドを発動する」


瞬間、場を支配してみせたのはいかにも気取った短い声。

それを発した男は――八番区音羽学園リーダー・久我崎晴嵐は、指先でカチャリと眼鏡を持ち上げながら、わざとらしいほどに口角を歪めて言葉を続ける。

「貴様ら森羅は大事なことを忘れていたようだな。今は《パラドックス》の最中で、加えて《陣営固定》の楔は他でもない貴様らが解除した。つまり、現在は【スパイ】による陣営変更が可能な期間というわけだ。そして僕ら音羽はその権利をまだ使っていない」

「な……」

「無論、音羽と言っても残っているのは僕だけだがな。ともかく【スパイ】コマンドの実行により、この僕――久我崎晴嵐が【探偵】陣営に移動する」

襟付きの黒マントを靡かせながら意気揚々と告げる久我崎。

いや……もちろん、彼が陣営変更をするだけで事態が何もかも解決するというわけじゃない。音羽の【スパイ】コマンドはあくまでも〝トリガー〟の一つというだけだ。

「──なあ、深弦」

俺は安堵から微かに口元を緩めると、そのままゆっくりと言葉を継ぐことにした。

「お前らはついさっき、陣営間交戦で俺たちに勝って【★8冥界】のマイナスカードを押し付けたよな？　……具体的には、誰にだ？」

「え？　それは……【☆6女帝戦略指南】を持ってた人だから、彩園寺さんじゃ──」

「ええそうね」

深弦の発言にやや食い気味の同意を告げる彩園寺。豪奢な赤髪をふわりと揺らした彼女は、右手をそっと腰の辺りに添えながら不敵な笑みを浮かべてこう付け加える。

「──ついさっきまでは、だけど」

「ククッ……はーはっはっはっは！　騙されたな、森羅の！」

刹那。高らかな哄笑と共に、久我崎晴嵐が自身の所持カードを公開する──他の全員と同様にたった一枚のカードが格納された投影画面。そこに表示されているのは、紛れもなく【★8冥界】のカードだ。ついさっき【探偵】陣営から【怪盗】陣営に押し付けられた最低最悪のマイナスレアリティ。消滅せず、アビリティの干渉も受けず、絶対に使わなければならず、デッキに含まれる全カードの効果を失わせる絶望の一枚。

それが、今……【スパイ】コマンドを介して、再び【探偵】陣営に差し戻された。

「ッ……」

「――交換してたんだよ、所持カードをな」

視線の先の深弦が何かを悟ったように目を見開く中、俺は微かに口角を吊（つ）り上げながらそんな言葉を口にする。……そう、そうだ。レベル9悪魔が襲来する直前、俺は万が一の可能性を考えて最強の【☆6女帝戦略指南（リーダーズ）】を彩園寺から久我崎に移していた。

確かに【★8冥界（ルーザー）】はアビリティでも6ツ星（☆6）NPCでも対処できないかもしれない。ただし、その所持者自身が陣営を移ってしまえば――対処不可能な【★】カードは、そのまま【探偵】陣営を引（ひ）き摺（ず）り下ろす強大な〝足枷（あしかせ）〟となる。

「なん、で……そんなこと」

「そりゃもちろん、お前が《延長戦（エクストラターン）》を持ってることを知ってたからだ。絶対に何か仕掛けてくるって分かってたから、そのための対策をしておいた。……あの時点で、俺たちが負けるとしたら〝【探偵】から厄介な【★】を押し付けられた場合〟くらいしか考えられなかったからな。それなら、久我崎に持っていってもらえばいい」

「っ……おかしいでしょ、それ。だって、久我崎くんには何の得も――」

「ククッ……いや？　結局、僕にとっては〝どちらの陣営で悪魔に負けるか〟というだけの違いでしかないからな。ならば僕は、我が女神の味方をしよう」

「……だ、そうだ」

確かに得はないが、それで言うなら久我崎が勝てるルート自体が既にない。であれば彼が彩園寺の勝利を優先するのは至極当然と言ってもいいくらいだろう。

「…………」

その辺りで状況が詰んでいることをはっきりと認識してくれたのか、対面の深弦は静かに息を吐き出してみせた。傍らのすみれがおろおろと狼狽する中、小さく下唇を噛み締めた彼は普段より温度の低い視線をこちらへ向けてきて。

「……そっか。まだ、抵抗するつもりなんだね」

ポツリと、様々な感情を含んだ言葉が紡がれる。

「ここでボクたちに勝ったところで、きっと越智さんには敵わないのに……それでも篠原くんは、最後まで抗うつもりなんだ？　一番大変な道を選ぶんだ？」

「そりゃまあな」

立て続けに問い掛けてくる深弦に対し、ノータイムで頷きを返す俺。

霧谷戦の時と違うのは、一人じゃないということだ。傍らに彩園寺がいて、英明学園の仲間がいて、イヤホンの向こうには《カンパニー》がいて、隣の学区では今まさに姫路が重要な作戦を遂行してくれている。これは、文字通りの総力戦なんだ。だからこそ、俺がこんなところで立ち止まっているわけにはいかない。

「ハッ……」

だから俺は。

内心ではそっと胸を撫で下ろしながら、表面上は不敵に笑ってこう言った。

「――【怪盗】の底力を甘く見るなよ、傲慢な【探偵】ども。お前らに天下は渡せない」


【四番区《区域大捕物》：名称《バックドラフト》】

【開始から九十分（＋延長十二分）で〝怪盗〟陣営のみレベル10悪魔撃退成功】

【〝怪盗〟陣営プレイヤーに祝福付与／〝探偵〟陣営プレイヤーには呪い付与】

♭　――姫路白雪④――

「さて……いいですか、夜空様？」

期末総力戦サドンデスルール《リミテッド》第16ラウンド終盤。

ようやく夜空様と合流できたわたしは、人差し指を立てて簡単な説明を始めます。

「わたしたちの役目はシンプルです――紫音様も言っていた、越智様の《シナリオライター》を攻略するための手順について。現状はご主人様が敗北する未来しかシミュレートされていませんが、この第16ラウンドで【怪盗】陣営が《バックドラフト》に勝利すればそれも覆るでしょう。ですが、覆ったことが知られるのは良く、あ、あ、ありません」

「は、はい。そうなったら〝シナリオ〟を修正されてしまいますもんね」

「その通りです、夜空様。ですので、どうにかして回避しなければなりません――が、ラスボス化してしまった越智様の端末に干渉するのはいかなる方法でも不可能。そして越智様の《征服》が作用している夜空様の端末も、現在は所有権が剥奪されています」

「そうなんです……特にロックが掛かっているわけじゃないんですけど、生体認証なんかが全部上書きされちゃっていて。わたしの端末なのに、わたしには使えません」

しょんぼりと俯いた夜空様が、端末の画面を指先でちょんちょんと突きます。本来ならそれで起動するはずですが、画面に表示されるのは【認証できません】という簡素なメッセージだけ。空色の星で所有権が上書きされているというのは間違いないようです。このままでは《カンパニー》による【黒い絵の具】の性能調整すら実行ができません。

ですが、言ってしまえば上書きされているのは〝所有権〟のみ。

それこそがミソでした。

「《ダブルシーカー》――ここ五番区の《区域大捕物》では、相手陣営のプレイヤーから勝手にアビリティを〝借りる〟ことができます。これは、平たく言えば端末の所有権という概念を一時的に無視して、相手陣営プレイヤーの端末機能を強制的に実行できるということです。所有権が無視されますので、今は《征服》の影響など欠片もありません」

「は、はい。……でも」

ごくりと唾を呑みながら頷いていた夜空様ですが、そこで不安そうに首を傾げます。

「本当に、大丈夫なんでしょうか……？　わたしの端末はただ《征服》の支配下にあるだけで、越智さんの端末というわけじゃありません。エリアも離れているのに、ここから間接的に何か干渉するなんて……」

「――大丈夫ですよ、夜空様」

ですがわたしは、その不安を一言で切り捨てます。

それは、一つに時間がないからというのもありました。夜空様には申し訳ない気持ちもありますが、ゆっくりと説明をしている時間は既にありません。ただそれ以上に、当たり前のことだから――というのが正直なところでした。ここに越智様の端末がないことは分かっています。ですが、そんなことは関係ありません。夜空様の端末は越智様による《征服》で支配されている……つまり、回線越しに繋がっている。

そんなの――逆探知して〝シナリオ〟を書き換えるには充分すぎる好条件です。

「ふふっ……」

だから、わたしは。

真っ白な手袋を付けたまま夜空様の端末に触れると、学園島（アカデミー）最強の７ツ星を支える専属メイドとして、ご主人様のパートナーとして、不敵に笑みを浮かべるのでした。

「――見ていてください、夜空様。これが最後の〝仕上げ（イカサマ）〟です」

＃＃＃

「「…………」」


様々な意味を持つ沈黙だけが辺り一帯を支配する。

俺もあいつも、きっと分かっていた——これが最終決戦なのだと。《リミテッド》零番区通常エリア。この場所で何もかもが終わるのだと、感覚的に理解していた。

「……驚いたよ、緋呂斗(ひろと)」

対面の越智(おち)が静かに口を開く。

「いつの間にか、零番区(ここ)の呪いが書き換えられてる……いや、それだけならいい。でも不思議なことに、僕はそのことに気付けなかった。この《決闘(ゲーム)》の、期末総力戦の結末が何も見えなくなった。君は……緋呂斗は《シナリオライター》に細工をしたんだね」

「まあな。だって、そうでもしなきゃお前(ラスボス)は退場してくれないんだろ?」

自身を奮い立たせるためにもニヤリと笑う。……《リミテッド》の大半を費やして行った工作。けれどそれらは、あくまでこの舞台を整えるための準備に過ぎない。越智が〝倒してはいけない災厄〟から〝倒さなければならない強敵〟に戻っただけに過ぎない。

けれど——否、だからこそ。

「さあ。……そろそろ最後の《決闘》を始めようぜ、越智」

♭♭♭

「——ふふっ。そんなに不安そうな顔をしなくても大丈夫ですよ、衣織さん」

「！」

「わたし、超能力者ではないのですが、お友達の考えを見抜くのは得意なんです。心配なんですよね？　衣織さんを助けようとして無茶ばかりしている越智さんのことが……こんな大それたことをしたら、きっと勝っても島にはいられないから。もし越智さんが8ツ星になっても、この島から冥星がなくなっても、大事だった日常は戻ってこないから」

「………」

「でも、言った通りです。そんなに不安そうな顔をしなくても大丈夫ですよ？」

「……？」

「越智さんの実力も相当ですが……篠原さんは、ああ見えて最強の7ツ星なんですから」

【期末総力戦サドンデスルール《リミテッド》最終日】

【零番区《区域大捕物（エリアレイド）》——名称：《？？？》開幕】

あとがき

こんにちは、もしくはこんばんは。久追遥希です。

この度は『ライアー・ライアー14　嘘つき転校生は本物のお嬢様と大胆過ぎる嘘を企てています。』をお手に取っていただき、誠にありがとうございます！

いかがでしたでしょうか!?　期末総力戦の追加ルール《リミテッド》……！　泉家が持つ冥星の秘密とそれを利用しようとする越智春虎、対する篠原が手を組むのは自由奔放なお嬢様!?　……と、物語が大きく盛り上がる一冊になったかと思います！

続きまして、謝辞です。

今巻も神懸り的なイラストで作品を彩ってくれたkonomi先生。ついに表紙&口絵デビューしたお嬢様のカラー、最高に最強でした！　もうめっちゃくちゃ可愛いです！

担当編集様、並びにMF文庫J編集部の皆様。おかげさまで（一応は）優良進行なスケジュールに戻すことができました。次巻以降もこの調子で頑張ります……！

そして最後に、この本をお読みいただいた皆様に最大限の感謝と——お知らせを！

2023年7月より『ライアー・ライアー』TVアニメ放映開始、また9月にはシリーズ初の短編集が発売予定です！　15巻共々、ぜひ楽しんでいただければと!!

久追遥希

MF文庫J

ライアー・ライアー 14
嘘つき転校生は本物のお嬢様と大胆過ぎる嘘を企てています。

2023年7月25日　初版発行

著者　久追遥希

発行者　山下直久

発行　株式会社KADOKAWA
〒102-8177 東京都千代田区富士見2-13-3
0570-002-301（ナビダイヤル）

印刷　株式会社広済堂ネクスト

製本　株式会社広済堂ネクスト

Printed in Japan　ISBN 978-4-04-682663-3 C0193

●お問い合わせ
https://www.kadokawa.co.jp/（「お問い合わせ」へお進みください）
※内容によっては、お答えできない場合があります。
※サポートは日本国内のみとさせていただきます。
※Japanese text only

◇◇◇

【 ファンレター、作品のご感想をお待ちしています 】
〒102-0071 東京都千代田区富士見2-13-12
株式会社KADOKAWA　MF文庫J編集部気付「久追遥希先生」係「konomi（きのこのみ）先生」係